修辭學

陳正治 著

五南圖書出版公司 印行

黃序

修辭學是研究如何調整語文表意的方法，設計語文優美的形式，使精確而生動地表出說者或作者的意象，期能引起讀者共鳴的一種藝術。從學術體系而言，修辭學在國文系的基礎學科上，不但跟文字、聲韻、訓詁、文法等同屬重要學科，甚至可以說，它是國文系基礎學科中的最高層學科。從實際運用來說，學了修辭學，有助於優美辭令的欣賞和創造。我們欣賞一篇文章，如能探究出它的修辭妙處，瞭解作者的行文要旨，才算是真正會欣賞文章；而懂得修辭要領，如能活用在創作上，便可以提高作品的藝術價值。

陳君正治三十年前從我學習修辭學。修習期間，孜孜矻矻，好學不倦，當時就曾有一篇一萬多字之修辭學文章刊載於報上。其後他仍繼續研究，應用修辭學知識，從事文學創作和理論研究。著有《童話城》等文學作品，以及《兒童詩寫作研究》、《童話寫作研究》、《全方位作文技巧》等文學理論書籍。他的文學作品，語言簡潔、優美；文學理論書籍之介紹修辭方式，深入淺出，明白易解。每本著作，均極受好評。

民國六十六年他應聘至臺北市立師院服務，其後擔任修辭學課程。教學期間，遇有修辭問題，即掛電話與我探討。我覺得他的為學態度嚴謹，再加上教了多年的修辭學，一定有不少的創見，於是鼓勵他寫作一本「修辭學」之書，不過，總未見到他著手。近年來，他告訴我，接受僑委會中華函授學校之邀請，撰寫「修辭學」教材，供海外華文教師研習修辭學之用。我聞此消息，極為高興，希望他的著作早日問世，現在，他的著作要出版了；他參考兩岸的修辭學專家見解，加上自己的研究心得，出版了這本《修辭學》之書。

看了這本探討二十多種常用修辭法的著作，覺得內容博採眾說，亦有自我創見，文筆嚴謹，理論與實證密切配合，實為一本很好的修辭學教科書。本人忝為其業師，在其著作出版之際，能簡述幾句閱後心得，內心也無限興奮。

黃慶萱　二〇〇一年八月二日
於見南山居

編者按：黃慶萱教授現任國立臺灣師範大學國文系暨國文研究所教授，著有《修辭學》、《學林尋幽》、《中國文學鑑賞舉隅》、《周易讀本》等書。

自序

記得我讀國小的時候，音樂老師教我們唱〈滿江紅〉的歌。老師告訴我們：岳飛是宋朝抵抗金兵的民族英雄。這首詞是他三十歲時的作品，充滿了愛國情懷。老師領導我們唸過一次歌詞後，便指導我們唱這首歌。歌詞是什麼意思，他並沒有解釋。歌詞的第一句是「怒髮衝冠憑欄處，瀟瀟雨歇。」我當時體會到的意思是：「生氣的頭髮衝掉了頭上戴的帽子後，我停靠在欄杆旁，這時候，瀟瀟的雨已經停了。」

那時候有很大的疑問：為什麼頭髮會生氣呢？頭髮生氣後怎樣把帽子衝掉呢？還有，瀟瀟的雨是怎樣的雨？為了實驗讓頭髮生氣好把帽子衝掉，我試著發了幾次脾氣，可是總沒把帽子衝掉。後來我的結論是：岳飛是個偉人，偉人生氣了，頭髮便會豎立起來而把帽子衝掉；至於瀟瀟的雨是什麼，就不知道了。如果當時有「修辭學」知識，知道「怒髮衝冠」只是誇飾，不是事實；「瀟瀟」只是摹寫大雨的聲音，就不會有那些疑惑了。

前天，我在中國時報第十一版上看到大陸青少年訪問臺灣，他們接觸「網咖」後的新聞報導。新聞的標題是：「網咖魅力大，大陸青年不思蜀」。我已有「修辭學」知識，我知道編者採用藏詞修辭法的「藏頭」法，把「樂不思蜀」的成語藏去開頭的「樂」字，只寫「不思蜀」，讓人體會出「樂」意來。如果我仍是當年不懂修辭學的小學生，我就會有「為什麼網咖魅力大，大陸青年不思念四川」的疑惑。由上面兩個例子來看，不管讀書、看報或教學，都應懂得修辭學，才能瞭解作者或說話者的真意。

從說話或作文來說，要讓自己語言精確和生動，也要研究修辭學。好幾年前，英國跟阿根廷為了荒涼多石的福克蘭島的管轄權而打起仗來。世人都覺得這次的兩國打仗，只為了爭一口氣，沒什麼意義。報上發表了許多篇這樣見解的評論，文字雖然扼要、明白，但是未能感動讀者。後來有人報導了一個八十三歲的阿根廷作家的話說：「這場戰爭就好像兩個禿子搶一把梳子！」結果引起大家的回響，修辭學家還把此句當作修辭的佳句。由此可以知道能活用修辭技巧，便會說出新穎、引人的話；不會像一般人形容光陰過得真快，只會用：「光陰似箭、歲月如梭」等陳腐、沒味的語言。

民國六十年，我讀大學中文系三年級的時候，修了黃慶萱教授擔任的文字學及修辭學的課。黃老師講課，除了善於把握教材重點、化繁雜為簡易、化枯燥為生動外，講話條理井然、聲音委婉動聽，因此，上他的課，如沐春風、受益良多。尤以當時他專研修辭學，把研究成果毫無保留的傳授給學生，同學們為了上這門課，都要提早進教室搶位子；許多外校的學子，也都湧來旁聽。因此，教室裡擠了滿滿的一群人。從黃老師的課裡，我獲得了許多修辭學的知識，也引起我對修辭學研究的興趣。

黃慶萱教授不僅是教學教得好的經師，也是溫和慈祥、關懷學生的人師。我大學畢業後，寫了一本給兒童看的《有趣的中國文字》的書，黃老師知道後寫了一封信來鼓勵我；我從事教職，遇到修辭學的問題打電話請問他，他都不厭其煩的回答。後來他的大作《學林尋幽》出版了，由於其中有不少關於修辭學的新見解，便寄贈我一本。前年僑委會中華函授學校聘請我編寫「修辭學」講義，函寄及上網供海外僑教老師、學子修讀，講義印出後，因為只在海外發行，國內反而看不到，於是徵得中華函授學校的同意，增訂後在台灣印行。我把增訂後的書稿請黃老師過目，並請他賜序。黃老師一口答應，並在炎熱夏天裡，翻閱我的書稿。這本書能夠出版，我最最感謝的就是教導我修辭學，關懷我研究修辭學的黃慶萱老師。

其次，這本書的出版，也要感謝僑委會中華函授學校的葉倫芳校長及教務組賴金城博士。如果沒有他們的聘請以及允許增訂後在國內出版，也就沒有本書的誕生。還有，五南圖書出版股份有限公司的副總編輯王秀珍小姐的邀稿、劉瑋琦小姐、周美蓉小姐的精心編校、內人張美英女士的全力支持，都是令我由衷感謝的人。謝謝他們，也祝福他們。

陳正治　寫於台北市立師院語教系研究室

二〇〇一年八月十七日

目次

第一章 緒論

插花有插花的方法。插花的人把花的枝、葉修剪後，連枝帶葉一起插在花瓶裡。為什麼不去掉葉子，只留下花朵呢？由於只有花，沒有葉子，太單調，不好看。古人說過：「牡丹雖美，也要綠葉扶。」就是這個道理。

說話、寫文章跟插花的道理相同。好的內容，就像有了美麗的花；優美的文句，就像花的葉子。牡丹要綠葉陪襯才能顯出美，好的內容也要以優美的文句來表現，才能動人。要使文句優美，就要講求「修辭」。孔子曾說：「言之無文，行之不遠。」說話不重文采，也就是不重視修辭，那麼說話的效果就不大。由此可見，不管是作家、教師、學者或一般社會人士，都應該認識修辭學。

一、修辭學的定義

修辭學就是研究修辭的學科。什麼是修辭？許慎《說文解字》記載：「修，飾也。從彡，攸聲。」「辭，說也。從𤔔辛。𤔔辛，猶理辜也。」許慎對「修」的解釋是「修飾」的意思。對「辭」的解釋較複雜。他認為辭是由𤔔、辛合成的字。𤔔、辛的意思，就是理辜。辜字，《說文》解做辠，也就是後來的罪字。「理辜」就是「理罪」，也就是處理訴訟的說辭。說辭有語辭和文辭。因此，根據《說文解字》的字義分析，修辭指的就是修飾語辭和文辭的藝術。

歷來研究修辭的學者，對修辭學或修辭的定義雖然各有不同，但是大多數仍以《說文》的字義為基礎而去發揮。例如：

陳望道在《修辭學發凡》書中說：「修辭原是達意傳情的手段，主要的為意與情，修辭不過是調整語辭使達意傳情能夠適切的一種努力。」

陳介白在《修辭學講話》書中說：「修辭學是研究文辭之如何精美的表出作者豐富的情思，以激動讀者情思的一種學術。」

黎運漢、張維耿在《現代漢語修辭學》書中說：「修辭，就是在特定的語言環境下，選取適當的語言形式，表達一定的思想內容，以增強表達效果的言語活動。」

姚殿芳、潘兆明在《實用漢語修辭》書中說：「修辭學就是研究提高語言表達效果的方法和技巧的一門學科。」

黃慶萱在《修辭學》書中說：「修辭學是研究如何調整語文表意的方法，設計語文優美的形式，使精確而生動地表出說者或作者的意象，期能引起讀者之共鳴的一種藝術。」

董季棠在《修辭析論》書中說：「修辭是研究如何適切地、巧妙地表出作者的情意，使讀者發生共鳴的一種學問。」

以上諸家的見解都有可取的地方。簡單的說，修辭學就是研究如何使語文表達精確而生動，以引起聽者或讀者共鳴的學問。詳細地說，修辭學的定義，可採用黃慶萱的說法：「修辭學是研究如何調整語文表意的方法，設計語文優美的形式，使精確而生動地表達出說者或作者的意象，期能引起讀者之共鳴的一種藝術。」

我國近世部分學者認為，修辭學不該只有研究語辭、文辭，應該擴大至研究文章的篇章與語法。因此，有的學者對修辭學的定義下得較廣。例如史塵封在《漢語古今修辭格通編》說：「修辭學既研究詞語的修飾調整、同義手段的選擇和修辭格，同時也研究句群篇章和語言風格。」這種見解雖然也有部分學者贊同，但是目前學術領域中已有了「語法學」和「文章學」，為了學問的精密，以及避免學術領域的重疊，修辭學雖然與語法、篇章有關，但是也不必一定要擴大到把語法學、文章學全包含進來。不過，某個修辭法如果可以擴大到篇章去，倒也可以略為提示。例如譬喻、排比、層遞等修辭法，除了修飾文句外，也可以擴充到篇章的設計去。

二、修辭學的作用

修辭學的作用有兩種：

㈠可以把語意表達得精確、生動而有效果

具有修辭學素養的人，說話或寫作，可以把語意表達得比一般人精確、生動，並收到好效果。《戰國策・齊策》裡記載有〈靖郭君將城薛〉的事。齊國靖郭君將建築薛城，很多人來勸止他。靖郭君很不高興，就對傳達話的人說，凡是遇到有來勸止的人，不必通報。齊國有個人想進諫，但是傳話的人不肯通報。那個人就說：「我只說三個字而已，多說一個字，就把我烹煮好了。」靖郭君因此召見他。

那位客人疾速地走到靖郭君面前說：「海大魚！」然後回轉身子走開。靖郭君聽了不知道什麼意思，就說：「先生，請你留步。」客人停下了腳步。

「海大魚是什麼意思？」靖郭君問。

客人說：「我不敢多說話，以免被烹煮。」

「沒有這回事。請你指教。」靖郭君說。

客人說：「您不曾聽說過海裡大魚的生活習性嗎？海中的大魚，無拘無束的生活在海中。魚

網不能網住牠，鉤子不能鉤住牠。如果牠離開了海水，跳到陸地上，那麼連小小的螞蟻，都能輕易地控制牠。現在，如果把您比喻做海大魚，齊國便是您的海水，您永遠保有齊國，何必用到薛城？如果失去齊國，雖然把薛城築到天那麼高，也沒有什麼用。」

靖郭君聽了，便說：「你的話有道理。」於是停止建築薛城。

勸阻靖郭君築城的客人，以海大魚比喻靖郭君，以海水比喻齊國。海大魚離開海水無法生存，靖郭君不管齊國政事，只關心建築薛城，也不會得到好結果。說客以具體的譬喻修辭方式說明花一大堆財力、精力去修築薛城的不當，結果打動靖郭君。

《論語》中也記載這樣的事：魯國大夫叔孫武叔在朝廷上向大夫們說：「子貢比仲尼還要賢明。」有一位叫子服景伯的大夫，把這件事告訴子貢。子貢聽了，回答說：「譬之宮牆：賜之牆也及肩，窺見室家之好；夫子之牆數仞，不得其門而入，不見宗廟之美，百官之富。得其門者或寡矣！夫子之云，不亦宜乎？」

子貢聽了子服景伯大夫的話，並不是直接回答說：「叔孫武叔判斷不對，我不如我的老師很多。」而是採用映襯、譬喻和設問的修辭法來表達。他以宮牆比喻，把自己比做從肩膀高的圍牆外，就可看到屋子裡面的美好裝飾；把孔子比做宗廟，宮牆有好幾丈高，如果不能從大門進去，就看不到裡面宗廟裝飾的輝煌，文武官員的富盛。如此敘述，不但具體、生動、容易明白，而且有映襯的效果，這就是懂得應用修辭的好處。

又有一次，叔孫武叔又毀謗孔子。子貢聽了說：「無以為也。仲尼不可毀也。他人之賢者，丘陵也，猶可踰也；仲尼，日月也，無得而踰焉。人雖欲自絕，其何傷於日月乎？多見其不知量也。」

子貢的回答，又採用映襯、譬喻和設問的修辭法。他把其他的賢人比喻為丘陵，還可以超越；把孔子比喻為日、月，沒法超越。還說，一個人即使想絕棄日月的光明，這對日月又有什麼損害呢？這不是顯得非常不自量力嗎？這也是懂得應用修辭而收到的效果。

秦朝李斯原為楚國人，後來到秦國做官。秦王政十年，韓國派水利專家名叫鄭國的人到秦國，遊說秦王開鑿三百多里溝渠灌溉國土，增進農業生產。目的是要讓秦王注意內政，勞民耗財，沒有力量攻打各國。後來事情被發覺，秦朝宗室大臣對秦王說，外國人來秦國做事的，大都為了他們的祖國，因此，請驅逐這些外國人。李斯也是被驅逐的客卿之一。他在離開秦國的路途中，寫了一篇〈諫逐客書〉，採用排比修辭法，反復申論客卿對秦國的貢獻。例如說：秦穆公從西戎爭取了由余，從東邊贖得了百里奚，到宋國去迎接蹇叔，到晉國迎來丕豹、公孫支。這五位不是秦國人，可是穆公重用他們，結果秦國在西方稱霸，併吞了二十多個國家。結果打動秦王的心，取消了逐客令。李斯的一篇文章，居然改變了一個國家的政策，可見修辭的作用有多大。

(二)可以增進詩文的欣賞與語意的瞭解能力

具有修辭學素養的人，可以增進詩文欣賞與語意的瞭解能力。例如讀明朝馮夢龍的〈山歌〉：「不寫情詞不寫詩，一方素帕寄心知。心知接了顛倒看，橫也絲來豎也絲。這般心事有誰知？」如果閱讀者懂得雙關修辭法中的「字音雙關」，可從「絲」字的字音，相關相同字音的「思」字，而瞭解作者寫的「橫也絲來豎也絲」，也就是「橫也思來豎也思」，意思是「晚上橫躺著身體睡覺的時候就思念對方；白天直起身體工作的時候也思念對方。」這是婉曲的表達日夜想念對方的意思。

再如唐朝杜光庭的〈虬髯客傳〉裡，敘述平民李靖晉見隋朝司空楊素後，回到旅館。那個晚上五更初，李靖聽到有人敲門。他打開門一看，原來是侍候楊司空的紅拂女。紅拂女對李靖說：「妾侍楊司空久，閱天下之人多矣，無如公者。絲蘿非獨生，原託喬木，故來奔耳。」紅拂女的話：「絲蘿非獨生，願託喬木」，表面意思菟絲和女蘿都是蔓生植物，不能獨自生存，希望託附高大的樹。其實這只是個借喻，本意是女人不能獨立生活，希望找個可靠的男人託附終生。如果不懂得譬喻中的借喻修辭法，就不知道紅拂女要投靠李靖，為什麼說到菟絲女蘿去了。

我們俗諺裡，有很多是屬於譬喻修辭法中的借喻形式。如果我們知道借喻的表現方式是寫出「喻體」，讓聽者自行頓悟「本體」，那麼就可以從「三天打魚，兩天曬網」的諺語裡，瞭解本意是「做事缺乏恆心」的意思；從「雷聲大，雨點小」的句子裡，瞭解本意是「說的多，做的少」的意思；從「掛羊頭，賣狗肉」裡，瞭解本意是「假借好的名義做招牌，實際做壞事」的意思；從「平時不燒香，急時抱佛腳」裡，知道「平時不準備，遇事乾著急的不好」；從「宰相肚裡能撐船」的句子裡，知道要說的是「心胸要開闊，肚量要大」的意思。

三、修辭學的修辭方式

修辭學既是研究修辭手法的學問，那麼修辭方式有幾種？這是學者們努力探討的重點。

修辭方式的分類各家不同。陳望道分為：材料上的辭格、意境上的辭格、詞語上的辭格、章句上的辭格等四大類，每類下各有若干辭格。徐芹庭把它分為：意境、章句、詞語之修辭法等三大類，每類下也有若干修辭法。董季棠分為：意境的寫實與理想、字句的取樸與求新、形式的整齊與變化等三大類，每類下也分為若干修辭手法。

香港黃維樑教授在〈尋找文學的月桂〉論文中說：古代希臘大學者亞里斯多德在《修辭學》書中提到的三大原則──用比喻、用對比、要生動，可以列為文學創作的三大技巧。「生動」這一原則是「比喻」和「對比」的基本，也就是這株文學月桂樹的主幹。「比喻」和「對比」則是二大支幹。大支幹上還可分出細的支幹。比喻建基於「同」，對比建基於「異」。以這三個技巧為「綱」，後世的其他修辭手法可以當「目」，歸在「綱」下。例如象徵、借代、比擬、相關、誇張等建基於「同」的修辭手法，可歸在「比喻」的大類下；反諷、矛盾語等建基於「異」的修辭手法，可以歸在「對比」的大類下。

臺灣師範大學黃慶萱教授依據各修辭格形式，把修辭方式分為：表意方法的調整及優美的形式設計等二大類，每大類下再細分若干小類。

以上各家對修辭方式的分類，各有特點。現在根據黃慶萱的分類法，把修辭方式分為兩大類。第一大類「表意方法的調整」下，再分為譬喻、轉化、設問、示現、映襯、仿擬、借代、摹況、婉曲、藏詞、誇飾、倒反、引用、雙關、飛白、象徵等修辭法。第二大類「優美的形式設計」下，再分為：對偶、排比、類疊，層遞、頂真、回文、鑲嵌、錯綜等。

習題

一、修辭學的定義是什麼？它的作用是什麼？

二、修辭方式有哪兩類？各大類下的修辭方法有幾種？

三、亞里斯多德在《修辭學》書中提到有關文學創作的三大原則是什麼？能否舉例說明？

第二章　譬喻修辭法

唐朝詩人白居易的〈琵琶行〉，敘述琵琶演奏的美妙聲音是這樣的：「……大絃嘈嘈如急雨，小絃切切如私語；嘈嘈切切錯雜彈，大珠小珠落玉盤。……銀瓶乍破水漿迸，鐵騎突出刀槍鳴，曲終收撥當心畫，四絃一聲如裂帛。」這兒作者應用六個譬喻來形容琵琶的各種不同聲音，不是具體、生動、令人明白嗎？王鼎鈞在《開放的人生》書中說：「如果成功是一把梯子，運氣是梯子兩旁的直柱，才能便是中間的橫木。」這句話中，也應用了譬喻法。

一、譬喻的定義與作用

譬喻又叫做比喻，這是打比方的修辭法。黃慶萱教授在《修辭學》一書中說：「譬喻是一種

『借彼喻此』的修辭法，凡兩件或兩件以上的事物中有類似之點，說話、作文時運用『那』有類似點的事物，來比方說明『這』件事物的，就叫譬喻。它的理論架構是建立在心理學『類比作用』的基礎上——利用舊經驗引起新經驗。通常是以易知說明難知；以具體說明抽象。使人在恍然大悟中驚佩作者設喻之巧妙，從而產生滿足與信服的快感。」這把譬喻的定義與特質，說得明白、清楚了。

譬喻的效用很大。好的譬喻，不但把意思說得明白、清楚，生動有力，甚至收到「一言興邦」的效果。《戰國策・燕策》〈趙且伐燕〉裡，敘述趙國預備攻打燕國。喜好和平的蘇代幫燕國去遊說趙國國君，希望他不要出兵。蘇代對趙惠王說：「這次臣來的時候，經過易水。有一顆河蚌恰好出來曬太陽，而一隻鷸鳥去啄牠的肉。河蚌把殼合起來，夾住了鷸鳥的嘴。鷸鳥說：『今天不下雨，明天不下雨，就有死的河蚌。』河蚌也對鷸鳥說：『今天不放你，明天不放你，就有死的鷸鳥。』兩個都不肯放開，漁夫來了，便把牠們一起捉走了。現在趙國將出兵攻打燕國，如果兩國戰爭僵持不下，使民眾疲憊、困苦，臣恐怕強大的秦國將做『漁夫』呢！因此，希望大王仔細考慮。」惠王聽了說：「說得好。」便打消出兵攻打燕國的事。

蘇代以「鷸蚌相爭，漁翁得利」的譬喻例證，說明「燕趙相鬥，秦國獲益」的事，勸阻趙國出兵攻打燕國，結果得到趙惠王的採納。由此可以知道，譬喻的功效是如何的大。

二、譬喻的構成與種類

「譬喻」修辭的構成要件有三部分：一個是所要譬喻的事物主體，簡稱本體；一個是用來比方說明這一事物主體的另一個事物，簡稱喻體；一個是連接本體和喻體的詞語，簡稱喻詞。依據本體、喻體、喻詞的出現、省略或改變，常見的譬喻有以下四種：

㈠明喻

明喻就是明顯的譬喻。它的形式是本體、喻體、喻詞一起出現。例如：

她跟同學打電話像打電報，簡潔有力，沒有一個多餘的字。（子敏：小太陽）

這句譬喻句中，「她跟同學打電話，簡潔有力，沒有一個多餘的字。」這是譬喻的主要語意，也就是譬喻的本體。「打電報」是用來比方說明打電話如何簡潔有力，沒有一個多餘字的另一個譬喻事物，也就是喻體。「像」字是本體和喻體間的連接詞。這個譬喻句中，本體、喻體、喻詞都出現，屬於明顯的譬喻形式，也就是「明喻」。再如：

媽媽的愛／像我家的水龍頭／關緊了／它還是流／一滴水／看不見／兩滴水／也看不見／水滿了／我看見了／我看見了媽媽的愛／媽媽的愛好深哦／（陳念慈：關不住的愛）

這是一首兒童詩，作者採用明喻的方式表達。全詩的本體是母愛平時一點一滴的付出，兒女感受不出來；久了以後，自然發覺母愛好多。作者要表達這個抽象意思，採用相似聯想，應用沒關緊的水龍頭，平時一滴水、兩滴水的流，大家沒感覺；久了以後，水盆裡的水積多了，自然發覺水流出了好多。這兒水龍頭的水滴，就是比方說明母愛付出情形的另一個譬喻事物，也就是喻體。至於詩句中的「像」字，屬於連接本體和喻體的詞語，也就是喻詞。又如：

兒女無心的話／像一根根細針／媽媽的心／就變成了針插／插住了各式各樣的針。（黃基博：媽媽的心）

這首兒童詩，作者也採用明喻形式表達。本體是兒女無心的話，常常刺痛母親，母親忍痛接納了；喻體是細針刺進針插裡；喻詞是「像」字。

明喻裡，本體和喻體間的相似點要密切。例如：「祕密像夏天櫥窗中的美味，根本無法長久保留」（金華：箭鏃）的句子。本體是祕密無法長久保留；喻體是夏天櫥窗中的美味。夏天櫥窗中的美味是無法長久保留的，這跟本體「祕密無法長久保留」的意思相關，也就是相似點密切，因此是很好的聯想。如果寫做：「祕密像冰庫裡的魚蝦，根本無法長久保留」，形式合乎明喻，但是本體和喻體間的相似點欠妥切。冰庫中的魚蝦可以保鮮很久，不打開冰庫的話，一兩年魚蝦都不會變味。因此，這樣的譬喻，本體和喻體的相關性便不妥切了。

至於連接本體和喻體的喻詞，除了「像」字以外，還有好像、真像、恰像、竟像、恰如、有如、猶如、如、好似、恰似、好比、彷彿……等。

明喻的句子，除了一個本體，一個喻體的形式外，也有一個本體，兩個或兩個以上的喻體形式。例如：

我轉過頭去，向旁邊一看，山邊白雲湧起，像千堆雪，又像成群的綿羊，更像朵朵的浪花。

（林良：阿里山上看日出）

這個句子的本體部分是「白雲湧起，好美」。喻體有三個，就是：千堆雪、成群的綿羊、朵朵的浪花。像這種一個本體，兩個或兩個以上的喻體的譬喻形式，屬於明喻形式的博喻。

(二)隱喻

隱喻就是隱藏的譬喻，又叫暗喻。它的形式是將本體跟喻體說成同一個東西的譬喻；喻詞由繫詞如：是、就是、簡直是、一定是、為、成為、變成、成了、叫做……等代替。例如：

上課時／時間是個跛子／一拐一拐地／還摔了一跤／下課十分鐘／他又成了賽跑選手／呼——

地衝過了／（林智敏：時間）

這一首兒童詩裡，前半首寫時間走得很慢，作者把時間擬人，以「是」為繫詞，把時間說成跛子，將本體和喻體說成同一個東西，屬於隱喻的形式。再如下半首，寫的是時間過得很快。作者也把時間擬人，以「成了」為繫詞，把時間說成賽跑選手，將本體和喻體說成同一個東西，也是屬於隱喻的形式。又如：

鷺鷥穿著白衣服／牠是鄉村的舊紳士／早晚都喜歡在水田中散步／而且習慣一步一步地走著／好像怕踩碎了——映著藍天，白雲的／那面清澈的水鏡子。（林煥彰：鷺鷥）

這首兒童詩，將鷺鷥擬人，說牠是「鄉村的舊紳士」，表現鷺鷥散步時悠然安適的情境。這兒的「本體」是一步一步悠閒地走著的鷺鷥，「喻體」是舊紳士，「喻詞」是繫詞的「是」，屬於隱喻的修辭法。

古今詩文的句子裡，有許多是應用隱喻形式寫出來的。例如：

我是天空裡的一片雲／偶爾投影在你的波心／你不必訝異，更無須歡喜／在轉瞬間消滅了蹤影。（徐志摩：偶然）

你是晴空的流雲，你是子夜的流星。一片深情，緊緊封鎖著我的心，一線光明，時時照耀著我的心。（許建吾：追尋）

當朝陽靠近我的臉，我是晨曦，鮮明而光燦。當落日依在我身邊，我是晚霞，綺麗而絢爛。（鄧禹平：流雲之歌）

如今人方為刀俎，我為魚肉，何辭為？（司馬遷：史記・項羽本紀）

隱喻的句子，如果是一個本體，兩個或兩個以上的喻體，這是隱喻形式的博喻。例如：

我幫母親逛城逛大街，我是她的腿，我是她和城內社會的橋樑，是她的眼睛和耳朵，是她的信差、報馬仔，是故事的再造者，是新聞主播。（鍾文音：我的天可汗）

這個句子的本體是「我幫母親逛城逛大街」，喻體有「我是她的腿」等六個。這是隱喻組成的博喻。

㈢略喻

略喻就是省略喻詞，留下本體和喻體的譬喻。例如：

人要衣裝，佛要金裝。（俗諺）

這個句子的意思是：人需要衣服打扮，才能顯出體面，就像佛像要金粉妝飾，才能顯出莊嚴。「人要衣裝」是本體，「佛要金裝」是喻體，而中間的「就像」的喻詞省略了。俗諺中有好多應用略喻表達的句子。例如：「人善被人欺，馬善被人騎」、「人急造反，狗急跳牆」、「養兒防老，積穀防饑」等等，都是略喻句。

譬喻中的略喻，除了有一個主體，一個喻體的形式外，也有一個主體，兩個或兩個以上的喻體形式。例如：

山不在高，有仙則名；水不在深，有龍則靈；斯是陋室，惟吾德馨。（劉禹錫：陋室銘）

這個句子裡，本體是「斯是陋室，惟吾德馨」。喻體有兩個：一個是「山不在高，有仙則名」；一個是「水不在深，有龍則靈」。喻詞省略了。再如：

不登高山，不知天之高也；不臨深谿，不知地之厚也；不聞先王之遺言，不知學問之大也。
（荀子：勸學篇）

這個句子裡，本體是「不聞先王之遺言，不知學問之大也」。喻體有兩個：一個是「不登高山，不知天之高也」；一個是「不臨深谿，不知地之厚也」。喻詞省略了。

狡兔死，走狗烹；高鳥盡，良弓藏；敵國破，謀臣亡。（司馬遷：史記・淮陰侯列傳）

這個句子裡，本體是「敵國破，謀臣亡」，其他兩句是喻體。喻詞省略了。

舊木好燒，老馬好騎，舊書好讀，陳酒好喝，舊朋友也最可信賴。（賴特名言）

這個句子裡，本體是「舊朋友最可信賴」，其他四句是喻體。喻詞省略了。

以上四則，都是略喻形式的博喻。

㈣借喻

借喻是借用喻體來表達整個意思的譬喻法。這種譬喻法，省略了本體和喻詞。例如俗諺裡「手心、手背都是肉」的句子，便是借喻句。借「手心、手背都是肉」的喻體，來表達大孩子、小孩子都是自己的骨肉，不會偏心的本體。

俗諺裡有好多是借喻的句子，例如「羊毛出在羊身上」、「一朵鮮花插在牛糞上」、「一顆老鼠屎，攪壞一鍋粥」、「船到橋頭自然直」、「又要馬兒好，又要馬兒不吃草」、「好馬不吃回頭草」、「樹倒猢猻散」等等。這些句子，都是只有喻體，沒有本體和喻詞。這樣的譬喻形式，除了具體、生動外，也富有委婉的效果。

《孟子・離婁上》載有「滄浪之水清兮，可以濯我纓；滄浪之水濁兮，可以濯我足」的孺子歌謠。這首歌謠也是借喻形式。從用水的角度來看，滄浪的水是清的話，可以拿它來洗我的冠纓；滄浪的水是濁的，可以洗腳。這是人控有主動權，可以充分利用外在客觀條件，也可以讓各物各得其用。從水的角度來看，水清，被當做洗冠纓的水；水濁，被當做洗腳的水，這是自取的結果。這個借喻的歌謠，它的「本體」部分，富有委婉的人生哲理。

借喻的修辭法，有兩個或兩個以上喻體的，屬於借喻形式的博喻。例如：

行行重行行，與君生別離。相去萬餘里，各在天一涯；道路阻且長，會面安可知？胡馬依北風，越鳥巢南枝。相去日已遠，衣帶日已緩；浮雲蔽白日，遊子不顧反。思君令人老，歲月忽已晚。棄捐勿復道，努力加餐飯。（古詩十九首）

這首詩要表現遊子不忘記家鄉裡的人。其中「胡馬依北風，越鳥巢南枝」是兩個喻體。敘述由北方來的馬依戀著北風；南方來的鳥把巢築在向南的樹枝上。表達胡馬、越鳥都有思念故鄉的情懷。這是借喻組成的博喻。

三、譬喻的原則

譬喻是修辭現象中使用頻率最高，最有表現力的一種修辭法。要妥切的應用譬喻修辭法，就應注意使用原則。黃慶萱認為使用譬喻，在消極原則上，不可太類似、離奇、粗鄙、晦澀、牽強；在積極原則上，必須是熟悉的、具體的、富於聯想、切合情境、本體與喻體在本質上不同、新穎的。董季棠認為譬喻宜以具體喻抽象、應力求相似、取材應就近取譬並力求創新。姚殿芳、潘兆明認為譬喻要貼切、創新並注意通俗及形象。現簡單歸納譬喻原則為：精確、生動、創新、熟悉等四項。

㈠精確

精確就是精準妥切。譬喻的使用，在本體的選擇上，要注意該重點是不是語意中要加強的精要處；在喻體的選擇上，要注意與本體的妥切配合。

以孟郊遊子吟的詩來說，前四句：「慈母手中線，遊子身上衣；臨行密密縫，意恐遲遲歸」，寫的是慈母疼惜遠行孩子的情形。後二句：「誰言寸草心，報得三春暉」，乃應用借喻寫出來的譬喻句。主體雖然沒有直接寫出來，但可以知道它是歌頌母愛的偉大，子女難以報答母親的深恩。這個譬喻句的本體選擇，正是語意中要加強的精要處。喻體是把母親比做春天的太陽，而子女是接受煦煦陽光照耀下生長的小草。小草報答不完太陽的恩澤，也就是子女報答不完母親的深恩。喻體跟本體的配合，非常妥切。為什麼呢？因為太陽把光熱給予大地的草木，讓草木能行光合作用。太陽只有付出，沒有要求草木回報，這就像母愛只有付出，沒有要子女照本歸還一樣。其次，春天的陽光適合草木生長。它不像夏日那麼強烈，也不像冬日那樣不足。以三春暉比喻溫暖適切的母愛，譬喻妥切。如果改為「冬暉」、「夏暉」，由於陽光不足或過強，就不適合。因此，使用譬喻的時候，要注意本體的精準，喻體的妥切。

(二)生動

生動指的是應用譬喻時，要注意具體、靈活，給人深刻的印象。

譬喻要生動，首先應從打算被譬喻的句子裡，找出它的特性，然後根據這個特性，聯想出一個類似的事物來。例如林良先生要敘述在小房間裡請客人用餐，感到空間好擠的事情。他找出「好擠」的特性後，聯想到一個好擠的事件來。他這樣寫：「吃飯的時候，四方桌在小房間裡堵住我們的胸口，擁擠得像一口小鍋裡燉了四隻鴨子。」以一小鍋子燉四隻鴨子的譬喻來形容擁擠的現象，不是既具體，又令人印象深刻嗎？這是生動的敘寫要領。

李煜〈虞美人〉「問君能有幾多愁？恰似一江春水向東流」的名句裡，本體是「多愁」，喻體是「一江春水向東流」。「多愁」是抽象、不容易領會的，現在用春天長江的水，滾滾向東流的情形來比喻，多麼具體、靈活、令人印象深刻？這樣的譬喻，就符合生動的原則。如果寫做：「問君能有幾多愁，恰似一盆清水向外潑」，具體是具體，但是份量只是一盆，沒辦法表達愁多。其次，滾滾的長江水是不斷的，表達愁思不斷；一盆水的潑出只有一次而已，未能表達出愁思的連綿。因此，後一種的譬喻就不如原作的生動。

再如一些太抽象、太類似、太離奇、太晦澀的譬喻，也欠生動。像：「大雨前，天空好黑」的語意，我們寫做：「大雨前，天空像這個混亂的社會一樣，好黑」便太抽象、太離奇。如果寫做：「大雨前，天空像頑皮的小弟弟，打破了黑墨汁瓶一樣，一片漆黑」便生動多了。其他如：「他的左耳就像右耳一樣的形狀」、「太陽像餅乾」等句子，都是太類似或晦澀的譬喻，欠生動。

(三) 熟悉

熟悉指的是喻體應該是大眾瞭解的。譬喻是借已知來說明未知，因此喻體要通俗易解。老子要表達事情的發生或變化，都從小處開始，於是借了三個喻體來說明。他寫做：「合抱之木，生於毫末；九層之臺，起於壘土；千里之行，始於足下。」這三個喻體，通俗易解，大眾熟悉，是好的譬喻。而老子在第五章中所說的「天地不仁，以萬物為芻狗」的句子，在當時社會裡，以芻狗當喻體來比喻，是通俗易解的；但是如果這句是現在人寫的，便欠好。因為「芻狗」指的是古代祭祀時用草紮成的狗。人們用它來祭祀，用完後便拋棄，不加理會。這不是恨它或輕視它。老子用「芻狗」說明天地讓萬物各自發展，現在的人是難體會出來的。因為現在人沒有用芻狗祭祀的儀式。大眾不熟悉的，譬喻的效果也就減弱了。

㈣創新

創新指的是自製譬喻句，不要抄襲陳句。作者要根據「本體」語句中的外部特徵或內部特徵，自行尋找相似點，創造出喻體來。例如林良先生形容院子的髒說：「家裡的院子，就像不洗臉的孩子，永遠有一層掃不掉的灰土。」這是外部特徵的自創句子。「父親是家裡的燈，他是童年的小孩，心目中最美麗的光。」這是內部特徵的自創句子。

保羅・科賀的作品中，曾對愛情有這樣的敘述：「愛就像個水壩，一旦有了縫隙，哪怕只容涓滴水流流穿它，轉瞬間，這股涓流卻會迅速讓整個水壩潰決，無人能夠阻擋大水的威力。」這個句子的喻體部分，生動地把愛情的威力呈現出來。如果前人沒有以水壩潰決來比喻愛情，這個譬喻句便是創新。

英國文學家王爾德說：「第一個用花比喻女人的是天才；第二個用花比喻女人的是庸才；第三個用花比喻女人是蠢才。」這句話就是強調創新。因此我們寫作或說話，應用譬喻修辭的時候，應該自創新句，不要撿人家用過的，尤其是大家用濫了的。例如形容光陰過得真快，仍用「光陰似箭，歲月如梭」等詞句，便欠新鮮了。

不管是作文或說話，在各種修辭格裡，譬喻是最常被用到的修辭法。使用它的時候，大部分是出現在句子裡，有時候甚至擴充到整篇詩文去。例如有些寓言，本身就是一個喻體的借喻。

習題

一、常用的譬喻修辭法有幾種？它們有何不同？

二、譬喻法的應用要加強聯想。如何去聯想？

三、「張叔叔長得好高喲！」以「高」為特性，用明喻法、隱喻法、略喻法、借喻法，各造一句。

四、王鼎鈞在《開放的人生》一書中說：「當魚來的時候，你手裡是不是有網呢？」這個譬喻句裡的「本體」意思是什麼？

五、胡適在民國六年一月出版的《新青年》雜誌裡，發表了一篇〈文學改良芻議〉，結果引來許多人撰文圍攻。胡適在忍無可忍下，以這樣的一句話回答：「獅子和老虎向來都是獨來獨往的，只有狐狸跟狗才聯群結黨。」此譬喻的句子，屬於譬喻修辭的哪一種形式？為什麼？

六、《史記‧項羽本紀》記樊噲曰：「大行不顧細謹，大禮不辭小讓。如今人方為刀俎，我為魚肉，何辭為？」此句中的譬喻句是什麼？屬於哪一類的譬喻句？

第三章

轉化修辭法

朱自清在〈匆匆〉一文中說：「太陽，他有腳啊，輕輕悄悄地挪移了。」在〈春〉一文中說：「桃樹、杏樹、梨樹，你不讓我，我不讓你，都開滿了花趕趟兒。」太陽、桃樹、杏樹和梨樹都不是人，現在把它們轉化成人，用形容人的語言來形容它們，文句是不是生動多了？徐志摩的〈仄徑〉文中說：「秋風和秋雨打碎了你的睡夢；迷茫和惆悵的網，卻織滿了你的心胸。」吳正吉說：「作者將『人的睡夢』轉化為物，所以才會『打碎了』；並將『人的心胸』物性化，因此才可能『織滿迷茫和惆悵的網』；這句完全是擬物的轉化方式。」由前面的例子可知，文學中「轉化」修辭法被應用得很普遍。

一、轉化的定義與作用

轉化又叫做比擬、假擬或擬化。由於比擬、假擬、擬化等詞，容易與譬喻混淆，因此于在春、黃慶萱都主張採用「轉化」一詞。什麼是轉化修辭呢?黃慶萱說：「描述一件事物時，轉變其原來性質，化成另一種本質截然不同的事物，而加以形容敘述的，叫做『轉化』。」這就是說，描述一件事物，事物的原來性質是物，就把它轉化為人；原來是人，轉化為物；原來是抽象的，轉化為具體的，然後加以描寫、敘述。

轉化的作用有兩種。一種是「變化本質以創造有情世界，增強語文的感染力」。例如：「磁鐵會吸住小別針、小鐵珠、小刀片、小鐵釘而不鬆開」的句子，這是客觀的物質特性敘述。謝武彰採用擬人的轉化方式，寫做：

> 小磁鐵很喜歡交朋友／小別針啦，小鐵珠啦／小刀片啦，小鐵釘啦……／一見面就手拉手／從來不吵架／也捨不得分開／大家都是好朋友。

這首童詩，把磁鐵、別針等物擬人，表達好朋友應該親親熱熱在一起。這種有情的世界，增強了語文的感染力。

另一種作用是「變化本質以創造具體形象，增加語文的生動活潑性」。例如「輕風吹著池塘邊的柳條」的句子，也是客觀的物性敘述，現在改寫做：「輕風戲弄著池塘邊的柳條」或是「輕風撫摸著池塘邊的柳條」、「輕風親著池塘邊的柳條」，句子便生動活潑了。

二、轉化的種類

轉化的分類有兩種：一種是陳望道書中所提的擬人、擬物等的二類法，另一種是黃慶萱提出的人性化（擬物為人）、物性化（擬人為物）、形象化（擬虛為實）等的三類法。本文採用三類法，分為擬人、擬物、擬虛為實法等三種。

㈠擬人法

擬人法又叫做「人性化」的修辭法，就是把事物當做人而加以描述的修辭法。擬人的方式有三種：生物的擬人、無生物的擬人、抽象事物的擬人。

生物的擬人，就是把動物、植物當做人來描述。比如貓、狗、花、草、樹等生物，不會像人一樣會思考，會說話、會微笑，現在讓它們都跟人一樣，有人的行為和想法。無生物的擬人，就是指石頭、河流、風、雨等沒有生命的物質，當做人來描述，讓它會說話、會思想、有人的行為。例如：拱橋是沒有生命的，現在寫做：「拱橋挺起脊背，讓我們安全的走過。」這是把拱橋擬人化了。抽象事物的擬人，就是把抽象詞，如春天、冬天、黑夜等擬人，讓它們也有人的行為和想法。例如「黑夜來了」的句子，改寫做：「黑夜，皺著眉頭，不知什麼時候，悄悄地來到我們的後頭。」這是抽象事物的擬人。

擬人法的應用，可分為全篇擬人和句子擬人。

1.全篇擬人：全篇擬人指的是說話或作文，將內容的某事物，全篇裡當做人而加以描述。例如：

「北風是個流浪漢，／在寒冷的秋夜，／冷得呼呼地哭叫著。／他想找個家避避冷，／到東家敲敲門，／主人把門關起來了；／到西家叩叩窗子，／主人把窗子關得更緊了。／北風到處碰釘子，／就在門窗外面，／哭得更大聲了。」（黃基博：北風）

這首童詩，把無生物的北風當做人，讓他會像人一樣，怕冷、傷心、會行動。許多童話、寓言、神話等文體，也常採用全篇擬人法寫作。例如安徒生童話的〈醜小鴨〉，伊索寓言的〈龜兔賽跑〉，這些故事的主角，都像人一樣，會思考、會說話、會做人的事。

2.句子擬人：句子擬人指的是說話或作文，在句子中，把適用於寫人的動詞、名詞、形容詞、代名詞、副詞等詞，用在非人的事物上。例如：

「淙淙的水聲在我們身旁響起。一條山澗滴溜地滾過岩石，在小潭裡休息了一會兒，又繼續快

活地往下流去。」（佛瑞斯特：少年小樹之歌）

這個句子裡，把無生物的山澗當做人，以適用於寫人的動詞「休息」及副詞「快活地」來形容。

「盼望著，盼望著，東風來了，春天的腳步近了。」（朱自清：春）

「春天」是抽象事物，不是人，不該有腳步的。現在把春天擬人，採用適於寫人的「名詞」（腳步）來描寫。再如：

「我大清早起，站在人家屋角上，呀呀地啼。」（胡適：老鴉）

這個句子裡，把老烏鴉當做人，讓牠會說話，以適用於寫人的代名詞「我」來稱呼老烏鴉。

「青草悄悄地從土裡鑽出頭來，柳枝也默默地發了嫩芽，不知道什麼時候，原野已經換上了青綠的新裝。」（國編本國小國語教材：春回大地）

這句話裡，把青草、柳枝和原野當做人。把適用於寫人的副詞「悄悄地」、「默默地」及名詞「新裝」，應用在非人的青草、柳樹、原野等生物和無生物上。

「我還能清清楚楚聽見那隻貓的鼾聲，她躺在母親懷裡，或著伏在我的腳面上，虔誠地念誦由西天帶來的神祕經文。」（王鼎鈞：碎琉璃）

這句話裡把貓當做人，用寫人的名詞「鼾聲」、代名詞「她」、副詞「虔誠地」、動詞「念誦」等來敘述。

(二)擬物法

擬物法又叫做「物性化」的修辭法，就是把人當做物而加以描述的修辭法。擬物的方式，可擬成一般的生物，如動物或植物，也可擬成無生物。如風、雨、礦物或其他東西。例如民歌中詞句：「我願做一隻小羊，跟在她身旁」，這是把人擬成動物。「中華隊加油」，這是把中華隊的選手擬成車子或機器。車子或機器加了油，可以跑得快，表示中華隊受了觀眾的祝福、鼓勵，就會得到好成績。

擬物法的應用，也可分為全篇和句子等兩種。

1. **全篇擬物**：全篇擬物指的是說話或作文，將內容中的某人，在全篇中全當做物來加以描述。例如《史記》中記敘漢高祖唱的〈鴻鵠歌〉，便是全篇擬物。

這首歌有個故事。漢高祖寵愛戚夫人，想廢掉太子盈，改立戚夫人所生的趙王如意。後來太子得到張良指點，請來隱居在商山四位才氣縱橫，高祖請不動的老人來輔佐。高祖看到太子深獲大家愛戴，於是取消了廢太子的事。戚夫人知道這個消息，對著高祖哭個不停。高祖便唱〈鴻鵠歌〉：「鴻鵠高飛，一舉千里。羽翼已就，橫絕四海。橫絕四海，又可奈何！雖有矰繳，尚安所施？」歌詞的大意是說：「大的天鵝啊，一飛就是幾千里。牠的翅膀已經長成，超山越海，到處可去。即使你有射飛鳥的弓箭，對牠又有什麼用呢？」這首歌，全篇把太子比擬作鴻鵠。

2.句子擬物：句子擬物指的是說話或作文，在句子中，把適用於寫物的名詞、動詞、副詞、形容詞等，用在人的敘述上。例如：

「春天來的時候，我們真該學一學鳥兒，站在最高的枝椏上，抖開翅膀來，曬曬我們潮濕已久的羽毛。」（張曉風：魔季）

這個句子裡，把人擬成「鳥兒」，這是屬於名詞法的擬物，唐朝詩人白居易在〈長恨歌〉詩中敘述唐玄宗跟楊貴妃在長生殿的誓詞：「在天願作比翼鳥，在地願為連理枝」，把人比擬為比翼雙飛的鳥，以及枝幹相連的樹，也是名詞法的擬物修辭。

「說了一籮筐的話，你還是無動於衷。」

這兒「一籮筐」是數量的形容詞，把人的「話」轉成物，這是形容詞法的擬物修辭。

「這一場龍爭虎鬥的大戰，真是驚天動地。」

這句話裡把人比擬做「龍」和「虎」，去形容動詞的爭和鬥，這是副詞法的擬物修辭。

「她的記憶之門，終於開了一條縫，有光亮照進去了。」（斷夢）

這句話裡，把人的「記憶」比擬做一間密閉的倉庫，以名詞「門」，動詞「開」去描述，使「記憶」物性化了。這是名詞及動詞法的擬物修辭。

㈢擬虛為實法

擬虛為實法又叫做「形象化」的修辭法，就是把抽象觀念化做具體人、物的修辭法。黃慶萱認為這種修辭法與擬人法、擬物法的差別在於：擬人法是以物擬人；擬物法是以人擬物；擬虛為實法是以人擬人，以物擬物。它的類別有以下兩種。

1. 以人擬人：以人擬人的擬虛為實法，就是把屬於人特有的抽象詞語，化為跟人同性質的具體實體。例如：

「思想先生住在腦府裡。」（國編本國小國語課本）

「思想」是屬於人的抽象詞語，現在把它擬人，稱它為「思想先生」，便是跟人有關的具體詞語。這是以人擬人的擬虛為實修辭法。

「勤勞喜歡跟人做朋友。學生跟他做朋友，學業精進了；農人跟他做朋友，稻米豐收了；工人跟他做朋友，事情辦妥了。」

「勤勞」是屬於人的德性，它是抽象詞，沒有具體形象。現在把它當做人，說它喜歡跟人做朋友，這是以人擬人，化抽象為具體的擬虛為實修辭法寫成的。

2. 以物擬物：以物擬物的擬虛為實法，就是把屬於事物特有的抽象詞語，化為跟事物同類的具體實體。例如：

「那就折一張闊些的荷葉，包一片月光回去，回去夾在唐詩裡，扁扁地，像壓過的相思。」

（余光中：滿月下）

這句話裡，把抽象事物的「月光」，比擬成具體實物，可被荷葉包起來帶回去，並夾在「唐詩」裡。這是以物擬物，化抽象為具體的修辭法。

三、轉化的原則

轉化修辭法也是常用的修辭手法。它的運用原則要注意的有合情理與生動。

(一)合情理

合情理，指的是作者在運用轉化修辭的時候，要符合事物的特性。例如：

「一聽說梅子變黃的消息，／就惹得老天的口水，／不停地往下滴。／淅瀝！淅瀝！／公雞被淋得垂頭喪氣，／青苔被淋得爬過牆去，／連住在樹洞裡的小菌子，／也得撐起洋傘來擋雨。」（蔡季男：梅雨）

這首童詩寫的是梅雨帶給大家煩惱。詩中把梅雨比擬做令人討厭的口水，符合詩的內容。而詩句「公雞被淋得垂頭喪氣，青苔被淋得爬過牆去」，把公雞和青苔擬人，擬得很有創意，也合情理。日常生活中，我們就看到淋雨後的公雞，低著頭，垂著羽毛，像個無精打采、垂頭喪氣的人。因此，這兒把公雞擬成垂頭喪氣的人，合乎情理。如果把公雞寫成「公雞被淋得趾高氣昂」，或是「公雞被淋得精神抖擻」，雖然也合乎轉化的修辭手法，但是跟事物的特性不合，便是欠合情理。梅雨下久了，牆上到處長青苔，詩句「青苔被淋得爬過牆去」，也是合情理。

(二)生動

生動指的是動用轉化修辭的時候，要具體化、情趣化。例如前述童詩中，公雞、青苔、小菌子如何討厭梅雨，以不同的行為表現出來，非常具體，且有情趣，符合生動的原則。又如：

「飛機聲消失以後，耳朵又聽到了『寂靜』，但是我的思想卻去追飛機去了。那個半夜還在空中飛著的現代騎士，遼闊的夜空是他的黑色草原。」（子敏：深夜三友）

這兒把抽象的「寂靜」具體化；把「思想」擬物化，把抽象的「夜空」擬成具體的黑色草原，也是符合生動的原則。

習題

一、何謂擬人法、擬物法、擬虛為實法？它們有何不同？

二、請應用擬人法寫一首童詩。

三、張曉風在〈到山中去〉文中說：「即使當時你胸中摺疊一千丈的愁煩，及至你站在瀑布面前也會一瀉而盡了。」這句話中，把人的什麼比擬為物而加以「摺疊」和「一瀉而盡」？

第四章 設問修辭法

張騰蛟在〈諦聽〉一文中寫著：「一陣笑語自山中飄了過來，可能是山說的，也可能是谷說的、澗說的。它們說給風聽，說風很傻，說風為什麼老是去扭曲那些炊煙？為什麼老是去吹皺那些平靜的水面？為什麼老是去追趕那些雲呢？結果怎麼樣？沒有一縷炊煙會被風吹斷，沒有一片水面永遠是皺著的，而曾經被追趕的雲，也沒有一朵會迷失方向。」這兒共有四個設問句。應用設問修辭法寫作，是不是常能引起讀者的注意？

一、設問的定義與作用

什麼叫做設問修辭法？陳望道說：「胸中早有定見，話中故意設問，叫做設問。」黃慶萱說：

「講話行文，忽然變平敘的語氣為詢問的語氣，叫做設問。」董季棠說：「作者想要表達的意思，不作普通的敘述，而用詢問的口氣顯示，使文章激起波瀾，讓讀者格外注意。這種修辭法叫做設問。」以上三家的說法雖然略有不同，但都合乎設問修辭的定義要素。

「設」就是設置、安排，「問」就是問題。講話或作文，故意不用敘述的語句而改用疑問句，以引起注意的修辭法，就是設問修辭法。

為什麼要有設問呢？設問修辭的作用有三點：

㈠突出重點，引起注意

一般的句子，可分為敘述句、疑問句、祈使句、感歎句等四種。敘述句是最常用的句子，聽多了這種句式，感官適應了，刺激也減弱了。說話或作文，對重要的語意，捨棄敘述句的表達，改用疑問句，可以突出語意重點，引起聽者或讀者的注意。例如「人生最苦的事，就是身上背著的責任未了。」這是敘述句。現在梁啟超寫做：「人生什麼事最苦呢？貧嗎？不是。老嗎？死嗎？都不是。我說人生最苦的莫若於身上背著一種未了的責任。」這樣的寫作，有問有答，結果突出了「人生最苦的事是責任未了」的語意重點，也引起了讀者想知道「人生什麼事是最苦」的答案。這種以設問修辭方式，把敘述句化為疑問句，語意的效果不是更好嗎？

㈡提出問題，啟發思考

設問修辭法的提出重點，除了突出重點引起注意外，也可以啟發聽者或讀者深入思考，使內容更有深度。例如：

「惶恐灘頭說惶恐，零丁洋裡歎零丁。人生自古誰無死？留取丹心照汗青。」（文天祥：過零丁洋）

文天祥這首詩的第三句「人生自古誰無死」是個設問句。句中提出「從古到今，哪個人能夠不死」的問題。讀者深入思考，就可以體會到，死是人生不可避免的，該來的，就不必怕。而死，要死得有尊嚴，死得令人佩服。因此，文天祥在第四句中說：「我要留下一顆忠誠的心，照耀在史冊上」的話。讀者就可以瞭解：文天祥為什麼不向元人投降，為什麼不怕死，以及自己是不是也應該效法文天祥的愛國行為？

(三) 掀起波瀾，振起文勢

使用設問修辭法，還可以使語言波瀾起伏，氣勢澎湃，收到生動的效果。例如：

「燕子去了，有再來的時候；楊柳枯了，有再青的時候；桃花謝了，有再開的時候。但是，聰明的，你告訴我，我們的日子為什麼一去不復返呢？是有人偷了他們吧？那是誰？又藏在何處呢？是他們自己逃走了吧？現在又到了哪裡呢？」（朱自清：匆匆）

這是〈匆匆〉一文的開頭。前面三個排比句後緊接著六個設問句。語言波瀾起伏，氣勢澎湃。讀者看到這兒，感情也跟著激蕩起來，不知不覺也會問起：是啊！過去的日子為什麼不再回來呢？

二、設問的種類

設問的分類有兩種。一種是陳望道所提的提問、激問等的二類法。一種是黃慶萱提的疑問、提問、激問；董季棠的懸問、提問、激問等三類法。本文採用三類法，分為懸問、提問、激問等三類。

㈠懸問

懸問又叫做「疑問」，是懸示問題而沒有答案，讓聽者或讀者自己去尋思答案的修辭法。懸問的方式有單一懸問和連續懸問。

1.單一懸問：單一懸問就是使用懸問的時候，只有單一個問題。例如：

「君自故鄉來，應知故鄉事，來日綺窗前，寒梅著花未？」（王維：雜詩）

「春眠不覺曉，處處聞啼鳥。夜來風雨聲，花落知多少？」（孟浩然：春曉）

「天這麼黑，風這麼大，爸爸捕魚去，為什麼還不回家？聽，狂風怒號，真叫我們害怕。爸爸！爸爸！我們心裡多麼牽掛。只要您早點兒回家，就是空船也罷！」（國編本國小國語課本第五冊）

以上三個例子，都是只有一個懸示的問題。句中問題沒有標準答案。

2.連續懸問：連續懸問就是使用懸問的時候，有兩個或兩個以上的連續問題。例如：

「在八千多日的匆匆裡，除徘徊外，又剩些什麼呢？過去的日子，如輕煙被微風吹散了，如薄霧被初陽蒸融了；我留著些什麼痕跡呢？我何曾留著像游絲樣的痕跡呢？我赤裸裸地來到這世界，轉眼間也將赤裸裸地回去吧？但不能平的，為什麼偏要白白走這一遭啊？」（朱自清：匆匆）

「小紅花，長在山坡下。過路的人，會不會踩壞了你？過路的人，會不會摘走了你？你怕不怕風吹？你怕不怕雨打？」（國編本國小國語課本第二冊）

「你們有沒有見過田裡初出土的新苗？你們有沒有吃過剛出爐的麵包？你們有沒有讀過才出版的新書？」（國編本國小國語課本第十一冊）

以上三個例子，第一個例子有五個懸問，第二個有四個，第三個有三個。句中問題也沒有標準答案。

(二)提問

提問又叫做「問答法」。這是為了提起下文而發問，答案在問題的下面。這種設問，可以突出語意重點，引起聽者或讀者的注意。提問的方式常見的有一問一答、數問一答、連問連答等三種。

1. 一問一答：一問一答就是使用提問的時候，只有一個問題，一個答案，而答案在問題的下面。例如：

「問君能有幾多愁？恰似一江春水向東流。」（李煜：虞美人）

「什麼事叫做大事呢？大概地說，無論哪一件事，只要從頭至尾徹底做成功，便是大事。」（孫文：立志做大事）

「小烏鴉到哪兒去了，怎麼還不回來呢？小烏鴉為了給媽媽找些好吃的東西，飛到很遠的地方去了。」（國編本國小國語課本第四冊）

以上三個例子，都是為了引起下文，採用一個問題一個答案的寫法。

2. 數問一答：數問一答就是使用提問的時候，有兩個或兩個以上的問題，而答案只有一個。例如：

「倘若我問你，最值得敬佩的是哪一種人？最值得惋惜的是哪一種人？我想你一定會這樣答覆：『我最敬佩的，是天資低卻肯努力的人；最惋惜的，是天資高卻不肯努力的人。』」（國編本國小國語課本第九冊）

「你看到這封信，一定會很驚訝。你也許會想：『老師為什麼要寫信給我？為什麼要把信夾在我的作文本子裡？難道我犯了什麼過錯嗎？』你放心，你並沒有什麼過失。我寫這封信給你，是因為看到你本周的作文裡，寫了這樣一句話：『這學期的功課更難了，我越想越害怕。』」（國編本國小國語課本第七冊）

以上的例子，第一個是先提兩個問題，然後一起逐一回答；第二個是先提三個問題，然後一起總回答。

3. 連問連答：連問連答就是使用提問的時候，連續一問一答。也就是一設問，即給答案；再設問，再給答案。例如：

「到底『誠實』是什麼呢？誠實就是不說謊，不欺騙人。這是堂堂正正的做人態度。那麼，什麼樣的人才是誠實的人呢？誠實的人，做的是什麼，說的也是什麼。」（國編本國小國語課本第六冊）

「你希望別人喜歡你嗎？那麼你先要喜歡別人！你願意別人敬重你嗎？那麼你先要敬重別人。」（國編本國小國語課本：愛與敬）

以上的例子便是一問一答，再問再答的提問。

㈢激問

激問又叫做「詰問」、「反詰」或「反問」。這種設問，就是黃慶萱說的：「激發本意而問，答案必定在問題的反面。」這種修辭法，有問題，但沒有答案。不過，仔細推敲，答案卻很明顯地表現在問題的反面。而問題與答案的關係，陳望道說：「這些設問，常以否定的形式表示肯定的意思；肯定的形式表示否定的意思。」其使用方式有單一激問和連續激問等兩種。

1. 單一激問：單一激問就是使用激問的時候，只有一個問題，答案可自行從問題的反面想出來。例如：

「葡萄美酒夜光杯，欲飲琵琶馬上催。醉臥沙場君莫笑，古來征戰幾人回？」（王瀚：涼州詞）

這個例子的問題只有一個：「古來征戰幾人回？」答案自行在問題的反面找出「古來征戰沒有幾人回」的意思。問題形式是肯定的，答案意思是否定的。

「甘羅不慌不忙的回答：男人不會生孩子，公雞又怎麼會生蛋呢？」（國編本國小國語課本第九冊）

這個例子裡的文字「公雞又怎麼『會』生蛋？」形式是肯定的，答案在反面的否定上，也就是「公雞不會生蛋」。

「媽媽說：『我愛這個家，我怎麼可以不盡心照顧？』」（國編本國小國語教材第五冊）

這個例子裡的文字「我怎麼可以『不』盡心照顧？」這個問題裡，形式是否定的，而答案在反面的肯定上，也就是「我應該盡心照顧」上。

2. 連續激問：連續激問就是使用激問的時候，有兩個或兩個以上的連續問題，答案可自行從問題反面想出來。例如：

「燕子說：春天在天空中徘徊，難道你沒看見潔白的雲絮，為他寫下美麗的詩句？麻雀說：春天在田野間散步，難道你沒聞到青蔥的草地，為他散佈清新的氣息？杜鵑說：春天在山澗裡旅行，難道你沒聽見涓涓的溪水，為他唱出歡迎的歌聲？」（國編本國小國語課本第十一冊）

這個例子有連續三個問題，文字中有「沒」字，是否定的形式，答案可自行從反面想出。也就是肯定的答案：雲絮為春天寫下美麗的詩句；草地為春天散佈清新氣息；溪水為春天唱歌。

「祖母一輩子為子孫做牛做馬，她的人生何曾舒服過？何曾為自己著想？」

這個例子連續兩個問題的激問，文字是肯定的形式，答案可自行從反面的否定裡想出，祖母一輩子沒有舒服過，沒有為自己著想。

三、設問的原則

設問修辭法的運用，要注意的原則有：慎選語文重點及活用表達方式等。

㈠慎選語文重點

慎選語文重點，指的是作者在運用設問修辭法的時候，要根據內容需要。黎運漢、張維耿等人說：「設問的運用必須服從於內容表達的需要，用在必要的地方，使具有提示性和針對性，不要在不當用的地方濫用和亂用。」如前述梁啟超在〈最苦與最樂〉的文章中，要表達人生最苦的事是責任未了，最樂的事是責任完了。於是他在開頭部分，應用設問法直指這個重點，以引起讀者注意。這樣的應用，就很妥切。

㈡活用表達方式

活用表達方式，指的是作者在運用設問修辭法的時候，要靈活應用在全文的各個地方。我們除了在各段、各句群中，根據語文重點需要使用外，還可以從全篇的觀點來考慮。黃慶萱對這方面，曾有下列很好的見解：

1.用於篇首以提起全篇主旨：不管演講或寫作詩文，一開始就提出一些問題，以吸引聽者或讀者。例如曾國藩在〈原才〉一文的開頭寫：「風俗之厚薄奚自乎？自乎一二人之心之所嚮而已」的寫法。

2.用於篇末以製造文章餘韻：一篇震撼人心的作品，不應該是意隨言盡的。文章最後來一句設問，可使文章有餘韻。例如王維〈山中送別〉的詩：「山中相送罷，日暮掩柴扉。春草明年綠，王孫歸不歸？」的寫法，就有餘韻。

3.首末用以構成前後呼應：首尾採用設問句，可構成前後呼應，增進文章感人的效果。例如朱自清的〈匆匆〉一文，首尾兩段都採用設問法。

習題

一、設問修辭法的種類有幾種？能否各舉一例說明？

二、朱自清在〈匆匆〉一文中說：「在逃去如飛的日子裡，在千門萬戶的世界裡的我，能做些什麼呢？只有徘徊罷了，只有匆匆罷了。」這個句子裡採用的設問修辭法是哪一種？為什麼？

三、蘇轍在〈黃州快哉亭記〉一文中說：「士生於世，使其中不自得，將何往而非病？使其中坦然不以物傷性，將何適而非快？今張君不以謫為患，竊會稽之餘功，而自放山水之間，此其中宜有以過人者。」此段句子裡的設問句屬哪一種修辭法？為什麼？

第五章

示現修辭法

在古今詩文中，示現修辭法也是常被應用的。例如王維的〈九月九日憶山東兄弟〉詩：「獨在異鄉為異客，每逢佳節倍思親；遙知兄弟登高處，遍插茱萸少一人。」此詩後兩句，便是應用示現修辭法寫的句子。再如：柳永的〈雨霖鈴〉詞「寒蟬淒切，對長亭晚，驟雨初歇。都門帳飲無緒，方留戀處，蘭舟催發，執手相看淚眼，竟無語凝噎。念去去千里煙波，暮靄沉沉楚天闊。多情自古傷離別，更那堪冷落清秋節！今宵酒醒何處？楊柳岸，曉風殘月。此去經年，應是良辰好景虛設。便縱有千種風情，更與何人說！」詞中，「念去去千里煙波，暮靄沉沉楚天闊」、「今宵酒醒何處？楊柳岸，曉風殘月」等是預言的示現。

一、示現的定義與作用

什麼是示現修辭法呢？陳望道說：「示現是把實際上不見不聞的事物，說得如見如聞的辭格。」徐芹庭說：「用生動之語文，以刻畫描述，將實際不見不聞之事象描述之，使之狀溢目前，猶如身經親歷，而得見得聞者謂之示現。」沈謙說：「示現是透過豐富的想像，運用形象化的語言，將某一個人或某件事物描繪得活靈活現，狀溢目前，讓讀者如身歷其境，親聞親見的修辭法。」以上三家所說，文字雖有繁簡，但是內容大致相同。三家的定義都認為，在語文表達上，把實際上看不到、聽不著的事物，應用想像力，寫得可見可聞，活生生地出現在眼前的修辭法；這種修辭法不受時間的限制。

示現的作用，主要是為了語文的生動和感人。過去、未來和想像的事物，是不能呈現在眼前的，現在為了讓聽者或讀者感動，於是打破時空限制，把不聞不見的事物，寫得好像就發生在眼前。例如筆名子敏的林良回憶年輕時離開家鄉廈門，搭船要來臺灣，年小的弟妹到碼頭送他上舢板的往事：

「我想去跟小弟告別，妹妹卻用手攔住我。我明白我不該去傷小弟的心，只好悄悄走下碼頭的石階，跳上舢板。船夫用竹竿把船撐開，搖起槳來。我凝視著碼頭上的妹妹，她咬緊嘴唇，向我擺手。站得更遠的小弟，正仰起脖子喝牛奶。他那稚氣的姿態，看起來多麼親切！我默默禱祝：『再見，小弟，但願我還能回來。』船離開碼頭遠了，妹妹的身影也小了，但是還沒有放下搖擺的手。我遠遠看見小弟抬起頭來，驚愕的向四周觀望，忽然扔下手裡的瓶子和麵包，從一部急馳的汽車前面跑過，向碼頭這邊狂奔，對我揮手跳躍。我相信我能聽到他的哭聲，也能看到他滿臉的淚痕。妹妹彎腰給他抹淚，他倔強的伸出一隻手，指著我的船，憤怒的撥開妹妹的手絹。」（子敏：離鄉）

這段文字裡，子敏把弟妹送他遠行的依依不捨和難過情形，具體的呈現出來，讀者彷彿也置身在那悲傷、感人的送別場景裡。這就是示現修辭的效果。

二、示現的種類

陳望道把示現修辭法的種類分為追述的示現、預言的示現、懸想的示現等三種。後來的修辭學家也都依照這個分類法。現在採用這個分類法，敘述於後：

㈠追述的表現

追述的示現就是把過去發生的事情，應用想像力，加以繪形繪色的再現出來。例如前述子敏的〈離鄉〉那段文字，就是追述的示現。再如：

「去年，你跟舅舅老遠的到我家來做客。頭一天晚上，我們就站在窗前看月。我說我喜歡月亮，你說你更愛晚霞。第二天傍晚，我就帶你到屋前的小溪邊去看晚霞。那正是太陽下山的時候，你倚著溪邊的柳樹，靜靜的看著滿天彩霞。溪水映著晚霞，閃動著金黃色的光芒。你低頭看見了，就指著溪水對我說：『這是一條金帶子。』我知道你愛看，就讓你盡情的看。我悄悄的回到屋裡，拿了幾個番石榴出來，我走到你背後，輕輕喊了一聲：『嘿！』你嚇了一跳，回過頭來，拿走一個番石榴，咬了一口說：『好香、好甜，你也吃吃看。』」（國編本國小國語課本第七冊：想念梅姊）

這一段文字裡，作者把過去發生的事情，應用景物、聲音、動作、表情等技巧，具體地把它呈現出來。這是追述的示現寫法。再如：

水田是鏡子
倒映著藍天
倒映著白雲
倒映著青山
倒映著綠樹

農夫在插秧
插在綠樹上
插在青山上
插在白雲上
插在藍天上（詹冰：插秧）

這首詩前一小節，作者把看到水田倒映著美麗的景色情形寫出來；後一小節，作者寫農夫在田中插秧，似乎插在綠樹上、青山上、白雲上、藍天上。這些插秧的情形，寫得如在眼前，屬於追述的示現。

(二)預言的示現

預言的示現就是把未來將發生的事情，先搬到眼前，使人如見其形，如聞其聲的修辭法。例如：

「劍外忽傳收薊北，初聞涕淚滿衣裳。卻看妻子愁何在？漫卷詩書喜欲狂。白日放歌須縱酒，青春作伴好還鄉。即從巴峽穿巫峽，便下襄陽向洛陽。」（杜甫：聞官軍收河南河北）

這首詩中，「即從巴峽穿巫峽，便下襄陽向洛陽」是預言的示現。杜甫把未來將在春光裡如何回家鄉的事，先搬到眼前來，使人彷彿看到他們坐船的情形。

桃樹、杏樹、梨樹，你不讓我，我不讓你，都開滿了花趕趟兒。紅的像火，粉的像霞，白的像雪。花裡帶著甜味；閉了眼，樹上髣髴已經滿是桃兒、杏兒、梨兒。（朱自清：春）

黃慶萱說：「『閉了眼』之後，全為『預言的示現』。」

㈢懸想的示現

懸想的示現，就是陳望道說的：把想像的事情說得真在眼前一般，同時間的過去、未來全然沒有關係。例如：

「今夜鄜州月，閨中只獨看，遙憐小兒女，未解憶長安。香霧雲鬟濕，清輝玉臂寒。何時倚虛幌，雙照淚痕乾？」（杜甫：月夜）

杜甫於西元七五六年，為了逃避安史之亂，帶領妻兒流亡北方。他把家人安置在今陝西的鄜州後，單人出來往寧夏投奔唐肅宗，結果半路被安祿山部隊俘虜，送到長安。這首詩是杜甫懷念家人的詩。詩的內容敘述今夜鄜州有明月，妻子獨自在看著。那些小兒女，並不能瞭解母親正在想念著被陷在長安的人。夜露把她烏雲般的黑髮弄濕了，月光下她的手臂也冰冷了。什麼時候能夠回去跟她相倚，在那透明的薄帷邊，雙雙看月，讓月光照乾我們的淚痕？

這首詩，杜甫想像妻子在月光下想念自己的事，說得如在眼前，這是懸想的示現。童話、神話的內容多為幻想性的作品，因此採用示現寫出的，也都是懸想的示現。例如：《木偶奇遇記》裡的皮諾曹，一說謊，鼻子變長的描述，便是懸想的示現。

三、示現的原則

示現修辭法的運用原則有兩項，就是形象化的語言及合情合理的想像。

㈠形象化的語言

形象化的語言就是作者在運用示現修辭法的時候，要發揮想像，用文字或語言把它們形象地呈現在讀者或聽者的眼前。例如前面提到的杜甫〈月夜〉詩，杜甫想像妻子長佇月下想念他，頭髮都被露水弄濕了，手臂也冰冷了。這樣的敘寫，就是形象化的語言。

㈡合情合理的想像

合情合理的想像指的是，作者在運用示現修辭法的時候，想像中呈現出來的情景，要符合邏輯。例如《西遊記》裡作者採用懸想示現法，敘述孫悟空跟二郎真君鬥法，一會兒變做小麻雀，一會兒變成魚、變成蛇、變成土地廟。這種敘寫似乎欠合理，但是由於作者在前文中已提過，孫悟空從菩提祖師處學會了七十二變，因此這兒的懸想示現，便合情合理。如果杜甫的月夜詩，寫自己變成大鵬鳥，從長安飛到鄜州，看見妻子正在月下想念自己，頭髮被露水弄濕了，手臂也冰冷了。這種寫法跟真實生活不合，是不合情理的想像，應加避免。

習題

一、示現修辭法中，預言示現跟懸想示現有什麼不同？

二、《左傳．邲晉楚之戰》敘晉師敗績，寫作：「中軍下軍爭舟，舟中之指可掬也。」《後漢書》寫昆陽危急，說「城中負尸而汲。」此二例是什麼示現法？

三、「君不見青海頭，古來白骨無人收；新鬼煩怨舊鬼哭，天陰雨溼聲啾啾。」（杜甫：兵車行）這首詩中，用到什麼示現法？為什麼？

四、請從新文藝作品中，找出追述示現、預言示現、懸想示現的例子。

第六章 映襯修辭法

有些修辭學書籍，列有對比和襯托的修辭法。這兩種修辭法雖然可以各自獨立，但是由於性質相近，因此多數修辭學研究者，把它們合為一種，稱做「映襯」修辭法。

一、映襯的定義與作用

什麼是映襯修辭法？陳望道說：「這是揭出互相反對的事物來相映相襯的辭格。」黃慶萱說：「在語文中，把兩種不同的，特別是相反的觀念或事實，對列起來，兩相比較，從而使語氣增強，使意義顯明的修辭方法。」周振甫說：「映襯是指用相對的事物來互相映照和陪襯，或用賓來陪襯主。」

從字面來說，映就是映照，襯就是襯托。在語文中，把兩種觀念、事物或景象，相互對照或襯托，使情意增強的修辭法，就叫做映襯。

映襯修辭的作用有兩點：

(一)突出語意，給人鮮明的印象

白紙上點了個大黑點，黑點就突現出來；黑紙上點了個大白點，白點也最明顯。使用映襯修辭法跟這個現象相同，由於兩面對比或以賓襯主，因此可以使要表現的語意突出，給人鮮明的印象。諸葛亮出師北伐的時候，要劉禪皇帝多親近賢臣。他在出師表上寫：「親賢臣，遠小人，此先漢所以興隆也；親小人，遠賢臣，此後漢所以傾頹也。」這個映襯的句子裡，把親賢臣與親小人的後果對比，語意不是突出了嗎?它不是給人鮮明的印象嗎?

(二)增強作品深度，收到說服的效果

使用映襯，由於應用兩面對比或相互烘托，多方闡釋語意，因此可以使作品的深度增強，收到說服的效果。例如李白的越中覽古詩：「越王勾踐破吳歸，義士還家盡錦衣，宮女如花滿春殿，只今惟有鷓鴣飛。」詩中前三句採用追述示現法，把從前古蹟地的繁榮情景呈現出來；後一句，寫的是古蹟地現在只剩野鳥飛翔的破敗情景。這一繁榮與淒涼的對比下，世事多變，人事滄桑的內涵，也就自然呈現出來。如此，增強了作品的深度，也打動了讀者的心坎。

二、映襯的種類

映襯的分類，各家不同。陳望道分為「反映、對襯」等兩種，黃永武分為「反襯與正襯」，黃慶萱分為「對襯、雙襯、反襯」等。現分為對比、正襯、反襯、側襯等四種。

(一)對比

對比是語文中，把兩種觀點、事物或景象，對照比較，表達思想的修辭法。對比的方式有：兩方對比和一方兩對比。

1. 兩方對比：兩方對比，也就是黃慶萱說的「對襯」修辭法。這種修辭法，就是兩方相反或相對觀點、事物、景象的對照比較。例如《水滸傳》裡，白勝挑著酒要賣給押著金銀擔的楊志等一夥人而唱的山歌：「赤日炎炎似火燒，野田禾稻半枯焦。農夫心內如湯煮，公子王孫把扇搖。」這首山歌，寫農夫和公子王孫等兩方人物對炎日的反應。農夫為了農作物在炎日下被烤焦，擔心今後的生活無著落，因此急得像置身在熱湯中一樣；而另一方面是王孫公子們，不必擔心衣食，在炎日下，悠哉遊哉的搖著扇子排除熱氣。這是兩方人物的對比，寫出了了社會的不公，及貧富的差距。再如：

「年輕像一件薄薄的花襯衫，即使是惡寒天氣，也能招蜂引蝶把春天騙回來。四十歲不是，像穿著別人悶了兩個冬天的沒洗的厚大衣，再怎麼談笑譎譎，就是霉味。」（簡媜：我有惑）

這是「年輕」人跟四十歲人，兩方的對比。一個是處處受歡迎，一個是處處受排斥。

「他的父親沉默，沉默得一天講不上三句話；他的母親卻十分健談，健談得一天閒不了三秒鐘。」（於梨華：也是秋天）

這是沉默的父親跟健談的母親，雙方的對比。

2. 一方兩對比：一方兩對比，也就是黃慶萱說的「雙襯」修辭法。這種修辭法，就是對同一個人、事、物，用兩種相反或相對的觀點，加以形容、描寫。例如：

「從前，在前院，一抬頭，頭頂上一片藍，常常有白雲飛過，鳥飛過。現在，一抬頭，全是水泥色的高樓。天，只剩那麼一點點。天上的藍湖乾涸了。」（林良：小太陽）

這是林良在自家巷子所見、所感的描寫。他先寫從前巷子裡未蓋高樓，每家人在自家院子裡抬頭往上看，可以看到藍天、白雲、飛鳥；現在由於巷子的屋子紛紛改建為高樓，結果巷子裡的人抬頭往上看，只見高樓及一點點天。這是對同一地方，用從前與現在兩種不同觀點，加以形容、描寫。又如：

「小時候，我最喜歡的地方是外婆家。那兒有最大的院子，最大的自由，最少的干涉。」（王鼎鈞：碎琉璃）

「在她的筐子裡，有美麗的零剪綢緞，也有很粗陋的麻頭、布尾。」（許地山：補破衣的老婦人）

「我們終要剷盡滿山筍子，那種壓迫著我們肩膀，卻又同時支撐著這個家的生計作物。」（唐捐：在山林）

孟子曰：「有復於王者曰：『吾力足以舉百鈞，而不足以舉一羽；明足以察秋毫之末，而不見輿薪。』則王許之乎？」（孟子：梁惠王・上）

「一個風雲數百年的朝代，總是以一群強者英武的雄姿開頭，而打下最後一個句點的，卻常常是一些文質彬彬的淒怨靈魂。」（余秋雨：山居筆記）

以上例句，都是一方兩對比。例如孟子說的話，是針對同一個人，以不同觀點對比寫出。肯做的時候，可以舉起三千斤的東西；不肯做的時候，連一根鳥羽毛也拿不起。這是「力氣」特性的自相對比。肯看的時候，可以清楚地看到野獸秋毫的末梢；不肯看的時候，連一大車柴火也看不到。這是「視力」特性的自相對比。

(二)正襯

正襯是應用性質相似的客體事物，襯托本體事物，使本體事物更顯明的修辭法。這種修辭法，也就是以賓襯主的修辭法。它的表現形式，大部分是好的襯托好的，壞的襯托壞的。內容上，客體與本體的性質是相似的。例如唐人傳奇中，杜光庭作的〈虬髯客傳〉一文，應用了很多正襯的寫法。像文章開頭，敘寫隋朝司空楊素守京城，權傾一時，每次接見公卿，都高坐床上，不肯下床。後來接見布衣李靖，離床聽李靖高論。這是以重臣楊素襯托英雄李靖，屬於正襯。後來李靖遇到紅拂女，結伴去太原，途中遇到虬髯客。文中敘李靖不停地陪著虬髯客，要訪視李世民。這是以英雄李靖襯托大英雄虬髯客，也是應用正襯。大英雄虬髯客見了李世民後，認為天下屬於此人，乃遠走南方，另謀發展。這是以大英雄虬髯客襯天命真主的李世民，也是正襯的應用。全文中，多處採用性質相似的人物來襯托主要人物，屬於正襯的應用。

有些正襯的句子，先寫性質相似的景，再寫相關的情。例如元曲中，馬致遠的〈秋思〉，先寫「枯藤、老樹、昏鴉」，以及「古道、西風、瘦馬」等衰敗蕭條的悲景，再寫「斷腸人在天涯」的情。這是以悲景襯悲情的正襯。

前述的兩種正襯例子，比較婉曲，屬於間接的正襯。有的正襯句子，語詞較直接。例如：「花兒美，新娘更美」、「槍口冷酷，林來福更冷酷」、「山路難走，人生的道路更難走」。這些例句，前面的詞語是客體事物，後面是本體事物。兩者間，以前者襯托後者。

㈢反襯

反襯是應用性質相反或相對的客體事物，襯托本體事物，使本體事物更顯明的修辭法。這也是以賓襯主的修辭法。它的表現形式，大部分是好的襯托壞的，壞的襯托好的。內容上，客體與本體的性質不同。例如：

「昔我往矣，楊柳依依；今我來思，雨雪霏霏。行道遲遲，載渴載飢。我心傷悲，莫知我哀。」（詩經：小雅采薇）

采薇詩是敘述守邊關戰士的艱苦生活，以及最後返鄉，心裡仍悲傷的心聲。其中「昔我往矣，楊柳依依」的詩句，詩人寫征夫戍役離鄉的時候，正值楊柳長得非常柔美，柳絲輕輕地飄蕩著。離開家鄉到遠方服役，依依不捨的心難免。詩人卻極力刻畫當時讓征夫想留下的美景，這是以美景襯悲情的反襯，如此，悲情會變得更悲。第二句的「今我來思，雨雪霏霏」詩句，詩人寫征夫冬日返鄉的情形。返鄉時，大雪紛紛落下。由於長久在外，思念家鄉，因此冒雪前進。返鄉是喜情，詩人以下雪的悲景襯喜情，更襯出喜情的可貴。當然，也間接表現征人的可悲。詩句是以悲景襯喜情的反襯。

上述的反襯例子，比較婉曲、間接。有的反襯句子，語詞較直接。例如：

「置身在這個環境中，我們似乎變成最熟悉的陌生人。」（勞倫玆：所羅門王的指環）

「對不起！你雖是一個建築師，或泥水匠，能為你自己建築一座『美的牢獄』？」（許地山：美的牢獄）

以上兩例的語詞，「熟悉對陌生」、「美對不自由的牢獄」，就直接多了。其他如：「聰明的傻瓜」、「白痴的天才」、「蛇蠍美人」「美麗的錯誤」、「活著的死人」、「咫尺天涯」、「好聰明的糊塗法子」、「醜陋的美男子」、「誤國的忠臣」、「開明的專制」、「荒謬的條理」、「對不守交通規則的汽車來說，斑馬線是安全的陷阱」、「喜悅的淚珠」等等語句中的相反或相對詞語，前者是客體事物，後者是本體事物。這些都是以賓襯主，反面襯托事物真象的反襯修辭語句。

㈣側襯

側襯是從側面來襯托本體事物的修辭法。這是特寫受本體事物影響的客體事物的反應情形，以襯出本體事物。例如：

「日出東南隅，照我秦氏樓。秦氏有好女，自名為羅敷。羅敷喜蠶桑，採桑城南隅。青絲為籠係，桂枝為籠鉤。頭上倭墮髻，耳中明月珠。緗綺為下帬，紫綺為上襦。行者見羅敷，下擔捋髭鬚；少年見羅敷，脫帽著帩頭；耕者忘其犁，鋤者忘其鋤。來歸相怒怨，但坐觀羅敷。」
（佚名：漢樂府・陌上桑）

這首詩中，描寫羅敷的美貌，不從正面描繪，而是敘述羅敷一出來，路過的行人看得如醉如癡的神態。例如挑擔子的行人放下擔子，摸著髭鬚欣賞；少年男子為引起羅敷注意，趕忙整理衣冠；耕田、種菜的人，忘了犁和鋤而呆看著。這些人回到家，後悔貪看羅敷，忘了要做的事而生氣、抱怨。從「行者見羅敷」一直到「但坐觀羅敷」的詩句，都是映襯中的側襯。再如要表達一個小朋友常虐待動物的事，也可用側襯法。

「啾啾啾！」小強背著書包，蹦蹦跳跳的回到了家門口，他猛按著門鈴。媽媽來了，家裡的小狗也來了。媽媽打開大門，小狗看到小主人回來，「噢！」的驚叫一聲，夾著尾巴趕忙跳開。

這一段裡，並沒有提到小主人虐待動物的行為，只是特定寫了連家裡的小狗，看到小主人後，怕被踢打，趕忙跳開的反應，由此襯托小主人平時如何虐待動物的事。這是側面襯托本體事物的修辭手法。

三、映襯的原則

映襯的使用原則有三。

(一)對比應力求強烈、自然

前面提過，映襯修辭可以突出語意，給人鮮明的印象，又可以增強作品深度，收到說服的效果，因此，要達到這個目標，則選材的對比材料，應力求強烈、自然，才能收到效果。例如唐朝大詩人杜甫，在安史之亂前，從長安到奉先縣去探望家屬。他把旅途見聞以及家人不幸的事，寫在〈自京赴奉先縣詠懷五百字〉詩中。詩中「朱門酒肉臭，路有凍死骨」的句子，寫富貴人家，吃不完的酒肉，都發酸、發臭了；貧家的百姓，沒衣沒食，凍死在路旁。這種把社會不公現象，貴族生活奢侈，百姓無衣無食的痛苦，自然而強烈的對比，收到強有力的控訴效果。再如高適〈燕歌行〉的詩句：「壯士軍前半死生，美人帳下猶歌舞」，近代警句：「前方吃緊，後方緊吃」等例子，都是對比強烈、自然的映襯句。

(二)客體本體應緊密結合

在正襯、反襯、側襯裡，客體事物是為了襯托本體事物的，因此客體事物跟本體事物應該相關，而且緊密結合。違反了這個原則，或者是喧賓奪主，讓人體會不出要表達什麼，就不是好的映襯句。前面提到的正襯、反襯、側襯的例句，結合都很緊密、妥切，內容都相關，是很好的映襯句。

㈢形式應力求活潑、多樣

表達的形式，應活潑、多樣。映襯句裡，可以兼採譬喻、設問、轉化、象徵、借代、示現、對偶、排比等等修辭法。文句長短，除了詞語、句子的映襯外，也可以擴展到段落或全篇。例如：

小草纖柔地，
站在小路邊；
強勁的風，吹不倒，
一下伏地，
一下挺身。

大樹茁壯地，
站在曠野上；
強暴的風，吹倒了，
攔腰截斷，

一臥不起。（趙天儀：小草與大樹）

這首童詩，把小草和大樹擬人，讓它們有意識，有生命，這是轉化修辭法的配合。而映襯的應用上，從人物來說，一個是小草，一個是大樹，兩物大小成對比。從性狀來說，小草是柔性的，大樹是剛性的，它們間是柔剛對比。在結果上，小草被風吹不倒，大樹被風吹成兩截，它們間有存亡的對比。篇章上，前段小草能以柔克剛，結果生存下來，後段大樹只懂得硬碰硬，結果滅亡。兩段成強烈對比，並構成一首詩。這是由語句擴展到篇章結構的映襯應用。《史記．魯仲連列傳》中敘述秦軍包圍趙國都城邯鄲，魏王派辛垣衍入趙國，要趙王尊秦昭王為帝以換取撤兵。正在趙國作客的魯仲連跟辛垣衍見面，探討尊秦與反對尊秦的大事。文章中有為個人打算和不為個人打算的對比；尊秦與否的對比；鮑焦與僕妾的對比；庸人與天下士的對比。這也是由語句擴展到篇章、人物的映襯應用。

習題

一、映襯修辭法的定義與作用是什麼？
二、映襯修辭法中的對比技巧，其方式有幾種？
三、請用映襯修辭法，撰寫一首兒童詩，並分析所用的技巧。

四、逯耀東在〈揮手〉一文中的句子：「他是一個活著沉默，但卻死得勇敢的人」；徐志摩在〈愛眉小札〉的文中寫了「我是個極空洞的窮人，我也是一個極充實的富人——我有的只是愛。」以上兩個應用映襯寫作的句子，屬於什麼類別？為什麼？

五、王守仁〈與楊仕德薛尚謙〉文的句子：「破山中賊易，破心中賊難」；《昔時賢文》中的句子：「虧人是禍，饒人是福。」以上二例，屬於映襯中的什麼類別？為什麼？

第七章 仿擬修辭法

日常生活或文章裡，仿擬修辭是常被應用的修辭法。例如報章雜誌或電視廣告裡，我們可以常看到：「家有閒妻」、「家庭煮婦」、「一家之煮」、「金玉涼言」等吸引人注意的詞語。這些詞語是根據已有的「家有賢妻」、「家庭主婦」、「一家之主」、「金玉良言」等詞語創造出來的。這就應用了仿擬的修辭法。

一、仿擬的定義與作用

什麼是仿擬修辭法？陳望道說：「為了滑稽嘲弄而故意仿擬特種既成形式的，名叫仿擬格。」黃慶萱說：「仿擬是對前人作品的摹仿。」王勤說：「仿擬又叫『翻造』、『套用』。為了取得一定的表達效果，在特定的語境中故意仿效原有的詞、語、句的樣式、格調，創造出臨時性的詞、語或句子。」譚永祥說：「仿照一個現成的詞語，臨時造出一個新的詞語；或仿照某一種腔調、格調，造句成文。仿體與本體不異而異，同而不同，這種修辭手法叫做仿擬。」

以上各家的說法有詳有略，有的側重作用，有的側重應用方式。綜合說來，為了使語言引人注意，或者具有風趣、嘲諷的特色，故意模仿已有的詞、語、句、段、篇的形式，創造出內容不同的新語文來。這種修辭手法，就是仿擬修辭法。

仿擬修辭的組成要件有兩樣。一樣是原有的詞、語、句、段、篇等語詞或文章，這是屬於被仿的「本體」部分；另一樣是仿擬出來的作品，這是「仿體」。應用仿擬，有時本體、仿體一起出現；有時只出現仿體。例如：

「宋嬤嬤聽了，心下便知鐲子事發。因笑道：『雖如此說，也等花姑娘回來，知道了，再打發他。』晴雯道：『寶二爺今兒千叮嚀萬囑咐的，什麼花姑娘、草姑娘的，我們自有道理』。」（曹雪芹：紅樓夢‧第五十二回）

這段話中的「花姑娘」指的是花襲人。紅樓夢中沒有姓草的姑娘。這兒的「草姑娘」是晴雯根據「花姑娘」的詞臨時造出來的。這兩個詞，「花姑娘」是本體，「草姑娘」是仿體。它們在語段中，一起出現。

「一吸毒成千古恨，再回頭已骷髏身。」（反毒標語）

這是仿諺語「一失足成千古恨，再回頭已百年身」的句子。本體省略，只出現仿體。

仿擬修辭的應用，它的作用有兩點：

㈠使語言推陳出新，給人感到新鮮與驚喜

仿擬中的本體部分，不是語文中剛提過的，就是眾人熟知的。讀者或聽者，看到或聽到根據已有的詞、語、句、段、篇等形式而造出來的語文，會有他鄉遇故知的驚喜；也由於語言的推陳出新，也會令人感到新鮮。

㈡使語言幽默、風趣，吸引讀者與聽者

仿擬的語文，由於從熟悉的詞語或特有的形式中演化出來，形式相同，內容不同，因此可使語文幽默、風趣，吸引讀者或聽者。例如有人以「有妻徒刑」和「無妻徒刑」為題，各寫了一篇散文。由於題目是從「有期徒刑」和「無期徒刑」的熟詞中演化出來的，因此本身語言便充滿了幽默、風趣；當然，間接的也吸引人想看看文章的內容。

二、仿擬的種類

仿擬的分類，各家也不同。陳望道分為「擬句、仿調」，黃慶萱分為「廣義的仿擬和狹義的仿擬」。廣義的仿擬叫做仿效，仿效下又分為擬句和擬調；狹義的仿擬叫做仿諷，仿諷下又分為升格仿諷和降格仿諷。譚永祥分為「仿語、仿調」。王勤分為「仿詞、仿語和仿句」。史塵封分為「仿詞、仿句、仿語段、仿篇」。黃麗貞分為「仿詞、仿語、仿句、仿調、仿篇」。現依語文的組成結構，分為「仿詞、仿語、仿句、仿段、仿篇」等五種。至於仿調、仿諷等，則散列於仿句、仿段或仿篇中。

(一)仿詞

仿詞是模仿已有的詞彙而創造出新詞來。例如：

「管他什麼豬太郎、牛太郎的！」（繁露：向日葵）

日本童話中有個名叫桃太郎的人物，他到惡魔島去，打敗了惡魔，搬回許多金銀寶貝。日本人崇拜他，也常自稱自己便是桃太郎。豬太郎、牛太郎的詞是仿桃太郎來的，這是仿詞。這兒仿出來的詞，有嘲諷的意思。

「只聽林之洋又接著說：『俺對先生實說罷：他知是知的，自從得了功名，就把書籍撇在九霄雲外。幼年的『左傳』、『右傳』、『公羊』、『母羊』，還有平時的打油詩、放屁詩，零零碎碎，一總都就了飯吃了』。」（李汝珍：鏡花緣）

左傳、公羊傳、穀梁傳合稱春秋三傳。左傳相傳為左丘明著，是一本書名。註解春秋經的沒有「右傳」。右傳的詞是仿擬左傳詞而來。公羊是公羊傳的簡稱，註解春秋經的也沒有母羊傳。母羊詞是仿擬「公羊」詞而來的。

「周顛叫道：『且慢，鐵冠雜毛，這兒如此荒涼，等你找到了人，韋一笑早就變成韋不笑。死屍倘若會笑，那就可怕得很了。』」（金庸：倚天屠龍記）

這兒的「韋不笑」詞，仿「韋一笑」而來，含有風趣、幽默的語意。

(二)仿語

仿語是模仿已有的短語而創造出新語。例如：

「彭和尚卻問：『誰…受…了…傷…啦…』聲音遠遠傳來，山谷鳴響。跟著又問：『到底是誰受了傷？說不得沒事吧？鐵冠兄呢？周顛，你怎麼說話中氣不足？』他問一句，人便躍近數丈，待得問完，已到了近處，驚道：『啊喲，是韋一笑受了傷。』周顛道：『你慌慌張張，老是先天下之急而急。冷面兄，你來給想個法子。』最後那句話，卻是向冷面先生冷謙說的。」

（金庸：倚天屠龍記）

仿語的「語」，指的是「短語」（或叫作詞組），它是由兩個或兩個以上的詞結合而成，比「詞」大的語法單位。一般短語有聯合短語（如：風聲、雨聲、讀書聲）、偏正短語（如：美麗的花園）、動賓短語（如：打球）、謂補短語（如：喝醉了）、主謂短語（如：精神集中）、複指短語（如：亞洲鐵人楊傳廣）、連謂短語（如：聽了很高興）、兼語短語（如：邀請外賓參加晚會）。金庸寫的「先天下之急而急」的短語，是模仿「先天下之憂而憂」的連謂短語。前述的「一家之煮」是仿「一家之主」的偏正短語。社會上有許多模仿已有短語而創造出的新語，例如「得意忘路」是「得意忘形」的仿語；「以不辯應萬辯」是「以不變應萬變」的仿語；「顧客盈攤」是「顧客盈門」的仿語。

㈢仿句

仿句也就是「擬句」，這是依照已有的句子形式，創造出新的句子來。句子的形式，包括單句或複句。例如：

「今天不讀書，明天會後悔。」（國語日報：日日談）

這是仿蔣經國先生擔任行政院長，為推行十大建設而回答反對者所說的「今天不做，明天會後悔」的話。

「滿城風雨，內閣局部改組。俞雖舊閣，其命維新。」（聯合報・黑白集）

俞國華先生在蔣經國總統時代，擔任行政院院長時，內閣曾局部改組。聯合報副刊上的〈黑白集〉專欄，對這件事有個短評。標題上的「俞雖舊閣，其命維新」這句話，是仿尚書中「周雖舊邦，其命維新」的句子而來。句意除了富有風趣、幽默的特性外，還有肯定、擁護的含意。

「停車暫借問，或恐是老婆。」（羅悅玲・中副）

這是羅悅玲發表在中央日報副刊上一篇散文的標題。該文敘述現在開放的社會裡，夫婦都上班去。由於工作的關係，丈夫開的車子裡，可能載了一位女同事；而太太也可能在她的服務機關裡，被另一個同事載出去。如果這對夫婦都是守法，不違反倫常的，那麼丈夫看到太太坐在別人的車裡，會很自然的停車問問。「停車暫借問，或恐是老婆」這句，乃是仿擬唐朝崔顥寫的〈長干行〉詩：「君家何處住？妾住在橫塘。停船暫借問，或恐是同鄉」的後兩句。

「長髮披肩，美鬚如雲，真正臉貌不太容易看得清楚。正是：不知喬治真面目，只緣君在此鬚中」。（趙寧：留美記）

「不知喬治真面目，只緣君在此鬚中」這句，是仿蘇軾〈題西林寺壁〉詩的句子：「不識廬山真面目，只緣身在此山中。」黃慶萱教授依句子性質，把此句歸入昇格仿諷裡。他認為這是故意用雄偉典雅的體裁，寫滑稽的小事。現依語文的組成結構，把此句列入仿句裡。

㈣仿段

仿段是依照已有的段落形式，模仿寫出新的語段來。例如：陳望道在《修辭學發凡》書中引《鏡花緣》裡的事：

春輝道：「我因今日飛鞋這件韻事，久已想要替他描寫描寫，難得有這『巨屨』二字，意欲借此摹仿幾部書，把他表白一番。姊姊可有此雅興？」

題花道：「如此極妙，就請姊姊先說一個。」

春輝道：「我仿宋玉〈九辯〉：獨不見巨屨之高翔兮，乃墮卞氏之圃。」……

紫芝道：「若要雄壯，這有何難！我仿莊子：其名為屨，屨之大不知其幾千里也，怒而飛，其翼若垂天之雲。是屨也，海運則將徙於南冥。南冥者，天池也。諧之言曰：『屨之徙於南冥也，水擊三千里，摶扶搖而上者九萬里，去以六月墮者也』。」

春輝道：「這個不但雄壯，並且極言其大，很得題神。」（鏡花緣‧第八十七回）

紫芝說的這一段話，是仿莊子〈逍遙遊〉中的第一段：北冥有魚，其名為鯤，鯤之大不知其幾千里也。化而為鳥，其名為鵬，鵬之背不知其幾千里也，怒而飛，其翼若垂天之雲。是鳥也，海運則將徙於南冥。南冥者，天池也。齊諧者，志怪者也。諧之言曰：「鵬之徙於南冥也，水擊三千里，摶扶搖而上者九萬里，去以六月息者也。」

這是屬於仿段的好例子。另外，有些仿段，乃仿段的調子。例如：黃慶萱在《修辭學》書中所舉的例子：

「到電影院坐下，聽見隔座女郎說起鄉音，如回故鄉。不亦快哉。」

「無意中傷及思凡的尼姑，看見一群和尚替尼姑打抱不平，聲淚俱下。不亦快哉。」（林語堂：來臺後二十四快事）

這兩段是仿金聖嘆批《西廂記》而寫的「不亦快哉」。現摘錄二則金聖嘆認為人生最快樂的事於下：

「於書齋前，拔去垂絲海棠紫荊等樹，多種芭蕉一二十本。不亦快哉！」

「春夜與諸豪士快飲，至半醉。住本難住，進則難進。旁一解意童子，忽送大紙炮可十餘枚，便自起身出席，取火放之。硫磺之香，自鼻入腦，通身怡然。不亦快哉。」（金聖嘆）

林語堂仿擬的「不亦快哉」，各段字句長短跟金聖嘆的「不亦快哉」不同，但是調子和內容性質相似，也屬於仿段的一種。

(五) 仿篇

仿篇是仿照已有的全篇詩文。例如：大陸修辭學家譚永祥的《漢語修辭美學》書中引的〈才不在高〉、〈科室銘〉等文體。

才不在高

才不在高，有官則名；學不在深，有權則靈。這個衙門，唯我獨尊。前有吹鼓手，後有馬屁精；談笑有心腹，往來無小兵。可以搞特權，結幫親，無批評之刺耳，唯頌揚之諧音。青雲能直上，隨風顯精神。群眾云：「臭哉此人。」（易和元：文摘周刊）

科室銘

才不在高，應付就行；學不在深，奉承則靈。斯是科室，唯吾聰明。庸俗當有趣，流言作新聞；談笑無邊際，往來有後門。可以打毛線，練氣功。無書聲之亂耳，無國事之勞神。調資不

落後，級別一樣升。古人云：「樂在其中。」（張代山：文摘周刊）

這兩篇都是仿唐朝文學家劉禹錫作的〈陋室銘〉。原作是：

山不在高，有仙則名；水不在深，有龍則靈。斯是陋室，惟吾德馨。苔痕上階綠，草色入簾青。談笑有鴻儒，往來無白丁。可以調素琴，閱金經。無絲竹之亂耳，無案牘之勞形。南陽諸葛廬，西蜀子雲亭。孔子云：「何陋之有？」（劉禹錫：陋室銘）

譚永祥說：「陋室銘本是作者渲染陋室的清幽雅潔的環境，描述了高雅簡樸的生活情趣，表現了作者自己不與世俗同流合污的情操和孤芳自賞的品格。而〈才不在高〉的仿作，是借以笑罵那些無才有術的特權人物；〈科室銘〉是批評某些科室機構臃腫，人浮於事，紀律鬆弛的現象。」由譚永祥的說明，可以更明白仿體作品跟本體作品，形式相同，內容不同的特色。本體作品寫陋室中的佳景、佳人、雅事；仿體作品嘲諷特權人物及政府官員。仿作內容雖不同，但含有原作形式的腔調。

再如臺灣近來股票慘跌，融資斷頭的好多。網路上出現了這樣的詩：

「松下問童子，言師追繳去。只在股市中，跌深不知處。」

「融資依山盡，斷頭入海流。欲增維持率，再賣一層樓。」

以上兩者，前一首是仿賈島的〈尋隱者不遇〉：「松下問童子，言師採藥去。只在此山中，雲深不知處。」後一首是仿王之渙的〈登鸛雀樓〉：「白日依山盡，黃河入海流。欲窮千里目，更上一層樓。」這些也是仿篇的仿擬。

仿篇的仿擬，除了仿詩作外，也有仿散文的。例如沈謙教授蒐錄在其大作《案頭山水之勝境》（尚友出版社出版）的一篇仿諸葛亮〈出師表〉的作品：

出師表　　諸葛四郎

臣四郎言：

歲月如矢，倏乎三年。七月轉眼將至，而臣辭朝歌去陛下遠行之日亦近矣。今天下三分，情敵虎視眈眈，臣又當離此他往，此誠危急存亡之秋，固有不得不進諫於陛下者。願陛下垂聽，則臣幸甚。

臣本學生，躬讀於臺大。苟全性命於考試，不求聞達於教授。三年不改其道。

臣生性淡泊，無意功名。晝夜苦讀，心如止水。遁入空學院既已有年，修成正果之日當在不遠。孰料一時定力不堅，因空見色，由色生情，走火入魔，重墮凡塵。雖云臣六根未淨，陛下實為臣造業之因。年前臣於某擔心會中，始初識陛下。一見而驚為天人，再見而拜倒石榴裙下，乃蒙陛下重用，不次擢升為護花大臣，由是感激，遂許陛下以驅馳。受命以來，夙夜憂歎，恐託付不效，以傷陛下之明。故展開快攻，深入敵後，殺退情敵半打。今天下粗定，兵甲已足，昔日強敵，化作飛灰煙滅。然臣猶未能高枕無憂也，蓋臣之於陛下，固未嘗有貳心，陛下之於臣，態度殊為游移。況陛下朝中，臣子何止數十，寵臣亦有三人，鼎足而三。故臣猶戰戰兢兢，畢恭畢敬，惟恐一朝失寵也。

今者，臣接軍書三卷，卷卷有臣名。夫執干戈以衛社稷，義也。臣亦頗思立功異域，揚名成功嶺。顧臣此去，三月不能歸，實有未能釋懷於陛下者。『居廟堂之高，則憂其民。處江湖之遠，則憂其君。』嗚呼，微斯人，吾誰與歸？臣未行已刻刻以陛下為念矣。陛下雖賢，然不免常為群小包圍，故臣常戮力於『清君側』之舉。陛下亦宜自課，凡有花言巧語，自命為護花大臣者，宜付太后裁決，一律逐出宮中，以昭陛下平明之治。小李老陳兩人，口蜜腹劍，絕非善類，陛下切勿親近！陛下之御弟及御犬阿花，此皆良實，志慮忠純，願陛下親之信之。御弟為最佳電燈泡，臣曾領教其威力。愚以為凡有看電影、球賽之事，悉以攜之。必能裨補闕漏，有所廣益。御犬阿花，戰鬥力特強，護主心尤切，臣在他口中報銷西裝褲兩條。愚以為晚間出遊，悉與之俱，必能使宵小無所乘。親賢臣，遠小人，此臣之所以與陛下情好日蜜也；親小人，遠賢臣，此臣之所以與前任女友告吹也。願陛下諮諏善道，察納雅言，以待臣班師回朝，則臣不勝受恩感激也。

反攻之號角響矣！剪光頭，上成功嶺之日至矣！臣頓首頻呼：『卿莫忘我，卿莫忘我！』今當遠離，臨表涕泣，不知所云。

此篇仿作諸葛亮之〈出師表〉全文文體形式，仿得極為神似；尤以把女友當做君王，自己為臣下，寫得情趣橫生，令人莞爾。

三、仿擬的原則

仿擬的使用原則有二：

㈠仿擬的本體必須人們熟悉的

仿擬的特色是應用人們眾所熟悉的語文而加以演化，產生不同的內容，以製造語文的情趣。因此，所仿擬的語文對象，應該是人們熟悉的語句詩文。大多數人不熟悉本體作品，那麼仿體作品就會被誤為一般的自創文句，缺乏了「他鄉遇故知」的驚喜，也減低了作品的詼諧引人。例如我們聽到小朋友喜歡朗誦的〈打蚊詩〉：「春眠不覺曉，處處蚊子咬。夜來巴掌聲，蚊子死多少？」由於知道這是仿唐朝詩人孟浩然〈春曉〉的作品，因此感到仿得很有情趣。如果仿擬的本體作品大家都不熟悉，那麼仿擬的作用消失，仿體作品就少了令人驚喜和感到諧趣的特色。

㈡形式可以模仿，內容必須新創

仿擬的作品，形式雖舊，但是內容應是新的。否則，有形式，無內容，就是空洞可笑的作品。

例如揚雄仿《論語》作《法言》的書。《論語》中孔子說：「君子不器」，揚雄的《法言》仿作「君子不械」。《論語》記：「君子三年不為禮，禮必壞；三年不為樂，樂必崩。」《法言》仿作：「三年不目日，視必盲；三年不目月，睛必矇。」這種只求形似，不求內容是否創新，是否有意義，便令人覺得好笑。好的仿擬，在內容上應力求創新。例如王勃的〈秋日登洪府滕王閣餞別詩並序〉裡的名句：「落霞與孤鶩齊飛，秋水共長天一色。」這雖是仿庾信〈馬射賦〉的「落花與芝蓋齊飛，楊柳共春旗一色」的句子，而內容跟意境都超過被仿的本體。沈謙教授認為王勃的這對擬句，有三個特點：「一是將滕王閣的景色概括在兩句話之中，對偶嚴整，文辭絢麗，句法靈動而有致，氣象奔放而自然。二是「落霞與孤鶩齊飛」，紅霞在天空飄動，白鴨翱翔其間，色彩上藍天中紅白對映，動態上有生命的飛鳥與無生命的晚霞並舉齊飛，構成一幅多采多姿的鮮活畫面。三是「秋水共長天一色」，水天共色，青碧交映之中，再加上前句的紅霞、白鴨，點綴出一幅絢爛奪目的彩色世界，呈現出一片曠達高遠的境界。」由沈謙的分析可知，仿體的內容應跟本體不同，甚至應超越本體。後人也有仿此句的，例如從消極面，撰寫騎機車不注意交通安全的悲慘結果為：「人體與車輛齊飛，血肉與碎片一地」，內容跟本體就明顯不同。再如詹炳發抗議醫生收紅包，於聯合報副刊上發表了一篇短文，其中的佳句：「華陀與紅包齊飛，醫德共鈔票一色」，在內容上也跟本體作品不同。以上這三個仿擬的句子，都富有創意，都是好的仿擬句。

習題

一、仿擬修辭法的種類有幾種？

二、明朝進士顧憲成在東林書院撰一副「風聲雨聲讀書聲，聲聲入耳；家事國事天下事，事事關心」的對聯。請以此聯為本體，應用「仿擬」修辭法，撰寫一聯。

三、請收集三則社會上新出現的仿語並說明仿何語。

第八章 借代修辭法

有個高中生對方苞寫的〈左宗毅公軼事〉文章中「公閱畢，即解貂覆生，為掩戶」的句子，翻譯作：「左光斗看完文章後，就解開繫在貂身上的繩子，把貂放在考生身上。出門時，還怕他著涼，把門拉上。」這個富有聯想力的高中生，依據文字判斷，以為明朝考試官左光斗，在考前巡視各處來京趕考的考生時，像現在人帶著狗散步一樣，帶了一條貂去。當他看了考生史可法的文章後，愛惜這個人才，把貂送給他取暖。原文的意思是左光斗怕伏在桌上睡著的考生著涼，因此脫下身上穿的貂皮大衣，為他覆蓋。這個高中生譯文的錯誤，乃是不明白修辭學中的「借代」修辭，以製作貂皮大衣的材料—貂，借代為「貂皮大衣」的使用法。

社會上，我們可以發現有許多以別的名稱來代替本詞的。例如以「生涯規畫師」稱呼「相命仙」，以「希望工程師」稱呼「小學教師」，以「病理按摩」稱呼「掠龍」，以「在夜間搬家公司做事」稱呼「小偷」，以「安樂園」稱呼「墳場」，以「景觀設計師」稱呼「園丁」，以「人生理財規畫師」稱呼「拉保險的」。這些都應用了「借代」修辭法。

一、借代的定義與作用

什麼是借代修辭法呢?陳望道說:「所說事物縱與其他事物沒有類似點,假使中間還有不可分離的關係時,作者也可借那關係事物的名稱,來代替所說的事物。如此借代的,名叫借代辭。」黃慶萱說:「所謂借代,就是指在談話或行文中,放棄通常使用的本名或語句,而另找其他名稱或語句來代替。」曹毓生說:「在講話或文章中,有時候不把要說的事物名稱直接說出來,而拿與它有密切關係的事物名稱或它本身最突出、最具有特徵性的一部分來代替它,也就是換一個稱呼,叫做借代。」綜合以上各家見解,借代就是在談話或作文,不直接採用事物的本來名稱,而改用跟它有關的其他事物名稱來代替的修辭法。

借代修辭裡,事物的本來名稱就是「本體」,它在句子中並不出現;改用的其他名稱就是「借體」,它代替本體。例如「一群平凡人想出的辦法,勝過一個聰明人單獨的見解」的意思,俗語中用借代法說成「三個臭皮匠,勝過一個諸葛亮。」這兒的「臭皮匠」、「諸葛亮」都是「借體」,代替平凡人及聰明人的「本體」。如此借代,可使語句新穎、生動,而且收到說服的效果。

借代修辭法的應用,有以下兩個主要作用:

㈠可以使語言新奇引人

黃慶萱說：「人類對於一些經常出現的刺激，常產生『消極適應』。初到一個大城市，可能對飛機、汽車所發出的噪音感到無法忍受，但是住慣大城市的人卻可能會聽而不聞……。所以古人說：『如入芷蘭之室，久而不聞其香；如入鮑魚之肆，久而不聞其臭。』老子甚至更感慨地指出：『五色令人目盲，五音令人耳聾。』充分說明了人類對經常刺激的麻木。要想使刺激有效的引起人類的反應，便必須講究刺激性。心理學上的實驗也證明，新的刺激遠較經常的刺激易引起『注意』。『借代』一法，就是在這種心理基礎上架構而成。」由此說明我們可以知道，借代修辭法的作用，就是要以新穎的詞語，吸引聽者或讀者的注意，以收到語文的表達效果。例如現代社會人士，不直接說「廁所」，而改用：洗手間、衛生間、化粧室、盥洗室、一號、聽雨軒等詞，便是為了求變化、新奇，以引人注意。再如說到「死」的意思，很多人不直接說出，而改用逝世、大去、上帝寵召、羽化成仙、駕返瑤池、上西天、上天堂、停止呼吸、百年、千秋、駕崩、淪為波臣等等詞語借代，不但委婉、不犯忌，而且也新奇引人。

㈡可以突出事物的特性，收到具體、生動的效果

例如杜甫〈自京赴奉先縣詠懷五百字〉的「朱門酒肉臭，路有凍死骨」的詩句。唐朝富貴人家的大門標幟是塗上朱紅色的漆。杜甫不用「富貴人家」的本詞，而改用「朱門」的借體，不但突出事物的物性，而且也收到具體、生動的效果。再如杜甫〈哀江頭〉「明眸皓齒今何在，血汙

遊魂歸不得」詩句，詩人以美人身上的明亮眼睛及潔白的牙齒代替楊貴妃，不但突出楊貴妃有動人的眼睛、美好牙齒的特徵，還具體、生動地表達出楊貴妃的嬌美和迷人。

二、借代的種類

借代的分類，雖然各家略有不同，但是大部分都採用陳望道的分類法。陳望道把借代分為「旁借」和「對代」等兩大類。旁借指的是用隨伴事物代替主幹事物，這一大類中，還分為：事物和事物的特徵或標記相代、事物和事物的所在或所屬相代，事物和事物的作家或產地相代、事物和事物的資料或工具相代等四種。對代指的是借來代替本名的，盡是跟文中所說事物相對待的事物名稱。這一大類中，也分為：部分和全體相代、特定和普通相代、具體和抽象相代、原因和結果相代等四種。

黃慶萱《修辭學》書中的借代修辭法，大致上採用陳望道的分類法再細分為八類。現依陳望道的分類法，並參酌黃慶萱的見解，將借代分為以下八類。

㈠事物特徵或標幟的借代

事物特徵或標幟的借代，指的是說話或作文，不說事物的原有名稱，而以事物的特徵或標幟來代替。例如：

黑頭髮，／站起來。∥白頭髮，／坐下來。∥弟弟頭髮像小鵝，／老公公說：「你也坐！」∥（聖野：車上）

以頭髮來說，年輕人的特徵是黑頭髮，老年人的特徵是白頭髮，小孩子的特徵是鵝絨毛似的頭髮。這首兒童詩，以「黑頭髮」代年輕人，「白頭髮」代老年人，「頭髮像小鵝」代弟弟，便是事物特徵的借代。報紙上曾刊有「十次車禍九次快，可憐白頭送黑髮」的消息。這兒的白頭、黑髮，也是老人、年輕人的借代。

每個事物，常有顯著的特徵。以「人」來說，人的外形、打扮、生理、嗜好，都有顯著的不同。例如人的高矮胖瘦，禿頭、駝背，打扮像花蝴蝶，喜愛插一朵山茶花等等特性，說者或作者不直接對有此特徵的人直稱他的名字，而改用：高個子、矮子、胖子、瘦子、禿頭、駝背、花蝴蝶、茶花女等詞代替，這些都是事物特徵的借代。

以事物的標幟借代的也不少。例如：

藍軍立委盼中央表態，部分在野立委籲陳總統讓步，化解亂局。（中國時報・民國八十九年十一月五日焦點新聞）

這則新聞中的「藍軍」，指的是中國國民黨。國民黨的黨旗是藍色的，報社編輯不用「國民黨」的本體詞，而改用「藍軍」的借體詞，這是借事物的標幟，代替「本體」。日本國旗的標幟是「太陽旗」美國是「星條旗」，中華民國是「青天白日滿地紅旗」。如果我們要表達「中華民國的國民，都是過著幸福快樂的日子」的意思，不直接提到中華民國，而改為「生活在青天白日滿地紅旗下的人，都過著幸福快樂的日子」，這便是事物標幟的借代。

(二)事物的所在或所屬的借代

事物的所在或所屬的借代，指的是不說事物的原有名稱，而以事物的所在地或所屬範圍的詞語來代替。例如：

> 大江東去，浪淘盡千古風流人物。（蘇軾：念奴嬌）

這兒「大江東去」的意思是指「浩浩蕩蕩的長江水，向東滾滾地流去。」這兒的「大江」，不是指浩大的長江，而是指浩大的江水。以「大江」，代「江水」，這是事物所在的借代。再如：

> 白頭搔更短，渾欲不勝簪。（杜甫：春望）

杜甫不寫「白髮搔更短」，卻寫「白頭搔更短」，理由是白髮長在頭上，因此以事物所在地的「頭」，借代「髮」，使句子更引人注意。這也是事物所在的借代。至於事物所屬的借代，可看下例：

襁褓置道旁，有兒不暇乳。（陳文述：插秧女）

插秧女一文是敘述插秧工作的辛苦。其中敘述辛苦的情形，列舉了插秧女一邊要照顧嬰兒，一邊要做插秧的工作。嬰兒餓哭了，插秧女也抽不出時間餵奶。「襁褓置道旁」的襁褓，本來是包嬰兒的布巾，這兒借代為「嬰兒」。這是以嬰兒所屬的東西，代替嬰兒本詞，屬於事物所屬的借代。

日常生活中，常可以聽到事物所在或所屬的借代，例如稱呼他人母親的「令堂」一詞，便是事物所在的借代。從前社會，男主外，女主內，女主人大部分留在堂上，因此借「堂」代母。其他如「正室」借代「原配」，「偏房」代「小妾」，「西席」代「教師」，都是事物所在的借代。至於敬酒時的「乾杯」一語，也是借代的應用。乾杯，指的是喝乾杯中的酒。這個詞語，以「杯」代酒，便是屬於事物所屬的借代。

㈢事物的作者或產地的借代

事物的作者或產地的借代，指的是不說事物的原有名稱，而以事物的作者或產地的語詞來代替。例如：

慨當以慷，憂思難忘；何以解憂，惟有杜康。（曹操：短歌行）

杜康是周朝人，有的說是黃帝時候的人，他善於造酒。詩中「何以解憂，惟有杜康」，杜康代替「酒」，便是事物作者的借代。日常談話中，也可用事物的作者借代某事物。例如說：「你怎麼去臺北呢？」回答者說：「老方法，靠史帝芬遜啊！」史帝芬遜是發明火車的人，這兒以他借代火車，便是事物的作者借代。又如：

> 湘鄉出將入相，手定東南，勛業之盛，一時無兩。（俞樾：春在堂隨筆・卷一）

俞樾所稱讚的人是曾國藩。這兒不直接寫曾國藩出將入相，而用曾國藩出生地，簡稱「湘」的湖南省來代替，寫作「湘鄉出將入相」，便是事物產地的借代。日常談話中，也常以事物產地借代事物。例如臺灣臺南的麻豆鎮，出產的文旦很好吃，於是以「麻豆」代「文旦」；苗栗縣的白沙屯西瓜很甜，賣西瓜的生意人喊「白沙屯」的詞，借代「甜西瓜」。這些都是事物產地的借代。

㈣事物的材料或工具的借代

事物的材料或工具的借代，指的是不說事物的原有名稱，而以該事物的材料或相關的工具語詞來代替。例如董季棠在《修辭析論》書中所引的例子：

> 今足下還歸，揚名於匈奴，功顯於漢室，雖古竹帛所載，丹青所畫，何以過子卿！（漢書：蘇

武傳）

董氏認為：「竹帛」借代為簡冊，這是以編寫史書的材料，代替事物；「丹青」借代為圖像，這是以繪畫功臣像的工具，代替事物。

無絲竹之亂耳，無案牘之勞形。（劉禹錫：陋室銘）

董氏認為「絲竹」是製造樂器的材料，在這兒借代為樂器，乃是材料代替事物的名稱。

黃慶萱的《修辭學》書中所引的例子：

因為當初我們都曾夢想成為文學家，而且還說過酸溜溜的話：要握莎士比亞的筆，不舞拿破崙的劍。（逯耀東：三人行）

黃氏認為「握莎士比亞的筆」，代「寫出與莎翁比美的作品」，這是以事物的工具，代替事物。

㈤部分和全體的相代

部分和全體的相代，指的是整個事物中的一部分，代替整個事物名稱；或是整個事物，代替部分事物。例如陳望道書中所引的例子：

你歷年賣詩賣畫，我也積聚下三五十兩銀子，柴米不愁沒有。（儒林外史・第一回）

生活費用中，「柴米油鹽醬醋茶」佔的比例很高，這兒以「柴米」借代為生活費用，這是以部分代替全體的借代。再如：

故人西辭黃鶴樓，煙花三月下揚州。孤帆遠影碧山盡，惟見長江天際流。（李白：送孟浩然之廣陵）

「帆」，指的是掛在桅杆上，借風力使船前進的布篷。這兒指掛著布帆，借風力行駛的船。這是以部分代全體的借代。

叔于田，巷若無人。豈無人居，不如叔也，洵美且仁。（詩經：鄭風・叔于田）

詩中用婉曲的技法，敘述叔出去打獵，巷里中就沒有人了。為什麼說沒有人呢？因為沒有人比得上叔這個人的美和仁。這兒也用到「借代」修辭法。「叔」是個體，「人」是全體。現在說巷裡沒有人，代表巷里中沒有叔這種仁而美的人，便是以「全體」代替「部分」的借代法。左傳文公十三年有「子無謂秦無人，吾謀適不用也」的句子。這兒的無人，借代為沒有賢能的人，也就是以全體代部分的借代。

㈥特定和普通的相代

特定和普通的相代，指的是特定名稱代替普通詞語；或普通詞語代替特定名稱。例如：

是啊！我要是王貞治的話，阿勉就是荒山教練了。（砂田弘著，丁羊譯：一出局滿壘）

王貞治是世界級的我國棒球選手，是特定的一個人。句中把王貞治借為「有名的棒球選手」，這是特定名稱代替普通詞語的借代。再如：

那天，我們發現白娘娘比屈原更有名。那天，人人都愛蛇……。（王鼎鈞：碎琉璃）

白娘娘是特定的人，現在借代為普通名詞的「蛇」；屈原也是特定的人，借代為普通名詞的「端午節」。這些都是特定和普通的相代。

日常生活中，常可聽到以特定名詞代替普通詞語的。例如以「西施」代替美女，以「魯班」代替大工程師，以「華佗」代替名醫，以「愛迪生」代替發明家，以「貝多芬」代替音樂家，以「孔子」代替聖人，以「彭祖」代替長壽者等等。

以普遍詞語代替特定名稱的，陳望道曾舉這樣的例子：

彼此說著閒話，掌上燈燭，管家捧上酒、飯、雞、魚、鴨、肉，堆滿春臺。王舉人也不讓周進，自己坐著吃了，收下碗去。（儒林外史・第二回）

「肉」是普通名詞，但在這兒卻指為特定的豬肉，這是以普通代替特定的借代。董季棠也舉了下列的例子：

莫道不銷魂，簾捲西風，人比黃花瘦。（李清照：醉花陰詞）

「黃花」是普通詞語，這兒專指特定詞「菊花」，這是普通代替特定的借代。日常生活中，也可以聽到以普通詞語來代替特定詞的。例如：「這是我的女人」此句。「女人」是普通詞，這裡用以代替自己的妻子，便是普通代替特定的借代。

(七)具體和抽象的相代

具體和抽象的相代，指的是以具體的事物代替抽象概念；或是以抽象概念，代替具體事物。陳望道說：「具體概指事物的形體，抽象概指事物的性質、狀態、關係、作用等類而言。」例如：

夏天是蟬兒吹牛的季節。／他不知道榕樹公公為什麼要／撐起大綠傘，／他不知道石榴姊姊為什麼要／穿上小紅衫，／卻站在高高的樹梢大叫：／知了，／知了。//（蔡季男：蟬）

這首兒童詩，作者寫榕樹「撐起大綠傘」，意思是榕樹長得很茂盛；石榴「穿上小紅衫」，意思是石榴紅了。「大綠傘」代替「茂盛」；「小紅衫」代替「紅了、熟了」，這是具體詞語代替抽象詞語。

人與人之間真的橋太少而牆太多了，為什麼人總學不會「欣賞別人」呢？（蕭蕭：布袋戲）

黃麗貞認為：用「橋」代替「溝通」，用「牆」代替「隔閡」；溝通和隔閡兩種抽象的思想，借具體的橋和牆來表示，給人更明晰的觀念。這也是具體代抽象的借代。

以抽象概念代替具體事物的，例如：

雨橫風狂三月暮，門掩黃昏，無計留春住。淚眼問花花不語，亂紅飛過秋千去。（歐陽修：蝶戀花）

這兒的「亂紅飛過秋千去」，意思是飄零的落花飛過秋千外去。「紅」是抽象詞，「花」是具體詞。這兒以「紅」代「花」，便是抽象代具體的借代。

昨夜雨疏風驟，濃睡不消殘酒。試問捲簾人，卻道海棠依舊。知否，知否？應是綠肥紅瘦。

（李清照：如夢令詞）

陳望道認為，這是以抽象詞「綠」，借代具體的「海棠葉」；以抽象詞「紅」，代替具體詞的「海棠花」。

(八)原因和結果的相代

原因和結果的相代，指的是以事物原因，代替結果；或以事物的結果，代替原因。例如：

漢皇重色思傾國，御宇多年求不得。（白居易：長恨歌）

這兒不寫漢皇重色「思佳人」，卻寫為「思傾國」。這兒的「傾國」借代為「佳人」，這是以「結果」代「原因」的借代。要瞭解它的關係，陳望道說：「漢朝李延年歌：『北方有佳人，絕世而獨立。一顧傾人城，再顧傾人國。寧不知傾城與傾國？佳人難再得。』因此，佳人是原因，傾國是結果。」再如黃麗貞舉的例子：

故人別我出陽關，無計鎖雕鞍。今古別離難，蹙損了蛾眉遠山。（劉燕歌：太常引）

這兒不說「不讓離人動身」，卻說是「鎖雕鞍」。「鎖雕鞍」是不能動身的原因，代替了不能動身的結果。這是原因代替結果的借代。

三、借代的原則

借代的原則，黃慶萱列舉了下列七樣：必須貼切感、具體化、新穎、富稠密度、含蓄美、強調性、能避忌諱。現簡單歸納為以下兩項。

(一)把握事物特性

把握事物特性是應用借代修辭的基本，因此使用的人，應注意借體和本體的明確關係。例如王國維認為古今成大事、立大業的人，必經過下列三個境界：「昨夜西風凋碧樹，獨上層樓，望盡天涯路」、「衣帶漸寬終不悔，為伊消得人憔悴」、「眾裡尋他千百度，驀然回首，那人正在燈火闌珊處。」現以第二個境界的詩句為例，便合於這個要求。詩句裡「衣帶漸寬終不悔」的意思是，為了要追求理想，即使勞累到身體瘦了，也不後悔。這兒的「瘦」來表達追求理想的執著，便是把握了事物的特性。再如前述杜甫的詩句「朱門酒肉臭，路有凍死骨」，也是把握了事物的特性。古人的見解是「德潤身，富潤屋」，杜甫以富麗堂皇的房子，代表富貴人家，便是把握了事物的特性。

(二)借代的事物要新穎、生動、自然

把握了事物的特性後，應用「借代」，應該再注意新穎、生動、自然的妥切表達。例如前述表達追求理想，即使勞累得瘦了，也不後悔的內容，作者以具體「衣帶漸寬」詞語，借代抽象的「瘦」意，以及杜甫以具體的「朱門」詞語，借代抽象的「富貴人家」，都是合乎新穎、生動、自然的要求。

習題

一、何謂借代修辭法？它的作用是什麼？

二、借代修辭法的種類有幾種？請自行撰寫一例，或從文藝作品中找出例子來說明。

三、請列舉日常生活中聽到或看到的三個借代例子，並說明它的借代類別。

第九章

摹況修辭法

研究修辭的學者，對描述事物情狀的感受，有的叫它為摹狀，有的叫它為摹擬，還有的叫它為摹寫或摹繪。黃慶萱對這種修辭法的名稱有不同的見解。他說：「我個人感到『摹狀』一詞，易使讀者誤會僅為視覺所得各種形狀色彩的摹繪。其實，摹寫的對象不僅為視覺印象，同時也包括聽覺、嗅覺、味覺、觸覺等等的感受，所以改稱為『摹況』。」黃慶萱不贊成「摹狀」詞，而「摹擬」詞又接近「仿擬」的修辭名稱，怕被弄混了，「摹繪」也容易使讀者誤為專指視覺的描繪，因此，這兒採用黃慶萱提出的「摹況」詞為此類辭格的名稱。

一、摹況的定義與作用

什麼叫做摹況？陳望道說：「摹寫對於事物情狀的感覺的辭格。」黎運漢、張維耿等說：「摹繪人和物的聲音、色彩、形狀的修辭方式。」黃慶萱說：「對自己感受到的各種境況和情況，特別是其中的聲音、色彩、形狀、氣味、觸感等，恰如其實地加以形容描述，叫做摹況。」綜合以上見解，摹況就是個人對事物各種境況、情況的感受加以描述的修辭法。

摹況的界定有寬有窄。主張寬的，把所有應用描述技巧寫出來的長段句子，都算是摹況。主張窄的，就以「詞」為主，不及於長段的描述。目前大部分是主張窄的，有的甚至還提出更窄的條件。例如曹毓生說：「摹狀一般可分為摹形、摹色、摹聲三種情形。除摹聲有時可用單音節的象聲詞以外，其餘都要借助疊音詞來表現。」

摹況修辭法的成立，有以下兩點作用：

㈠可以具體地反映事物情狀

使用摹況修辭法，採用了視覺、聽覺、嗅覺、味覺、觸覺等等方式來抒發心理的感受，因此更能具體地反映事物情狀。例如白居易〈琵琶行〉的詩句：「大弦嘈嘈如急雨，小弦切切如私語；嘈嘈切切錯雜彈，大珠小珠落玉盤。」詩中白居易描述大弦的響聲，用低沈而渾厚的「嘈嘈」聲來表現；描述小弦，用尖細而輕幽的聲音表達。這種直接訴諸聽覺的摹聲詞，不是具體地反映了事物情狀嗎？再如杜甫的〈登高〉詩：「無邊落木蕭蕭下，不盡長江滾滾來。」杜甫用「蕭蕭」的摹聲詞，描述落葉掉下來的聲音，不是具體地寫出秋天的蕭瑟情景嗎？用「滾滾」的摹形詞描述長江後浪推前浪的壯觀，不是具體地寫出江水的滔滔景致嗎？

(二)可以使語言生動、活潑

使用摹況修辭法，不管是採用摹聲、摹形、摹色的方法，都可以增加語言的生動和活潑。例如杜甫的〈兵車行〉詩：「車轔轔，馬蕭蕭，行人弓箭各在腰。爺孃妻子走相送，塵埃不見咸陽橋。」杜甫用聽覺摹寫法，把「車子在動，馬在叫」的語意，寫作「車聲轔轔，馬鳴蕭蕭」的動態語句，這種語言不是比「車子在動，馬在叫」的句子生動、活潑嗎？再如《樂府詩集・敕勒歌》：「敕勒川，陰山下。天似穹廬，籠蓋四野。天蒼蒼，野茫茫，風吹草低見牛羊。」這首詩採用視覺摹寫法，把「天高地廣」的語意，寫作「天蒼蒼，野茫茫」，表現「天是深青色的，地面四野是白茫茫不見邊際的」，如此呈現美景的語言，不是比原來「天高地廣」的語言生動嗎？

二、摹況的種類

摹況的分類各家不同。陳望道分為「摹視覺」和「摹聽覺」；曹毓生分為「摹形、摹色、摹聲」；王德春編的《修辭學詞典》分為「摹聲、摹色、摹味、摹景象、摹形態、摹情態」；黃慶萱分為「視覺的摹寫、聽覺的摹寫、嗅覺的摹寫、味覺的摹寫、觸覺的摹寫、綜合的摹寫」；黃麗貞採用黃慶萱分類法，不過，把綜合摹寫換成感情意緒的摹寫。現在採用黃慶萱以外形的感覺器官為依據的分類法，分為視覺、聽覺、嗅覺、味覺、觸覺等五種摹寫法。

(一)視覺的摹寫

視覺的摹寫，乃是根據眼睛所見，描述內心對外界事物的形象、顏色、光影等等印象的感受。例如：

> 老楞天生一副楞頭楞腦的樣子，腦門凸了出來，下巴突出，彷彿一堵高聳的懸崖。嘴巴很大，兩片嘴唇像兩扇鐵門緊密著，又肥又厚。配著由那雙山梁子一般的鼻子，倒很合適。他的兩道濃眉，活像兩把掃帚。眼珠很大，你一見，不由得會想起老水牛的眼睛。眼光裡充滿了憨厚和純樸。（李喬：一個擔架兵的經歷）

修辭學家王勤認為這段話中，作者用「高聳的懸崖」、「兩扇鐵門」、「山梁子」、「兩把掃帚」、「老水牛的眼睛」，分別形象地描繪了「下巴」、「嘴唇」、「鼻子」、「眉」、「眼睛」的形狀。我們認為王勤說的這種描述事物的寫法，乃是根據眼睛所見，摹寫內心對外界事物景象的感受；是借助視覺的，因此是視覺的摹寫。這段話裡，應用了譬喻修辭法，也應用了摹況修辭法。再如：

在白晝，聽不到鳥鳴，但是看得見鳥的形體。世界上的生物，沒有比鳥更俊俏的，多少樣不知名的小鳥，在枝頭跳躍。有的曳著長長的尾巴，有的翹著尖尖的長喙，有的是胸襟上帶著一塊照眼的顏色，有的是飛起來的時候才閃露一下斑斕的花彩。（梁實秋：鳥）

這段話裡，採用摹視的手法，以「長長」的疊字詞，描述對鳥尾巴的外形印象；以「尖尖」詞，表達對鳥喙形象的感受；以「照眼」及「斑斕」詞語，抒寫鳥羽的色彩、光影。這也是視覺的摹寫。

採用視覺摹寫描述事物的印象，例子很多。例如我們常聽到的語句，如「綠油油」的秧苗、「黑壓壓」的烏雲、「圓溜溜」的眼睛、「濕淋淋」的毛巾、「毛茸茸」的胸脯、「黑黝黝」的大地、「亮晶晶」的珍珠、「閃閃」的燈光、「圓滾滾」的腦袋、「田田」的蓮葉、「黃澄澄」的菜花、「黑漆漆」的頭髮、「懶洋洋」地走著、「金黃」的稻穗……。引號中的詞語，都是視覺的摹寫。

㈡聽覺的摹寫

聽覺的摹寫，乃是根據耳朵所聽，描述內心對外界事物的聲音感受。有的將這種寫法，叫做「摹聲」。例如：

朝辭爺孃去，暮宿黃河邊；不聞爺孃喚女聲，但聞黃河流水鳴濺濺。旦辭黃河去，暮宿黑山頭；不聞爺孃喚女聲，但聞燕山胡騎聲啾啾……爺孃聞女來，出郭相扶將；阿姊聞妹來，當戶理紅粧；小弟聞姊來，磨刀霍霍向豬羊。（佚名：木蘭辭）

這段詩中，詩人根據耳朵所聽，以「濺濺」、「啾啾」、「霍霍」等聲音詞，形象地描述了黃河的流水聲、胡騎叫聲、興奮的磨刀聲。這些都是借助聽覺而寫出的「摹聲」詞。再如：

從瀑布的旁邊繞過去，還要往上爬。爬到聽見鳥聲，聽不見瀑布聲的地方，就離山頂不遠了。鳥聲很好聽。有的鳥叫的是「舅舅啊，舅舅啊」；有的鳥叫的是「七七，七七，七七七七」；有的鳥叫的是「公公，公公」；有的鳥叫的是「苦瓜，苦瓜」；有的鳥叫的是「好貴，好貴」；有的鳥叫的是「不希奇，不希奇。」（林良：山）

林良以「舅舅啊」、「七七」、「公公」、「苦瓜」、「好貴」、「不希奇」等摹聲詞，描述對眾鳥不同叫聲的感受，這也是借助聽覺的摹寫而寫出來的。

採用聽覺手法摹寫事物聲音的例子也很多。例如《詩經》中「關關雎鳩，在河之洲」的「關關」詞，就是摹寫鳥的叫聲；《詩經》「呦呦鹿鳴，食野之苹」的「呦呦」詞，是摹寫鹿的叫聲。《史記‧荊軻傳》中「風蕭蕭兮易水寒，壯士一去兮，不復還」的「蕭蕭」詞，是摹寫風的聲音。而日常聽到的「寒風呼呼地吹」、「嘩啦嘩啦的流水」、「淅瀝淅瀝的雨聲」、「嘻嘻嘻嘻的笑」、「淙淙的水聲」、「蚊子嗡嗡地叫著」、「心兒噗噗地跳著」、「踢踏踢踏的馬步聲」……其中的疊音詞，都是聽覺的摹寫。

㈢嗅覺的摹寫

嗅覺的摹寫，就是根據鼻子所聞，描述內心對外界事物的氣味感受。例如：

> 在六〇高地上打靶，左右的槍枝，砰砰碰碰的發出響聲，槍口爆出了閃閃的火光，青煙沖起，空氣中充滿了焦臭、刺鼻的硫磺味。（敬亭山：打靶）

這段句子裡，「砰砰碰碰」是摹聲詞，「閃閃」是摹視詞，「焦臭、刺鼻」是應用嗅覺摹寫空氣的「摹嗅詞」。再如：

> 霧水和著松脂氣息，涼涼、香香的空氣，一下子進入我的心田之中，精神為之一振。（張先梅：心在高原）

這段句子裡，以「涼涼、香香」詞，描述對空氣的印象，這是借助嗅覺摹寫方式而寫出來的。採用嗅覺手法而寫出事物感受的例子，比摹視、摹聲少，不過日常生活中，我們也可以聽到「淡淡」的香氣、「濃濃」的花香、「香噴噴」的白米飯、「芬芳」的酒香、「衝鼻」的酒臭味等等跟嗅覺有關的摹寫詞。

(四)味覺的摹寫

味覺的摹寫，就是透過舌頭品嘗，描述外界事物味道的感受。例如：

這一桌海鮮席，精華就集中在先上桌的四大海鮮冷盤。有生蠔、九孔、西施舌、蚶、花枝。它們都是趁新鮮冷藏起來的，所以上桌的時候，冰涼鮮脆，入嘴清新。（林良：鹿港吃海鮮）

這段句子，「冰涼鮮脆」、「清新」等詞，都是經過舌頭品嘗海鮮而寫出來的摹味詞。再如：

北平尋常提到江蘇菜，總想著是甜甜的，膩膩的。（朱自清：說揚州）

這句子，「甜甜」、「膩膩」，也是透過舌頭品嘗的摹味詞。

講話中寫文章，採用味覺手法寫出的例子也不少。例如：「苦苦」的茶、「鹹鹹」的汗、「鮮美」的魚湯、「酸酸」的梅子汁等詞語，也是味覺的摹寫。

(五)觸覺的摹寫

觸覺的摹寫，乃是透過肌膚、肢體與外物接觸，再經過內心的感受而把它寫出來。例如：

寒風呼呼的吹，冷雨颼颼的下。一個返鄉的旅客，急急的趕路回家。雖然沒有飛舞的雪花，寒風冷雨還是不停的在他身上撲打。像刀割，像針扎，揪著他的頭髮，刺著他的臉頰，一陣陣，一陣陣，他覺得又痛又麻。（國編本國小國語課本第九冊）

這兒的「刀割」、「針扎」、「又痛又麻」等詞語，都是觸覺的摹寫，又如黃慶萱在《修辭學》書中舉的例子：

迭更斯的《大衛高柏菲爾》裡的馬利亞，他的手也是令人不能忘的，永遠是濕津津的、冷冰冰的，握上去像五條鱔魚。（梁實秋：握手）

這段句子中，「濕津津」、「冷冰冰」的詞語，乃是描述馬利亞的手給人的感覺。這也是借助觸覺而寫出的詞語。

採用觸覺手法描述事物的例子，也常可聽到。例如：「軟軟」的草、「硬硬」的石頭、「鬆鬆」的肌肉、「輕輕」拭去掌心的汗珠等詞語，引號中的詞，都是觸覺的摹寫。

三、摹況的原則

摹況的使用原則，要注意的有兩點：

(一)力求具體、生動與妥切

運用摹況修辭法，主要是為了使被描述的事物，能具體、生動而妥切的展現出來，以感動讀者或聽者，因此，使用此修辭法，就應力求達到這個目標。如何達到這個目標？表達者就要深入觀察被摹寫的事物，以及細心體驗該事物的特性。例如謝冰瑩在〈雨港基隆〉一文中，描述雨後的情景，在摹寫時，便很注意這個原則。

> 就在這時，雨忽然停住了，海裡翻滾著洶湧的浪濤，樹上滾下亮晶晶的水珠，碧草搖擺著柔軟的軀幹，棲息在枝葉下的小鳥振一振兩翼，啪的一聲又向遠方飛去了。這時，一輪強烈的日光，衝出了雲層，像向大地示威似的照得滿山遍野通紅。在海上，又是另一番景色，海濤在日光的反照之下，現出五色燦爛的花紋，恰像孩子們玩的萬花筒，起著各種不同的變化。（謝冰瑩：雨港基隆）

這段句子中，有多處應用到摹況的技巧。例如：「翻滾著洶湧的浪濤」的「翻滾」一詞，用的是視覺的摹寫手法；「亮晶晶的水珠」的「亮晶晶」，也用視覺的摹寫；「碧草搖擺柔軟的軀幹」的「柔軟」一詞，用的是觸覺的摹寫，而小鳥飛去，用「啪」的一聲來描寫，「啪」是聽覺的摹寫；日光照滿山，寫作「照得滿山遍野通紅」，「遍野通紅」詞語，用的是視覺摹寫。謝冰瑩能這樣具體、生動、妥切的摹寫浪濤、水珠、鳥飛、日照，應是透過深入的觀察及細心體驗而來的。

(二)靈活應用摹寫技巧，並參用其他修辭法

摹況修辭法雖然分為視覺、聽覺、嗅覺、味覺、觸覺等五種，但是運用的時候可以靈活綜合處理，不要只用一種。例如前述謝冰瑩的雨後美景，即用了視覺、觸覺、聽覺等三種摹寫法。除了靈活應用各種摹寫法外，也可以參用其他修辭法。黃慶萱說：「對於直覺的感受，我們沒有理由只採直接摹寫這一種方法，其他修辭方式也可參用。」此項見解是很正確的。為了使文句生動、感人，我們不妨多參用其他修辭法。例如：

> 我確實真切的聞過一次水仙花的香氣。那種香氣，就像聽覺裡的村外牧笛，就像視覺裡的淡淡的浮雲，就像觸覺裡的溪邊的細沙，就像味覺裡的一杯薄薄的茶。只有在心最靜，屋子裡最靜的時候，它才飄浮在空氣中。這香氣進入「肺府」的時候，撫慰了我的嗅覺，像一個和氣的客人含笑進入了客廳。聞著那香氣，彷彿接觸到「仙氣」。（子敏：水仙花）

為了使所寫的淡淡而迷人的水仙花香氣更具象，更生動，子敏除了應用聽覺、視覺、觸覺、味覺、嗅覺等摹寫技巧外，還用了「譬喻、排比、轉化、類疊」等修辭法。如此描述，更使文句生動、有力、美。因此，我們運用摹況修辭法的時候，還應多參用別的修辭法。

習題

一、摹況修辭法的種類有幾種？請自行撰寫一例說明。

二、朱自清在〈春〉文中說：「風輕悄悄的，草綿軟軟的」，這兩句中，屬於什麼摹寫？

三、《文心雕龍‧物色篇》舉了好幾個《詩經》中的摹況例子，如周南桃夭篇的「桃之夭夭，灼灼其華」的「灼灼」；小雅采薇篇的「昔我往矣，楊柳依依」的「依依」；衛風伯兮篇的「其雨其雨，杲杲日出」的「杲杲」；小雅角兮篇的「雨雪瀌瀌」的「瀌瀌」；周南葛覃篇「其鳴喈喈」的「喈喈」；召南草蟲篇的「喓喓草蟲」的「喓喓」。引號中應用摹寫法寫出的疊字詞，各屬什麼摹寫？

第十章 婉曲修辭法

學校快放暑假的時候，有個孩子對母親說：「媽，暑假的時候，我班的班長要到英國去旅行，副班長要到日本去，排長要去歐洲，跟我坐一起的小毛，也要去東南亞玩。他們都要出國旅行，都要出國旅行呢！」這個孩子想出國旅行，但不直接說出，卻列舉好幾個同學要出國旅行的事以打動母親。這種表達的技巧，就是應用到婉曲的修辭法。

一、婉曲的定義與作用

婉曲的修辭法，有的叫做「婉轉」、「委婉」、「婉言」、「換言法」、「曲繞」。什麼是婉曲的修辭法呢？陳望道說：「說話時遇有傷感惹厭的地方，就不直白本意，只用委曲含蓄的話來烘托暗示的，名叫婉曲辭。」黃慶萱說：「說話或作文時，不直講本意，只用委婉閃爍的言詞，曲折地烘托或暗示出本意來，叫做『婉曲』。」黎運漢、張維耿說：「不直截了當地說出本意，而用委婉、含蓄或旁及的話語暗示出來的修辭方式，叫做婉曲。」

從字面來說，婉就是委婉，曲就是曲折。說話或作文，不直接說出本意，而用委婉曲折、含蓄、閃爍的暗示語言來表達，叫做婉曲的修辭法。

採用婉曲修辭法表達，有以下兩個作用。

㈠可使語意委婉而不傷害他人

婉曲和直言是相對的。說話或作文，擔心採用直言法把意思說出來會傷害到他人，可採用婉曲法。有個小姐要拒絕某個男士的求婚，她對他說：「對不起，我還沒有心理準備。我覺得我們當普通朋友較好。」這樣的回答，就比「我不嫁給你」的直截了當回答好多了。再如有個老師在母姊會裡，回答某個家長詢問孩子的成績。他說：「你的孩子成績不很好。如果再努力一點，相信可以趕得上別人。」這樣的回答，比直說：「你的孩子成績很差，已經比其他同學差一大截了」的話好多。

戰國時候，孟嘗君曾為齊湣王的丞相，湣王駕崩，襄王即位，孟嘗君仍任相位。有一天，襄王對孟嘗君說：「寡人不敢以先王之臣為臣。」孟嘗君聽了，只好辭職回到薛地。襄王這樣的說話，比直說：「你被免職了」，或是「我不請你當宰相了」，語意委婉，令人較能接受。

㈡可以增強語意，收到說服的效果

袁枚說：「天上有文曲星，沒有文直星。」指的是文學作品貴在婉曲，不是直說。婉曲的作品，可以增強感人的效果。例如唐朝金昌緒的〈春怨〉詩：「打起黃鶯兒，莫教枝上啼。啼時驚妾夢，不得到遼西。」作者要反映當時兵役制度的不當，以及戰爭帶給人的痛苦，於是透過一個女人懷念遠在遼西（今遼寧省西部）服兵役的丈夫，由於路途遙遠不能相見，只好藉作夢時光跟丈夫相會，以表達相思之苦。接著寫這個女人怕睡覺時，被停在樹枝上的黃鶯啼叫聲吵醒，不能在夢中安然飛越萬里關山，跟在遼西的丈夫見面，於是打起樹枝上的黃鶯。這種不直接明說主題，而採用婉曲語言表達，留下許多空間供讀者體會、深思，效果比直說更好。

再如宋人辛棄疾的〈破陣子〉詞，要寫作者希望早日趕走金人，恢復中原國土的主題。詞的開頭兩句：「醉裡挑燈看劍，夢回吹角連營。」這兒作者敘述喝醉了酒，還不忘點燈看寶劍；晚上作夢，還夢到在軍營中嗚嗚吹起的號角聲。這也是採用婉曲表達，不直接明說主題而收到說明效果的好句子。

二、婉曲的種類

陳望道把「婉曲」分為兩大類：一是不說本事，單將餘事來烘托本事；二是說到本事的時候，只用隱約閃爍的話來示意。黎運漢、張維耿等，分為三類：一是不說本意，而用與本意相類或相關的事物來暗示；二是不說本意，用含糊其辭、閃爍其辭來暗示；三是為了減弱刺激性而把話說得含蓄一些，緩和一點。黃慶萱採用黃永武的意見，分為：曲折、微辭、吞吐、含蓄等四類。本文採用黃慶萱的分類，也分為曲折、微辭、吞吐、含蓄等類。

㈠曲折

黃永武在《字句鍛鍊法》書中說：「用紆徐的言辭來代替直截的表達，故意使文句與含義紆曲的修辭法，叫做『曲折』。」黃永武舉《論語》「知之為知之，不知為不知，是知也」以「不知為不知」也是知，在意義上起了曲折為例，認為這是曲折。他又說，西方諺語中，有許多採用曲折法造出句子來。例如：「偷聽者，永遠聽不到別人講自己好」，比直說「偷窺無好事」更曲折有趣；又如「最後笑的人笑得最高興」，比直說「不要笑得太早」或「勝利屬於堅持到最後的人」更為內容繁富；又如「每個人是自己最大的敵人」，遠比直說「本性難移」，更令人為之動容；又如大人對小孩說：「照我所說的去做，不要照我所做的去做」，比直說偽善的成人們「言行不一致」要生動得多。

由黃氏的說明及舉例來看，「曲折」就是不直截說出本意，故意用迂迴彎曲的文句來表達。例如：

「偷鄰居上衣的人，死時連自己的襯衫也沒有。」（卡洛・科洛笛：木偶奇遇記）

這句話要表達的是「搶來的錢財不會致富」，或是「惡人得不到好報」的本意。再如戰國時候的齊人馮諼當孟嘗君的食客，剛來的時候，彈著劍鋏唱：

長鋏歸來兮，食無魚……長鋏歸來兮，出無車……長鋏歸來兮，無以為家。（戰國策：齊策）

這三句話中，表面上是說：回去吧，這兒沒有魚吃，沒有車子坐，不能養家，其實本義是曲折的要求能吃到魚，有車子坐，能養家。再如：

我愛四鳳，她也愛我。我們都年輕，我們都是人。兩個人天天在一起，結果免不了有點荒唐。然而我相信我以後會對得起她，我會娶她做我的太太，我沒有一點虧心的地方。（曹禺：雷雨）

文中「結果免不了有點荒唐」的語句，乃是曲折的說出男女間有越禮的行為。又如馬來西亞某市的交通部門曾設計這樣的交通安全用語：

閣下駕駛汽車，時速不超過三十公里，可以欣賞到本市的美麗景色；超過五十公里，請光顧本市設備最新的醫院；上了一百公里，祝您安息。（曾妮：青年幽默手冊）

這是曲折的說出遵守交通安全規則的好處，及不守交通安全的後果。

(二)微辭

微辭是不直截說出本意而採用隱微方式從側面表達，文辭含有嘲諷或批評的意思。例如：

妻子對丈夫說：「你經常說夢話，還是去給醫生看看吧！」丈夫回答說：「不用了，要是真治好了，我就一點說話的機會都沒有了。」（曾妮：青年幽默手冊）

丈夫的回答，表面是討論不用去治病，其實隱藏了丈夫平時沒有自由說話的痛苦。再如：

有個酒鬼貪戀杯中之物，酒醉之後常常誤了大事。妻子多次勸他，但他怎麼也聽不進去。一天，他的兒子對他說：「爸爸，我送給你一個指南針。」

「孩子，你留著自己玩吧，我用不著它。」

「爸，你從酒吧間出來時，不是常常迷路嗎？」

父親聽了兒子的話，如當頭棒喝，受到極大的震撼，從此再也不喝酒了。（蕭世民：能言善辯一百法）

這個兒子送指南針給父親，不管他是出於一時童稚的可愛，或是聰明機智的作法，在委婉曲折的建議中，已經含有批評父親喝醉酒，糊里糊塗不知道回家的缺點。晚輩對長輩，或是下級對長官的批評，應用這種「微辭」技巧，不但尊重了對方，而且也達到了批評的目的。又如：

> 中共上級機關到某廠找團員瞭解團委委員的情況。當談到一個宣傳員的工作表現時，團員作「贊揚」他起了三大作用：「看戲時，他常常坐在前排，起帶頭作用；看電影時，他常常坐在中間，起核心作用；參加大會時，他常常坐在後排，起推動作用。」（蔡順華編：演講與說話藝術）

這兒配合「倒反」修辭法，委婉地批評某個宣傳委員投機取巧的不當行為。再如：

> 世上甚多藏書甚富之人，嚴格說來，只是收藏家，寢饋其間的反是書蠹。倒是分工合作，各得其所。（吳魯芹：我和書）

這兒委婉地批評有些喜愛書的，只為了裝門面，大量買書，卻不懂得利用它來增進自己的智慧，結果徒然蹧蹋了寶貴的書籍。

(三)吞吐

什麼是吞吐？黃永武說：「不以直率噴薄的筆法來表達辭意，而是在將說未說之時，強自壓抑，用吞多吐少的語句，欲放還收。這種句法，叫做『吞吐』。……例如周邦彥〈浣溪沙〉的上片：『樓上晴天碧四垂，樓前芳草接天涯，勸君莫上最高梯。』意謂一登樓臺，向上看是碧天四垂，直至渺渺的遠方；向下看是芳草萋萋，遠接天涯，也引人遐思，所以只要登樓，便會引動遠方的遙念，因此才勸君莫上最高梯去。可見在樓前芳草接天涯句下，本要吐出『遠望雲山，不勝悽咽』的話，卻欲吐又收，反說勸君莫上最高梯。這樣的茹咽不說，實在比說了更加動人。」

應用「吞吐」修辭法，有些話不說比說更有效果，例如前述黃永武舉的〈浣溪沙〉詞；有些話為了避諱而不說。例如：

寶玉死而復生，王夫人對寶釵說：「病也是這塊玉，好也是這塊玉，生也是這塊玉，」哽住不說。（紅樓夢・第一一六回）

王夫人的話尾，本要說出：「死也是這塊玉」，但是為了避免不祥，於是吞下了這句話。如此敘述，王夫人關愛寶玉的心情，便自然浮現出來。再如：

宋遠橋道：「可是我見到七弟這柄隨身的長劍，總是忍不住心驚肉跳，寢食難安。」俞蓮舟道：「這劍確也費解，咱們練武之人，隨身兵刃不會隨手亂放，何況此劍是師父所賜。當真是劍在人在，劍亡人……」說到這個人字，驀地住口。（金庸：倚天屠龍記）

「劍在人在，劍亡人亡」是武俠小說中常見的句子，這兒俞蓮舟把劍亡人亡的「亡」字強自壓抑而不說，也是為了避諱。

㈣含蓄

含蓄的修辭法是什麼？黃永武說：「以撇開正面，不露機鋒的句子，從側面道出，但不說盡，使情餘言外，要讀者自去尋繹，方感到意味深長的，叫做『含蓄』。含蓄語是辭婉意微，不迫不露，多少帶有溫厚的情味，而沒有強行自抑的氣氛，沒有諷嘲尖刻的意思，所以和『微辭』、『吞吐』不同。如杜甫〈春望〉詩的前四句：『國破山河在，城春草木深，感時花濺淚，恨別鳥驚心。』司馬光批評說：『國破山河在，明無餘物矣；城春草木深，明無人跡矣；花鳥平時可娛之物，見之而泣，聞之而悲，則時可知矣。』只說山河在，草木深，而國破城空的景象都在言外；只說花濺淚，鳥驚心，而憂亂傷春的情懷，已洋溢於筆外了。」

黃教授的說明及舉例，甚為明確。「含蓄」修辭在古代詩詞曲文中，最常見。例如宋朝李清照的詞：

香冷金猊，被翻紅浪，起來慵自梳頭，任寶奩塵滿日上簾鉤。生怕離懷別苦，多少事，欲說還休。新來瘦，非干病酒，不是悲秋。（李清照：鳳凰臺上憶吹簫）

這闋詞的起首四句，敘述一個獨守深閨，想念丈夫的婦人，對香爐中的香條燃盡了也不管；

醒來輾轉反側，讓紅棉被像波浪一樣攤在床上也不整理；百般無聊中起床了，也懶得梳頭；華貴的梳妝鏡匣停滿灰塵也不擦拭；太陽已經高掛簾鉤上了。這是採用「示現」修辭法，含蓄地表達女主角為了丈夫遠離而神魂離亂。接著三句是敘述女主角慵懶的原因是「怕離懷別苦」；而「多少事，欲說還休」是採用「吞吐」法壓下了無限的離情別恨。後三句「新來瘦，非干病酒，不是悲秋」，寫最近瘦了，不是喝酒喝病了，也不是悲傷秋天來臨。不是這個，也不是那個，那麼到底是什麼原因呢？讀者從詞中可以瞭解，由於離別相思之苦。作者的寫作，採用的是只提其他事件來烘托本事的「含蓄」法。再如：

山不在高，有仙則名；水不在深，有龍則靈；斯是陋室，惟吾德馨。苔痕上階綠，草色入簾青。談笑有鴻儒，往來無白丁。可以調素琴，閱金經。無絲竹之亂耳，無案牘之勞形。南陽諸葛廬，西蜀子雲亭。孔子云：「何陋之有？」（劉禹錫：陋室銘）

劉禹錫把自己的陋室比做三國時南陽的諸葛亮住過的草廬，以及漢朝西蜀地區揚雄的亭子。諸葛亮和揚雄後來都受國家重用，劉禹錫寫他們的房子，也就是含蓄的表達，自己不是一輩子想隱居在陋室裡，而是也想受國家重用，出來為社會做事。這也是婉曲修辭法中的「含蓄」表達。又如：

庭有枇杷樹，吾妻死之年所手植也，今已亭亭如蓋矣。（歸有光：項脊軒志）

歸有光不直接說出懷念已死去的妻子，卻說庭院前，妻子死的那一年，親手種的枇杷樹，現在已長得高高的，像一把大傘了。這是含蓄的表達妻子的愛心，一直留在現在；也表達了作者「睹物思人」、「物在情長在」的想念妻子的心。又如：

在那遙遠的地方，有位好姑娘。人們走過了她的帳旁，都要回頭留戀地張望。她那粉紅的笑臉，好像紅太陽；她那美麗、動人的眼睛，好像晚上明媚的月亮。我願拋棄了財產，跟她去牧羊。每天看看那粉紅的笑臉，和那錦邊閃動的衣裳。我願做一隻小羊，跟在她身旁，我願她拿著細細的皮鞭，不斷輕輕打在我身上。（青海民歌：在那遙遠的地方）

這首民謠的後面一節，把自己轉化成小羊，願意跟在姑娘身旁，即使被輕打也不要緊。這是意在言外，含蓄地表達了一個男子的愛慕牧羊女。

三、婉曲的原則

黃慶萱對婉曲的使用，提出了四個原則：㈠宜於抒情不宜於寫景；㈡宜於詩文而不宜於論辯；㈢宜於含蓄而不宜於晦澀；㈣避開直言，側面表達。現在參考此原則，歸納為以下幾點：

㈠宜於抒情、說明，不宜於寫景、論辯

婉曲法適於用在抒情和說明。前述例證男子愛慕牧羊女，歸有光藉枇杷樹懷念妻子、劉禹錫介紹自己「德馨」，希望像諸葛亮、揚雄的受重用，李清照的寫離別相思之苦，都是抒情。論語中，孟武伯詢問孔子：「子路仁乎？」孔子以含蓄法回答說：「不知也」，這是說明。而一般寫景，應力求鮮明，使讀者如親眼所見，才是佳作。例如王維的「明月松間照，清泉石上流。」以及蒙古〈敕勒歌〉：「敕勒川，陰山下，天似穹廬，籠蓋四野。天蒼蒼，野茫茫，風吹草低見牛羊。」景色多麼鮮明？如改用婉曲法來寫，則必定隱晦不明。至於論辯，主要在建立自己的論點，並反駁對方的不是，當然要明確暢達，句句有力，怎能隱晦不明呢？

㈡宜於含蓄而不宜晦澀

婉曲修辭的作用在於委婉含蓄，使人如嚼橄欖，餘味無窮。含蓄並不是晦澀。如果晦澀，那是為文的大缺點。沈謙教授曾說了這樣的故事：有一個人寫一首打油詩，內容是：「庭釘掛景春，園竹笛我心。況指戒瑪假，肉耳墜金真。」朋友看不懂詩的內容，就問：「況指戒瑪假，肉耳墜金真是什麼意思？」他回答說：「況字是兩點冰加上兄字合成，可以表示『二哥』的意思；『肉』字分析後，就是『內人』。這句話的意思是：我二哥手指上戒指的瑪瑙是假的；內人耳垂掛著的墜子，金子是真的。」沈謙教授認為這樣的寫作，便是晦澀，不足取。

㈢多配合其他修辭法

運用婉曲修辭法的時候，也可以參用雙關、倒反、借代、省略、藏詞、譬喻、示現等等修辭法，以達到委婉含蓄的效果。例如明朝于謙的〈詠石灰詩〉：「千鎚萬鑿出深山，烈火焚燒若等閒，粉骨碎身渾不怕，要留清白在人間。」詩中「要留清白在人間」是個雙關語，除了說明石灰要留清白於世外，也含蓄地表達自己不跟社會同流合污，要清清白白的做人。

㈣避開直言，側面表達

寫文章或說話，由於考慮到表達目的的需要；或者考慮彼此的關係，不想、不能直接把意思說出來，因此採用婉曲方式表達。而採用婉曲法，便應避開直言，多從側面表達。例如林美娥的兒童詩〈便當〉：

一口一口的吃著／媽媽裝便當的手／在我眼前／晃著∥一口一口的吃著／爸爸送便當的汗滴／在我眼前／亮著∥（林美娥：便當。）

這首詩要表達父母的愛心，以及子女的感恩。作者避開直言，從孩子吃便當，想到母愛的表現——裝便當；父愛的表現——送便當的事。如此側面表達，收到委婉含蓄、感人的效果。

習題

一、詩人余光中在《焚鶴人》書中對葉珊的生活有這樣的敘述：「他顧盼之間，富於名士風味，雖未深入希癖之境，對於理髮業的生意，亦殊少貢獻。」這兒寫葉珊「對理髮業的生意殊少貢獻」是什麼意思？此句中應用了什麼修辭法？

二、請從近十年內出版的的文藝書中，找出「曲折、微辭、吞吐、含蓄」的一個例子，並註明出於何人、何書的句子。

三、劉夢得〈烏衣巷〉詩云：「朱雀橋邊野草花，烏衣巷口夕陽斜。舊時王謝堂前燕，飛入尋常百姓家。」這裡的「舊時王謝堂前燕，飛入尋常百姓家」的詩句，委婉地表達了什麼意思？

第十一章

誇飾修辭法

有一則這樣的笑話：

教授問：「用什麼詞句可以把夏天的炎熱表現得淋漓盡致？」

甲生回答：「揮汗如雨。」

乙生回答：「我才從菜市場買了一斤的玉蜀黍，回到家就成了爆米花。」

以上甲、乙二生的回答，都應用了誇飾的修辭法。甲生的回答較通俗，乙生的回答較有創意。

由這個笑話也可以看出，誇飾辭法是大家常用的修辭法。

一、誇飾的定義與作用

誇飾又叫做鋪張、誇張、甚言、倍寫或增語。這種修辭法，古人很早就使用；梁朝劉勰在《文心雕龍》中，還以〈誇飾〉為篇名，專文探討它的由來、作用及如何應用。什麼是誇飾修辭法呢？陳望道說：「說話上張皇鋪飾過於客觀的事實。」黃慶萱說：「言文中誇張鋪飾，超過了客觀事實。」董季棠說：「說話、作文時，過分地鋪排張揚，誇大修飾，離開客觀的事實很遠；但聽者、讀者卻又不會懷疑它的真實性，而認為『理所當然』。」王勤說：「為了取得某種表達效果，用主觀的眼光對客觀的人或事物，故意作擴大或縮小的渲染、描述。」以上各家說法雖有詳略，內容大致是一致的。依照字義來說，誇就是誇張，飾就是修飾。說話或作文，為了強調或突出客觀事物的本質，應用擴大或縮小的方法加以誇張修飾的，就是誇飾修辭法。

誇飾有兩個作用。一個是可以突出事物的本質，達到預設的目標。

有個孩子寫了一篇〈爸爸的脾氣〉的文章。他描寫父親走路的情形說：「爸爸是個標準的慢性子，做事慢，走路也慢。媽媽說，爸爸走路的時候，螞蟻看見他的腳底，都來得及逃走。」一個人走路，不能慢到連螞蟻看到他的腳底都來得及逃走。現在如此誇飾，就把走路慢的本質突顯出來了。

再如，有個孩子描述弟弟的哭聲說：「弟弟被送到醫院去。醫生拿起了針筒刺向弟弟的屁股，弟弟『哇—』的哭出聲來。哭聲大得全臺北市的小孩子都可以聽到。」小孩子哭聲無論如何大，也沒法子讓臺北市的小孩子都聽到。現在如此誇飾，就把弟弟的大哭的特質強調出來了。

誇飾的第二個作用就是黃慶萱說的，要「出語驚人」，以滿足讀者的「好奇心」。一般人都有好奇心理。說話或作文，如果「出語驚人」，滿足讀者的好奇心，他的作品便能吸引人們注意。例如《資治通鑑・隋記》記載，隋煬帝暴虐無道，李密起義，想推翻暴政。發表了一篇討伐隋煬帝的文章。在文章中，指出隋煬帝的十大罪惡，並說：「罄南山之竹，書罪無窮；決東海之波，流惡難盡。」

南山，指的是終南山。古時候沒有紙，所以寫字要寫在竹片或布帛上。竹片是用竹子做成的。隋煬帝不管有多少罪惡，也不可能用光了終南山上的竹子來記載他的過錯，記也記不完；引導東海波浪來沖洗他的罪惡，沖也沖不盡。這種誇大的寫法，便是要「出語驚人」，吸引讀者注意，並煽動讀者感情，收到宣傳的效果。

二、誇飾的種類

誇飾的分類有多種。陳望道分為普通鋪張辭及超前鋪張辭兩類。黃慶萱依誇飾的對象，分為空間的誇飾、時間的誇飾、物象的誇飾、人情的誇飾等四類。王勤依內容分為程度誇張、時間誇張；依表達方法分為單純誇張、結合誇張。黎運漢、張維耿分為擴大和縮小兩類。史塵封分為高度誇張、具體誇張、意反誇張。沈謙依題材物件分為空間的誇飾、時間的誇飾、物象的誇飾、人情的誇飾、數量的誇飾；依表達方式分為放大與縮小。譚永祥分為直接性誇張、間接性誇張。吳禮權分為直接誇張、間接誇張；直接誇張下再分為擴大、縮小兩小類，間接誇張下分為折繞式、比喻式、排比式、用典式、超前式等五小類。現參考譚永祥、吳禮權分類法，分為直接誇飾、間接誇飾二類，每類下再細分若干小類。

(一)直接誇飾

直接誇飾就是說話或作文，把所要表達的思想或情感，直接在辭面上誇張表達。這種修辭法，又細分為直接擴大式和直接縮小式等兩種。

1. 直接擴大式：直接擴大式就是在辭面上直接寫出所要表達的語意，敘述或形容的時候，以擴大方式超越客觀事實。例如：

國王氣得全身發抖，震動得馬車直搖晃，連車夫都坐不穩。（修斯博士：五百頂帽子）

這個句子裡，我們可以從辭面上的「氣」字知道，作者要表達的語意是國王很生氣。國王生氣的情形如何呢?作者說他氣得全身發抖，震動得馬車直搖晃，連車夫都不穩。這樣的敘述，顯然超越客觀事實很多，因此是直接擴大式的誇飾。

黃慶萱對誇飾的對象分為空間、時間、物象、人情等四大類。空間誇飾裡還分高度、長度、面積、體積的誇飾。在直接擴大式裡，這些對象都是常見的。例如古詩十九首中記載的「西北有高樓，上與浮雲齊」的詩句，這是空間高度的直接擴大式。童話《鐵巨人》書中對太空怪獸的描寫：「太空怪獸體型好大。牠的身軀在澳洲，尾巴伸到了南極，前爪快碰到夏威夷。身高比喜馬拉雅山還要高，單單一個頭，就比義大利還要大。」這個敘述，便是空間體積的直接擴大式。無名氏的〈塔裡的女人〉記載：「苦總是長的，樂總是短的。一天的苦往往比一萬年還長，一萬年的樂卻常常像一分鐘，還不待你看清楚，它就消失了。」這段話中，「苦總是長的……一天的苦往往比一萬年還長」的句子，便是時間的直接擴大式。再如國小國語課本記載：「你們看這些飯粒，硬得跟石子一樣」，這是物象的直接擴大式。而國小國語課本中〈和氣的李先生〉這一課裡記載：「公雞生蛋不希奇，狗長犄角不希奇，看見李先生發脾氣才希奇。」這是應用反襯法來襯托李先生好脾氣，屬於人情的直接擴大式。

2.**直接縮小式**：誇飾的直接縮小式就是在辭面上直接寫出所要表達的語意，敘述或形容的時候，以縮小方式濃縮客觀事實。例如黃慶萱在〈修辭學〉中所引的例子：

> 往常碰到她胃口不好，媽媽總要嘀咕：「不吃怎麼行？瞧你，臉蛋兒都只剩下兩個指頭大了。」如今，怕連兩個指頭大都沒有了。（劉慕沙：春心）

這個句子裡，我們可以從辭面的「臉蛋兒只剩下兩個指頭大」，看出作者要表達的語意是臉蛋小了，也就是瘦了。臉蛋如何小？作者採用縮小法，把它縮成兩個指頭，再縮成沒有兩個指頭大。這就是誇飾的直接縮小式。

前述黃慶萱針對誇飾對象的分類，在縮小式中也常見。例如王令嫻的〈哭在冷冷的月色裡〉一文：「哪像自己的嘴，薄得像刀子畫了一刀，閉著嘴看不見唇。」這是誇飾中，空間體積的直接縮小式。前述無名氏的句子：「樂總是短的……一萬年的樂卻常常像一分鐘，還不待你看清楚，它就消失了。」這是時間的直接縮小式。再如描寫力氣，說：「他的力氣，小得連穿一件衣服都沒法子」或「手無縛雞之力」；描寫膽子小，說「膽小如鼠」或「膽子小得連一隻小毛蟲，都可以嚇嚇他」；描寫聲音小，說：「他講話聲，比螞蟻的走路聲還小。」這些都是人情的直接縮小式。再如劉鶚的《老殘遊記》中敘述王小玉出來唱歌之前，聽眾寂靜無聲的等待。作者描寫寂靜的情形是：「滿園子的人，鴉雀無聲，連一根針跌在地上也聽得見響聲。」這是物象的直接縮小式。

(二)間接誇飾

間接誇飾就是說話或作文，要表達的思想或情感，並沒有在辭面上直接揭示，而是透過提供的誇張語句思考得來。這種修辭法，根據各種不同的表達方式，可以分成好多種類別。例如：

1. 間接譬喻式：誇飾的間接譬喻式，就是沒有直接揭示語意，而透過誇飾的譬喻語句，間接表達思想或情感。例如：

君不見，高堂明鏡悲白髮，朝如青絲暮成雪。（李白：將進酒。）

吳禮權說：「『朝如青絲暮成雪』是個比喻，它由『朝如青絲』、『暮成雪』兩個一明一暗的前後比喻組成，極力誇張頭髮變白的快速，從而將詩人巨大的憂愁烘托出來。很明顯的，詩人這裡所用的比喻，其意是極言自己的憂愁，但辭面上卻沒有表出。由此可見，這類比喻目的是為了構成誇張，與一般比喻不同，因此，我們可以將這類誇張叫做『比喻式（譬喻式）誇張』。」再如：

作戰中湧現出的英雄人物，猶如銀河系裡燦爛的繁星。（李存葆：高山下的花環）

這個句子，沒有直接說英雄人物眾多，而用銀河系燦爛的繁星來比喻，這也是誇飾的間接譬喻式。

2.間接示現式：誇飾的間接示現式，就是沒有直接揭示語意，而透過誇飾的示現語句，間接表達思想或情感。例如：

千山鳥飛絕，萬徑人蹤滅。孤舟蓑笠翁，獨釣寒江雪。（柳宗元：江雪）

吳禮權認為詩人創作此詩的真實用意是：「通過誇張的方法極寫江雪原野的荒寂，以此抒發詩人政治改革失敗，壯志未酬而又身處荒涼之地的曠世孤獨情感。」由吳禮權的說明，我們瞭解這首詩是以誇飾手法寫景，以抒發某種強烈的感情。而在寫景中，作者採用示現法，把千山無飛鳥，萬徑無人蹤，及只有一老翁在孤舟上垂釣的淒涼景色呈現出來。這種誇飾，就是間接示現式。

3.間接轉化式：誇飾的間接轉化式，就是說話或作文，沒有直接揭示語意，而透過誇飾的轉化語句，間接表達思想或感情。例如：

> 夏天／就像一客送上桌的牛排∥白天一到／掀開鍋子／有煮熟的太陽／和被燒燙的柏油路∥還有／太陽和柏油路間／八分熟的我們——∥（陳文和：夏天）

這首童詩沒有直接說出炎熱的夏天令我們受不了的語意，而是透過誇張的轉化方式，把人擬為被燙成八分熟的牛肉，讓讀者思考炎熱的情形。這種誇飾，就是間接轉化式。

4.間接婉曲式：說話或作文，沒有直接揭示語意，而透過誇飾的婉曲語句，間接表達思想或感情的，就是誇飾的間接婉曲式。例如：

> 有一個人半年沒吃雞，看見了雞毛帚就流涎三尺。（梁實秋：男人）

這個句子，並沒有直接說出有個人嘴饞的語意，而是透過誇張的婉曲方式，說他看到雞毛帚，就想到雞毛帚是用雞毛做的；想到雞毛就想到雞；想到雞就想到吃雞肉。結果望著雞毛帚便流口水了。這種誇飾，就是間接的婉曲式。再如：

東家之子，增之一分則太長，減之一分則太短。著粉則太白，施朱則太赤。（宋玉：登徒子好色賦）

這個詩句裡，也沒有直接說出一個女子好美的語意，只是誇張的以婉曲方式介紹她如何麗質天生，加高一分，減低一分，都不可以；擦粉、塗胭脂都不必。這種誇飾，也是間接的婉曲式。

5.間接排比式：說話或作文，沒有直接揭示語意，而透過誇飾的排比語句，間接表達思想或感情的，就是誇飾的間接排比式。例如：

如果我得同你並排走，／高山會在我腳下變壩頭。∥如果我得同你並排站，／我的身子會一下長一丈三。∥如果我得同你牽手下河，／河裡的金魚會圍滿我們腳。∥如果我得同你把花採，／謝了的映山紅會為我們開。∥如果得你陪我挑擔上嶺，／石頭變得燈草一樣輕。∥（民間情歌三百首：侗族情歌）

這首民歌由五個假設複句排比而成。每個假設複句的後一句，都是誇飾句，例如「石頭變燈草一樣輕」的句子。這首通過誇張的排比語句。間接表達出愛慕異性朋友的情感，而沒有直接把語意說出來，這樣的誇飾，便是間接排比式。

6.間接借代式：說話或作文，沒有直接揭示語意，而透過誇飾的借代語句，間接表達思想或感情，就是誇飾的間接借代式。例如：

「我並不是反對你穿，我是說現在還不是大熱天，穿這樣薄的裙子是不是為時過早？」
「早什麼？馬路上的瀝青都讓太陽曬融了，滿街都是裙子。」（錢庭鈞：病）

這段句子裡，作者並沒有直接揭示大家都穿裙子的語意，而是透過借代手法暗示出來。譚永祥說：「滿街都是裙子的『裙子』是借代，指穿裙子的人。這是通過借代來誇張街上穿裙子的人之多。」這種誇飾，就是誇飾的間接借代式。

7.間接用典式：間接用典式，就是說話或作文，沒有直接揭示語意，而透過誇飾的用典語句，間接表達思想或感情。例如：

家家自以為稷契，人人自以為皋陶，戴縱纓而談者，皆擬於阿衡。（揚雄：解嘲）

吳禮權說：「稷、契、皋陶、阿衡，都是古代中國最賢能之人。揚雄這裡以此來極言大漢王朝人才之眾。這個例子表面上未明言作者所欲誇說的意思，但實際上意思都包含在其所用的典故之中了。讀者理解了典故，也就明白了作者要說的意思。」由吳禮權的說明中，我們可以知道這是個間接用典式的誇飾。

8.間接超前式：間接超前式，就是說話或作文沒有直接揭示語意，而透過誇飾的時間超前方式，把尚未發生的事情故意先說出來，從而強調事情的結果。例如：

武王克殷反商，未及下車而封黃帝之後於薊，封帝堯之後於祝，封帝舜之後於陳。（禮記・樂記篇）

清朝學者汪中說：「武王克商，未及下車，而封黃帝、堯、舜之後。大封必於廟，因祭策命，不可於車上行之。此言乎以是為先務也。」周武王滅商後，封黃帝、堯、舜的後裔，表示自己承受天命，並施恩於聖君之後，以展現仁道。但是禮記中記載此事，把後發生的事，寫到武王未及下車就策封，這就是時間的超前。樂記的這段話，表面上沒有頌揚武王的仁道，卻從誇飾的時間超前中，我們可以瞭解到這個意思。這是誇飾的間接超前式。

間接誇飾的種類正如吳禮權所說的，是開放式的，並不是只有前面的八種。讀者可以自行找出其他的間接誇飾法來。

三、誇飾的原則

陳望道在《修辭學發凡》書中說：「歷來講鋪張辭的，常列有許多限制，其中最可取的有兩條：㈠主觀方面須出於情意之自然流露……㈡客觀方面須不致誤為事實。」現參考此說，提出誇飾的原則於下：

㈠根據客觀事實及主觀需要去誇飾

使用誇飾，首先要根據客觀事實，其次是配合主觀情意的自然流露。例如孟子說的：「揚子取為我，拔一毛而利天下，不為也。」這句話。楊朱是抱著「為我主義」的人，孟子的介紹楊朱，乃根據這個客觀事實，再配合自己主觀情意，誇飾批評楊朱這個人，即使對天下有利的事，要他拔去身上的一根毛髮，他也不肯做。如此敘述，便是自然、合理，能引起讀者共鳴的誇飾。如果把楊朱拔一毛以利天下不為也的誇飾，放在主張兼愛的墨子上，那就欠合乎客觀事實了。《文心雕龍》對誇飾的要求是「誇而有節」，也就是指用誇飾的時候，要根據客觀事實及主觀需要。

㈡誇飾時應避免誤為事實

誇飾可以突出事物的本質，引起聽者或讀者的注意；也可以由於出語驚人，滿足讀者、聽者的好奇心而吸引注意。但是使用誇飾的時候，無論是採用擴大法或縮小法，都應避免跟事實相近，以免讓人誤為事實。李白〈秋浦歌〉的詩句「白髮三千丈，緣愁似個長。」陳望道認為把三千丈說成「三尺」，便容易使人誤為事實，即便不是修辭上的鋪張，只是實際上的說謊。這也就是《文心雕龍》要求的「飾而不誣」。

㈢注意應用場合

文學作品裡，為了主觀情意的表達，可以採用誇飾修辭法，而一般的科學文章、新聞報導、學術論文、傳遞訊息或公文寫作，應該慎用，甚至不用。例如：臺灣「九二一」大地震死亡二千多人，如果新聞報導採用擴大法說成死亡二十多萬人，那就是說謊、騙人。

習題

一、直接誇飾跟間接誇飾有何不同？能否舉一例說明？

二、「他是個急性子的人。」請用誇飾法的「間接譬喻式」敘寫。

三、請以「颱風好可怕」為題，採用誇飾修辭法及譬喻修辭法，敘寫一段二百字以內的短文，並分析何句是誇飾，何句是譬喻，其誇飾或譬喻方式為何？

四、陶淵明的〈五柳先生傳〉敘述其貧困情境為：「環堵蕭然，不蔽風日；短褐穿結，簞瓢屢空。」此句以誇飾修辭法來看，屬於什麼類別？

第十二章

雙關修辭法

有個這樣的故事：從前有個地主，把土地租給佃農張三耕種，但是每畝田要佃農送一隻雞。有一次，他見張三沒有送雞來，就說：「此田不給張三種。」張三聽了連忙把雞獻出。地主看到雞後就說：「此田當然給張三種。」張三說：「剛才我聽說不給我耕種，為什麼呢？」地主說「剛才是無稽之談，後來是見機而作。」

這則故事裡的「無稽之談」，本來意思是「沒有根據，不可相信的話」，但是由於「稽」和「雞」的字音相同，使人想到剛才的話是「無雞之談」，「沒有送雞來而說的話」；「見機而作」的詞語，表面指「根據事情發展的情勢而做的決定」，但是由於「機」和「雞」字同音，使人想到「見雞而作」，也就是「看見送來的雞後而下的決定」。這則故事，由於採用雙關修辭法，因此，使語言變成多義性，製造了語言趣味，也豐富了語言的內涵。

一、雙關的定義與作用

什麼是雙關修辭法呢？陳望道說：「雙關是用一語詞同時關顧兩種不同事物的修辭方式。」王勤說：「在特定的語言環境中，說出來的詞語或句子，表面上說的是一個意思，實指又是一個意思。而表面上的意思是次要的，實指的意思是主要的，是說者的意圖所在。這種言在此而意在彼的修辭方式叫做雙關。」由以上二家的見解可知，在特定的語言環境中，一個詞語、句、篇，除了表面的本義外，還兼顧了另一個事物的意義。這種修辭方式，就叫做雙關修辭法。

雙關修辭法也是常用的修辭法，這種修辭法有什麼作用呢？史塵封認為它有兩大作用：一個是可以使語義含蓄，耐人尋味；一個是可以使語言清新而富情趣。現在根據他的論點，申論於下：

(一)可以使語義含蓄，耐人尋味

說話或作文，在表達思想的時候，可以採用直接法，也可以採用間接法。採用直接法，便是直接把思想、感情明白、清楚地表達出來。論辯的語文，為了建立自己的論點，以及反駁對方的謬誤，便都採用直接表達法，因此，語義明確，絕不含蓄。採用間接法，常常使用旁敲側擊、話中有話的方式，委婉含蓄的呈現。抒情的語文，常採用這種方法。雙關修辭法，正如史塵封說的，常是「話裡有話，弦外有音」的修辭法，它是間接表達法中的一種，可以使語義含蓄，耐人尋味。

像前面提過的「無稽之談」、「見機而作」的詞語，便是語義含蓄，令人回味的好例子。

(二)可以使語言清新而富情趣

史塵封說：「寫文章或者說話，一般講究語義上的排它性和單一性。而雙關的特點，卻是同時兼指兩種事物或說明兩種意思。這無疑使得語言清新，別有一番情趣。」雙關的語言，的確是清新、富有情趣的。例如有個這樣的趣譚：甲乙兩個人，彼此是多年不見的老朋友，牙齒都掉光。有一天，他們碰面了，發現彼此都沒有牙齒，某甲就笑著對某乙說：「看到你，我才知道你是『一望無涯』的人。」某乙聽了，也笑著回答著：「看到你，我才知道什麼是『無恥之徒』的人。」

這則趣譚裡，「一望無涯」跟「一望無牙」相關；「無恥之徒」跟「無齒之徒」相關。一個詞語有兩個意思，不是令人覺得清新、富有情趣嗎？

二、雙關的種類

雙關修辭法的分類各家不同，陳望道分為表裡雙關和彼此雙關兩類。表裡雙關指的是諧音和詞義的雙關；彼此雙關指的是音、形、義三方面都關涉到兩種事物的雙關，這種雙關，不必只是一個詞，而常是幾個句子。黃慶萱分為字音雙關、詞義雙關、句義雙關等三類。曹毓生、黎運漢等，分為諧音雙關、語義雙關。史塵封分為諧音雙關、借義雙關。王勤、譚永祥分為語音雙關、語義雙關。黃麗貞分為諧音雙關、語義雙關、表裡雙關。現在依據文章組織單位及音義性質，把雙關分為音義雙關、詞義雙關、句義雙關、篇義雙關等四類。

(一)音義雙關

音義雙關又叫字音雙關、諧音雙關或語音雙關。一個句子中的詞語，除了原來詞語的意義外，還兼含了另一個跟原來詞語相同音或相近音的詞語意義。例如前述「無稽之談、見機而作、一望無涯、無恥之徒」的詞語，其中的稽、機、涯、恥等字詞，除了含有原來字詞的意思外，還兼含另一個跟原來字詞相同音的「雞、牙、齒」等字詞意義。陳望道在《修辭學發凡》書中舉的〈竹枝詞〉詩例，便是應用了音義雙關的例子：

楊柳青青江水平，聞郎江上踏歌聲。東邊日出西邊雨，道是無晴還有晴。（劉禹錫：竹枝詞）

這首詩裡的「晴」字，除了表達詩句中「東邊出太陽，西邊下雨；說是沒有晴天，卻有晴天」，說「晴雨」的「晴」字本義外，還由於「晴」字的字音跟「情」字相同，於是含蓄地呼應上一詩句「楊柳青青江水平，聞郎江上踏歌聲」，暗示江上郎君對我唱情歌的事，說出「我以為郎君對我沒有情意，原來還有追求的情」的「情」字意思。

黃慶萱在《修辭學》書中引的馮夢龍的〈山歌〉，也是屬於音義的雙關：

不寫情詞不寫詩，一方素帕寄心知。心知接了顛倒看，橫也絲來豎也絲。這般心事有誰知？

（馮夢龍：山歌）

這首山歌裡的「絲」字，除了表達詩句中絲織手帕的「絲」字本義外，還由於「絲」字的字音跟「思」字相同，兼了「思」義，含蓄地表達思念心上人的心聲。詩中「橫」字、「豎」字都是借代字。橫是橫者身體，借代為睡；豎是直立身軀，借代為立。「橫也絲來豎也絲」，表示「臥也思，立也思」的意思。

古今詩文裡應用「音義雙關」的例子很多。除了上述的例子外，像以「蓮」雙關「憐」，以「碑」雙關「悲」，以「藕」雙關「偶」，以「桃」雙關「逃」，都很常見。我們日常生活上應用「音義雙關」的地方也很多。例如每年除夕圍爐，家家都有一道「魚」的菜，意思是「年年有餘」。餘、魚，字音相同，意思相關。一般學子臨考前常去祭拜文昌君，祈求考得好。祭拜時，常供上芹菜、蔥、蘿蔔、金桔等物品。這些象徵物，也是應用了音義雙關。芹菜的芹字，跟「勤」字同音，表示勤勞；蔥跟「聰」字同音，表示聰明；金桔的桔字，跟「吉」字音相近，表示吉利；蘿蔔臺語叫「菜頭」，跟「彩頭」音近，表示好彩頭。這都是音義雙關的應用。六十年代，臺灣電視播放一齣〈保鑣〉的連續劇。劇中有一位武功高強、足智多謀，名叫「賈糊塗」的人。「賈糊塗」也就是「假糊塗」的諧音，這也是音義雙關的應用。

(二)詞義雙關

詞義雙關指的是一個句子中的詞，兼含兩種不同的意義。例如民國七十年，有個名叫宋國山的人，由於心肌症住進臺大醫院接受心臟移植手術。因為他是臺大醫院第一個心臟手術成功的病人，因此九月十七日他病癒出院當天，臺大醫院為他舉辦一個小小的歡送會。第二天。中央日報報導了這件新聞，標題是「宋國山開心出院」。這則標題的「開心」，便是詞義雙關。除了報導「開心臟」的消息外，也兼含宋國山「開開心心」離開臺大醫院的意思。一詞雙義，令人回味。再如《吾愛吾家》雜誌刊載了這樣一則笑話：

病人：「怎麼辦？我的心臟一定有毛病了。有時我覺得它在胸口處，有時它在胸口上端，有時在腹部，有時在……。」

醫生：「你太多心了！」（全忠：多心）

這則笑話裡，醫生說的「你太多心了」的「多心」，屬於詞義的雙關，一個是指「好多心臟」，一個指「多疑」。再如，〈蟬〉的童詩：

夏天是蟬兒吹牛的季節

他不知道榕樹公公為什麼要

撐起大綠傘，
他不知道石榴姊姊為什麼要
穿上小紅衫，
卻站在高高的樹梢大叫：
知了！
知了！（蔡季男：蟬）

這首兒童詩的第一行「夏天是蟬兒吹牛的季節」，是全詩的總提部分，也是全詩的主題；二、三行及以後的句子，是全詩的分寫部分，解釋作者為什麼說蟬兒吹牛。蟬兒不知道榕樹為什麼一到夏天就長得那麼茂盛，不知道石榴為什麼會變紅，卻自以為什麼都知道而大叫：「知了！知了！」這兒「知了」的詞語，便是屬於詞義的雙關，一個是表示蟬的叫聲，一個是表示「知道了」的意思。再如：

人一到西非，氣氛就有點不同。團中人自我解嘲的說「漸入差境。」因為以往所到各國都是非洲的黃金地帶，此後要開始嘗試非人生活了。（郭敏學：非洲七十日）

黃慶萱在《修辭學》書中對這個例子下的案語是：「非人生活」雙關非洲人的生活以及不是人能過的生活。這兒的「非人生活」，也是詞義雙關。

㈢句義雙關

句義雙關指是的一個句子雙關到兩個事物意義。例如民國九十年元旦，中國時報第六版上刊載世新大學董事長葉明勳撰寫〈國為重，黨次之—追懷臺籍碩宿三大老〉的文章。文章中介紹臺灣光復五十多年來，作者認識的，現已作古的臺籍大老中，曾任臺泥董事長等工作的林柏壽，是位澹泊名位的長者；曾任臺北市第一任市長的吳三連，處事從大處著眼；曾任高雄市長的陳啟川，移孝作忠。他們都有學問，有涵養，也有超然人格，並深愛國家，一切以國家為重，有異於目下青年才俊的作法。這篇文章的結尾是這樣的：「天地悠悠，古調音雖美，但不知今人還彈否？」這兒「古調音雖美，但不知今人還彈否」的句子，便是句義的雙關。一個文句的表面義，指的是古代傳下來的優美曲調，不知現在人還彈不彈？另一個是文句的深層含義，指的是這位三位已過世的大老，他們為國為民的貢獻，高風亮節的情操，以及澹泊名利的作風，不知道現在的人，是不是也有人想效法？

再如《太平廣記》蒐集的〈虬髯客傳〉，敘述大英雄虬髯客有意問鼎天下，後來見了李世民後，認為李世民是位真命天子，很難跟他競爭。為了判斷自己的見解是否正確，就請了一位道長幫忙觀察。道士假借跟劉文靜下棋，請李世民來看棋。虬髯客、李靖在旁陪侍。後來李世民來了，道士一看李世民的豐姿後，臉色變得悲愁。原作這樣記載：

道士一見慘然，下棋子曰：「此局全輸矣！於此失卻局哉！救無路矣！復奚言！」罷奕而去。

既出，謂虬髯客曰：「此世界非公世界，他方可也。勉之，勿以為念。」（杜光庭：虬髯客傳）

道士說的「此局全輸矣！於此失卻局哉！救無路矣」的句子，便是句義雙關句。一個是表示「這盤棋全輸了，沒法子救了」的意思。另一個是暗示虬髯客：「李世民是真命天子，天下屬於李世民的。虬髯客要爭天下的這場戰鬥全輸了，沒有辦法挽回了」的意思。

再如廖安發表在中央日報副刊上的一篇散文〈涼意〉，內容是說「我」（文章中第一人稱）到美國留學，被僱去照顧一個老太太。老太太生病入院，她的女兒珍妮回來探望後，看到母親的病無法治好，為了使母親的房子、家具拍賣個好價錢，就趕忙把它們賣掉。老太太很希望再看看兒子，但是老太太的兒子泰隆因為職務關係沒回來。一個多月後，老太太病逝了，大家為她在教堂裡舉行告別式。告別式裡，「我」見到老太太的兒子—泰隆。告別式剛完畢，泰隆便向姊姊珍妮說他很忙，要趕回公司，母親的其他後事，麻煩姊姊處理。珍妮說她也很忙，不過，可以第二天才回去，後事麻煩老太太生前的看護—「我」。作者記敘到這兒後，結尾的句子是這樣的：

已是初秋的季節，階前有片片落葉，涼涼的風吹來，感到一點冷意。（廖安：涼意）

這段結尾中「涼涼的風吹來，感到一點冷意」的句子，便是句義雙關句。一個表示天氣已是初秋，涼風吹來令人感到寒冷；一個是暗示泰隆的不孝，令人寒心。

(四)篇義雙關

篇義雙關指的是一篇文章或一首詩雙關到兩件事物意義。《三國演義》裡記載曹操過世，曹丕稱帝後，他想到皇位寶座差點被弟弟曹植搶去，憤怒之下，便罰曹植走七步作一首詩，否則重罰。才高八斗的曹植，奉命作一首詩後，曹丕要他再繼續作詩，仍沒有放過他。後來曹植吟出了這樣的作品：

煮豆燃豆萁，豆在釜中泣。本是同根生，相煎何太急？（曹植：七步詩）

全詩的字面意思是說鍋中的豆子被燃燒的豆萁煮得疼痛不堪而哭泣。它對豆萁說：我們都是同條根長出來的，為什麼你把我燒得這麼急切？深入探討這首詩的涵義，它暗示曹丕：我們都是同個父親的兄弟，你為何要這樣迫害我？結果感動了曹丕，放過了曹植，沒有逼他再作詩。這首詩，便是篇義雙關的詩。

唐朝有個叫李師道的節度使，擁兵跋扈，圖謀不軌，並千方百計要朝廷的官吏或有名望的人去歸附他，為他做事。有一次，他送了許多珠寶給張籍，要張籍去他那兒做官。張籍在朝廷裡任職，沒有接受李師道的聘請，他把禮物璧還後，附上一首〈節婦吟〉的詩。

節婦吟

——寄東平李司空師道

君知妾有夫，贈妾雙明珠。感君纏綿意，繫在紅羅襦。妾家高樓連苑起，良人執戟明光裡。知君用心如日月，事夫誓擬同生死。還君明珠雙淚垂，何不相逢未嫁時？（張籍）

這首詩的大意是說：你知道我已經有夫家，還送給我一對雙明珠。為了感謝你對我的深情，我把它繫在大紅的短襖上。我家的高樓連接著園囿，丈夫就在朝廷裡做事。我知道你對我好像日月一樣光明磊落，但是我對我丈夫，早已立下同生死的誓言。我流著感激的眼淚把這對明珠還給你。我悔恨在還沒有出嫁前，沒有遇上你。詩的表面是拒絕男士的追求，其實由副標題可知，這是委婉拒絕李師道的聘請。這首詩也是篇義雙關的詩。

黃慶萱在《修辭學》書中引的唐朝朱慶餘的〈近試上張水部〉詩，也是篇義雙關的詩。

洞房昨夜停紅燭，待曉堂前拜舅姑。妝罷低聲問夫婿：「畫眉深淺入時無？」（朱慶餘：近試上張水部）

這首詩的大意是說：昨天晚上洞房裡點著紅蠟燭（借代已結婚），今天早上我等著去廳堂拜公婆。我梳妝完畢，低聲問著丈夫：「我畫的眉毛，濃淡是不是合時？」

這首詩是朱慶餘應考進士前，呈現給主考官張水部（張籍）的詩。

根據《全唐詩話》記載，朱慶餘遇到主考官張籍，張籍想看朱慶餘的作品，朱慶餘就獻上二十六篇新、舊作，並在作品上附錄了這首詩。詩的表面寫的是新婚少婦見公婆前的期待和不安，其實真正意思是請問主考官張籍，自己的詩文是不是達到錄取的水準？這首詩也是篇義雙關的詩。

三、雙關的原則

雙關的使用原則有二：

㈠相關的表體和本體，應具有音或義的結合關係

應用雙關修辭法，詩文中的詞、語、句、篇的表面語義，跟實際要表達的本來用意，兩者間應注意音或義的緊密結合。如果結合得不密切，讓人不能明顯地體會出是雙關，那就會令人感到晦澀、不解，甚至體會不出它有雙關意。前面提到蔡季男的〈蟬〉詩，後句以蟬叫「知了」來結合蟬的叫聲，以及蟬「不知以為知」的叫「知道了」的吹牛行為，音、義結合得緊密、自然，就是很好的雙關。如果把「知了」的詞語改為「明白了」，音不相關，便晦澀、令人不解。

㈡注意語境及情趣的設計

運用雙關，要注意特定的語言環境設計，並富有情趣。前述地主對佃農說的「無稽之談」詞

語，雙關「無雞之談」，特定的語言環境是作者已先在文章前敘述地主要佃農送「雞」，佃農沒送，地主在這條件下，自然地說出有相關的詞語來。這樣的應用雙關修辭法，就很妥切。再如張籍的〈節婦吟〉，由於在副標題上已設計語境，因此後人讀了這首詩，便能體會他的原意，不會只以為這是一首拒絕求愛的詩而已。朱慶餘的「洞房昨夜停紅燭」詩作，由於作者給了語境的標題〈近試上張水部〉，因此表體和本體便結得很好，使人體會出雙關的情趣。如果改換為〈見公婆〉或〈畫眉〉等詩題，便難令人有雙關的聯想。

黎運漢說：「運用語義雙關，必須注意詞語的多義性以及雙重語義跟客觀事物的臨時聯繫。這種臨時聯繫是借助於一定的語境建立起來的，離開了語境，就體會不出明意之外還有暗意。」由黎運漢的話，我們可以知道語境設計的重要。

其次，運用雙關修辭，要注意情趣的設計，黃慶萱在《修辭學》中提出運用雙關時應注意蘊藉、風趣、鮮活。蘊藉，指的是不露，要能令人深思；風趣，指的是雙關的趣味；鮮活，指的是以具體事物去雙關抽象事物。此三樣合起來說，也就是要注意情趣的設計。運用雙關修辭法，如果能注意蘊藉、風趣、鮮活的情趣，那就是高明的運用。

習題

一、何謂雙關修辭法？它有何作用？

二、請從近幾年出版的書報雜誌中，找出應用音義雙關、詞義雙關、句義雙關、篇義雙關的一個例子。

三、王之渙的〈登鸛鵲樓〉：「白日依山盡，黃河入海流。欲窮千里目，更上一層樓」詩，後二句有什麼雙關義？它屬於什麼雙關？

四、英國故首相邱吉爾有一句借酒店來比喻人生說：「酒店打烊我就走。」這句話有什麼雙關義？

第十三章

倒反修辭法

《五代史・伶官傳》中記載著這樣的一個故事：唐莊宗好打獵。有一次，他帶著一群人到中牟縣去打獵，把當地的農田踩得亂七八糟。中牟縣令不忍老百姓的農作物被踐踏，就到莊宗馬前為民請命。莊宗聽了縣令的進諫非常生氣，把縣令罵走後，準備下命令殺縣令。莊宗旁一個名叫敬新磨的伶官，知道皇上為了這件事而殺縣令是不可以的，可是又沒有辦法阻止皇上下這道命令，於是他帶了幾個伶人去追縣令，把縣令抓到莊宗馬前，責備他說：「你身為縣令，難道不知道天子愛打獵嗎？你為何縱容人民耕種，讓百姓辛苦地為國家繳稅？為什麼不讓你的縣民餓肚子，把這塊土地空出來供我們天子在這兒自由地馳騁打獵？你的罪應該被處死。」說完，建議莊宗將他處以極刑。一群伶人也同樣附合著。莊宗聽後忍不住笑了，就不再處罰縣令。這則故事裡，伶官敬新磨說的話，表面是指責縣令的不是，其實骨子裡卻點出縣令是皇帝的好部屬，因此感動了唐莊宗。這種表面責備，實際讚美的語言，便是應用了倒反的修辭法。

一、倒反的定義與作用

什麼是倒反修辭法呢？陳望道說：「說者口頭的意思和心理的意思完全相反的，名叫倒反辭。」黃慶萱說：「心中之意，口中之言，恰相反者，謂之倒反。」王德春說：「用正面的話表達反面的意思，或用反面的話表達正面的意思，又叫做說反話。」董季棠說：「嘴裡說的話，跟心裡想的意思正好相反；字面上表出的意義，跟文中所指的主旨完全相背；叫做倒反辭。」以上各家的定義，文句雖然不同，內容卻相同。倒反的修辭，也就是說話或作文，表面的語言和內心的意思恰好相反的修辭法。

倒反修辭法的作用有三點：

(一)語言反常，引人注意

倒反修辭的語言，跟一般語言的使用規則不同。由於語言反常，反而能引起聽者或讀者的注意。例如孩子把飯菜打翻，弄髒了飯桌，母親對孩子說：「你做的好事，自己處理吧！」這兒的「好事」，實際是「壞事」。由於反意正說，語言反常，聽者反而注意說話人說了什麼。再如戀愛中的男女，常有女方稱男方為「死鬼」或「死相」的詞語。「死鬼」或「死相」是貶義詞，現在把它當暱稱，應用在自己喜歡的人身上，不但引起對方注意，也表現出這對男女已經達到非常熟悉、情深的程度。

㈡可使語言活潑、生動，令人回味

倒反的語言，由於正意反說，或是反意正說，使得語言富有「言外之意」、「弦外之音」的生動效果，因而耐人尋味。例如黃慶萱在《修辭學》中引的例子：「新婚的賴小姐向她的朋友說：『我燒的菜相當成功，我先生已決定要請女傭了』。」由「我先生已決定要請女傭」的話裡可以知道，賴小姐的燒菜技巧相當不好。這兒「反意正說」，使得語言幽默、風趣，令人回味。

㈢可以增強思想情意，收到表達效果

倒反的語言，由於表面是好話，實際上並不是好話；表面是壞話，實際上卻是好話。聽者或讀者接觸到這樣的語言，都會深思它的含義，因此可以增強所要表達的思想和情意。例如《列子》的〈愚公移山〉寓言。董季棠說：「愚公是眼光遠大，百折不撓，最聰明的。稱他為愚公，是推闡老子『大巧若愚』的意思。而反對移山的智叟，卻是短視近利，屈於環境，最愚笨的人。稱他為智叟，含有『大愚若智』的意思。這是字面和文旨相背的倒反詞。」

由董教授的分析可知，肯深思的人，看到倒反的詞語，深入探討語意，常可以瞭解作者用倒反辭增強思想情意的用意。

二、倒反的種類

倒反的分類，陳望道分為：倒辭和反語。他認為倒辭的形成，或因情深難言，或因嫌忌怕說，便將正意用了倒頭的語言來表現，但又別無嘲弄諷刺等等意思。反語是不只語意相反，而且含有嘲弄譏刺等意思。董季棠依據功用，把倒反分為表示親暱、表示尊敬、表示諷勸、表示嘲笑等四種。史塵封分為正語反說和歹話倒反等兩種。王勤分為嘲諷反語和喜愛反語。王德春分為反意正說和正意反說等。現在依據使用方式，採用王德春的分類法，分為正意反說和反意正說等兩類。

㈠正意反說

王德春說：「正意反說是用貶義詞、罵語或否定內容的詞語來表達相反的、正面的、肯定的意思。」這就是說，對正面的、肯定的內容，以反面的、否定的語言來表達。例如：

這時，鳳姐笑道：「我倒不派老太太的不是，老太太倒尋上我了？」賈母聽了，與眾人都笑道：「這可奇了！倒要聽聽這不是。」鳳姐道：「誰教老太太會調理人，調理得水蔥兒似的，怎麼怨得人要？我幸虧是孫子媳婦，若是孫子，我早要了，還到這會子呢？」（紅樓夢・第四十六回）

譚永祥說；「鳳姐要『派老太太的不是』。老太太有什麼『不是』？『會調理人』。把個丫環鴛鴦『調理得水蔥兒似的』，惹人喜愛。鳳姐這個反語用得巧妙而又得體。表面上『派老太太的不是』，實際是一個勁兒地頌揚賈母有能耐。不僅老太太心中十分受用，而且當時十分緊張的氣氛也消失了，代之以和諧喜樂的場面。這個例子，就是正意反說的好例子。紅樓夢中有許多正意反說例：

黛玉聽了，睜開眼睛起身，笑道：「真真你就是我命中的『魔星』，請枕這一個。」說著將自己的枕頭推給寶玉，又起身將自己的再拿了一個來枕上。二個對著臉兒躺下。（紅樓夢‧第十九回）

這兒以貶義詞「魔星」來稱呼賈寶玉，屬於親暱的倒反辭，這也是正意反說的好例子。正意反說的倒反修辭法，除了應用在重要詞句外，也可以應用在全篇上。民國八十一年九月十六日聯合報的「民意論壇」上刊載一篇讀者的文章：

軍營，乾脆改作「夏令營」吧

最近流行控訴軍中「不當管教」，日前更有民調披露：有近六成服過兵役的受訪者，曾遭遇過「體能折磨」、「限制行動自由」、「加重工作負擔」、「取消或縮短休假」、「言詞羞辱」等「不當管教」；甚至還有一成的受訪者，曾遭「拳打腳踢」！實在太「慘絕人寰」了！

筆者早年曾因國家退出聯合國，一時「衝動」誤入軍校，從此遍歷以上各種「折磨」，始終苦無「關愛眼神」施援，如今機不可失，謹以這篇「遲來的控訴」，期以造福軍中後生。

軍中「不當管教」從清晨即展開。搞了幾十年，軍方難道還不知道：早上六點的起床號多麼擾人清夢？一大早又吼又叫的，不是存心觸弟兄們的楣頭嗎？尤其「新新人類」流行晚睡晚起，不到中午就叫起床，這能算是「知兵、愛兵」嗎？

軍方的「體能折磨」，實在令人「罄竹難書」！五千公尺的晨跑？得了吧，太折磨人了！改為五百公尺漫步，或許雖不滿意，還可勉強接受！「匍匐前進」？那簡直可算是凌虐，既容易破皮，還會弄髒衣服。更何況，打仗趴在地上，一點也不雄壯威武，簡直遜斃了！一定要廢止！

在大太陽底下出操，這到底是誰出的鬼點子？一定是發明「白色恐怖」的那位超級匪諜幹的好事！更可惡的是：曬黑了小白臉，造成女朋友「兵變」！誰該負起這麼嚴重的政治責任呢？因此，我要緊急呼籲：每位新兵報到時，務必要先發給「制式陽傘」一把！

「限制行動自由」？報告長官！「妨害自由」是犯法的！青春少年兄，正是好玩的時候，您怎麼忍心讓他們的青春留下二年的空白？我建議採開放營區，尊重每一位弟兄憲法賦予的「居住自由」！

「加重工作負擔」這方面軍中太落伍了。八小時工作制流行了半個世紀，軍中居然還跟不上腳步？軍中有這麼多的工作負擔，我建議應該立即引進「外籍兵團」，千萬別增加阿兵哥的負擔！

最後，我強烈建議軍營自治，票選長官；並特別推薦關懷軍中弟兄的民意代表們申請「回役」，共同努力把軍營改造成人見人愛的夏令營，並積極勸進「歡樂星期天」的主持人，競選「國防部長」。這樣子，國防安全嗎？安啦！別擔心，只要把軍營改成夏令營，保證把敵人笑死！（黃澎孝：聯合報）

這篇文章，表面是控訴軍中「不當管教」，實際上認為軍中的這種「管教」，才能使國防安全。文章全篇都是「正意反說」，極富說服力。

(二)反意正說

王德春說：「反意正說是用褒義詞、敬詞、贊詞和各種內容上肯定的言語來表達相反的、否定的意見。」也就是說，對反面的、否定的內容，以正面的、肯定的語言表達。例如：

日前掐死了一個丫環，尚未結案，今日又殺了一個家人。所有這些喜慶事情，全出在尊府。（三俠五義・第三十七回）

掐死一個丫環及殺了一個家人，都是犯法、不該有的事，現在把它稱為「喜慶」的事情，這種本意是指責，語言卻是讚許；本意是否定，語言卻肯定的表達法，就是「反意正說」的應用。

民國八十年中央日報刊載一篇讀者針對臺北市部分公車司機亂開車的投書。文章中先敘述臺北計程車司機亂開車的情形，接著筆鋒一轉，寫到臺北公車司機的駕駛情形：

不過，說實在，我們的公車司機技術是一流的，絕對不會讓計程車司機專美於前。他們在剎車、轉彎當中，還可以讓我們臂力、腰力及平衡感做適當的訓練。（薛仁山：臺北公車處，天天有進步？）

作者要指責公車司機亂開車，但是語言中並沒有直接說出，反而說這種開車方式對乘客的臂力、腰力及平衡感的訓練有益。這種本意是否定，語言卻肯定的表達，也是「反意正說」的倒反法。又如〈優孟諫楚莊王〉：

楚莊王之時，有所愛馬，衣以文繡，置之華屋之下，席以露床，啗以棗脯。馬病肥死，使群臣喪之，欲以棺槨大夫禮葬之。左右爭之，以為不可。王下令曰：「有敢以馬諫者，罪至死。」優孟聞之，入殿門，仰天大哭。王驚而問其故。優孟曰：「馬者王之所愛也，以楚國堂堂之大，何求不得，而以大夫禮葬之，薄，請以人君禮葬之。」王曰：「何如？」對曰：「臣請以彫玉為棺，文梓為椁，楩楓豫章為題湊，發甲卒為穿壙，老弱負土，齊趙陪位於前，韓魏翼衛其後，廟食太牢，奉以萬戶之邑。諸侯聞之，皆知大王賤人而貴馬也。」王曰：「寡人之過一至此乎！為之奈何？」優孟曰：「請為大王六畜葬之……。」（史記・滑稽列傳）

楚莊王為了心愛的馬病死，想以大夫的喪禮葬馬，左右反對，莊王居然下令說：「有人敢阻止寡人以大夫的喪禮葬馬的，處死罪。」優孟認為莊王處置不當，但是他沒有直接反對，以「反意正說」，不但不反對厚葬，反而認為以大夫的禮來葬馬太薄，建議改以國君的禮來葬馬。結果引得莊王自我反省，改用對一般死馬的處理方式處理。這是應用「反意正說」的倒反修辭法來遊說國君的好例子。

三、倒反的原則

黃慶萱在《修辭學》書中提到倒反的使用原則，在消極方面，倒反不可流於尖刻，不宜流於煽動；在積極方面，應注意事實和表象間的對比，要同時使人悲戚與愉快、必須表現一種幽默感，以及具有使人反省的效果。黎運漢等認為倒反應看清對象，掌握分寸；語意明確，避免誤解。曹毓生認為倒反應觀點正確、含意明朗。現在綜合歸納於後：

(一)應含義明確，避免誤解

應用倒反修辭法，不管是反意正說或正意反說，由於語言跟實際語義不同，因此，表達的時候要注意含義明確，以避免聽者或讀者的誤解。要含義明確，作者應多經營特定語言環境。例如在關鍵詞語中加引號，或是在上下語文中清楚交代。像前述紅樓夢的例子，林黛玉說賈寶玉是她的命中魔星。魔星一詞便加上引號，表示有特定的含義。而後面「二人對著臉兒躺下」的文句裡，也可以瞭解他們的親密關係；不至於親暱的「魔星」當成貶義詞，以為是謾罵。

(二)力求語言幽默、風趣

應用倒反修辭法，在出奇致勝下，還應注意語言的幽默、風趣。例如前述黃澎孝的〈軍營，乾脆改成夏令營吧〉的文章，語言不是幽默、風趣嗎？再如：

始皇議欲大苑囿，東至函谷關，西至雍、陳倉。優旃曰：「善。多縱禽獸於其中，寇從東方來，令麋鹿觸之足矣。」始皇以故輟止。（史記．滑稽列傳）

這兒優旃以「麋鹿觸敵」的幽默、風趣語言，來阻止始皇要擴大苑囿，效果不是很好嗎？

(三)根據內容性質及彼此相關

說話或作文，使用倒反修辭法的時候，應根據內容性質及說者與聽者彼此間的關係。董季棠說：「倒反修辭法，大抵出於睿智之心，詼諧之口。表示親暱的，由於情深難言，就用個倒反辭代替；表示尊敬，因為某些偉大的人不容易形容，又有許多投機取巧的人和他相反，用倒反辭烘托，更覺意味深長；表示諷勸的，因為正面諫諍，有損尊貴者的面子，少有效果，甚至引來殺身之禍，運用倒反辭，就能化解一切，得到圓滿的結果；表示嘲笑的，因為正面譏刺，比較尖銳，容易傷人，運用倒反辭，等於轉個彎兒，較能謔而不虐，幽默可愛。」由董教授的話，我們可以知道應如何根據內容需要，適當地使用倒反修辭法。

使用倒反修辭法還得注意使用者與接受者的彼此關係，以及內容是否關涉到人身攻擊。從前某中文系的一個學生，自費出版一本新詩集。他把印好的書送請班上同學指教。有個同學接過書後說：「你的這本詩集如果是一包衛生紙，還比較有用。」如此講法，即使聽者已經修過修辭學，瞭解有「正意反說」的倒反修辭法，也會不高興。俗語說：「贈人以言，暖於布帛；傷人以言，深於矛戟」，因此使用倒反修辭的時候，對個人爭論的問題，應考慮對方與你的關係，是不是能禁得起這樣強烈的刺激語言？其次，同樣的問題，還要考慮所處的場合是否適合應用倒反辭？

習題

一、請從近幾年出版的書報雜誌中，摘錄一則應用倒反修辭法寫的句子，並分析它是屬於哪一類的倒反法。

二、梁實秋在《雅舍小品》書中寫著：「不知是受了哪一位大人先生的恩典，這一條臭水溝被改為地下水道，上面鋪了柏油路，從此這條水溝不復發生承受垃圾的作用，使得附近居民多麼不方便。」這段話裡，哪兒應用了倒反修辭法？它是屬於「反意正說」或「正意反說」？為什麼？

三、朱自清在〈背影〉一文中敘述自己笨得連父親的愛都體會不出來，反而說父親迂腐。他的文句是這樣的：「我那時真是聰明過分，總覺得他說話不大漂亮，非自己插嘴不可……。唉！我現在想想，那時真是太聰明了。」這段話中，那兒用了倒反修辭法？它的倒反形式是什麼？

第十四章

引用修辭法

《資治通鑑・漢紀三十二》記載這樣一件事：東漢光武帝的姊姊湖陽公主剛失去丈夫。漢光武帝想為她介紹個新夫婿，便跟她討論朝中的大臣，看看有沒有她中意的人選。公主說：「大司空宋公的威望、容貌、道德、見識，都是其他臣子比不上的。」光武帝瞭解了公主的心聲後便說：「我來探聽他的意思。」光武帝召見宋弘，並要公主坐在屏風後聽他們講話。光武帝跟宋弘談過政事後，把話題轉到娶妻、交友的事。光武帝對宋弘說：「俗諺說：『貴易友，富易妻』，這也是一般人可以接受的常情。」宋弘回答說：「臣聽到的諺語卻是：『貧賤之交不可忘，糟糠之妻不下堂』。」光武帝聽了，回頭對公主搖搖手，意思是：「事情談不成了。」

漢武帝不方便對宋弘直截了當說：「你現在已經富貴了，何不換個較好的太太？」而以俗諺先打聽宋弘的心意，有沒有打算換個妻子?宋弘沒有直接說出自己的心意，而以俗諺提到「不可拋棄共患難的妻子」來回答。兩人都含蓄、妥切地應用「引用修辭法」，利用諺語表達自己意思。

既不傷對方的自尊心，也有效表達了自己的意見。

一、引用的定義與作用

「引用」的修辭法又叫做「援引」、「引證」或「引語」。這種修辭法，很早就被使用。例如《論語》、《孟子》、《荀子》等書中，有好多地方應用了引用修辭法來表達。什麼是引用修辭法呢？陳望道說：「文中夾插先前的成語或故事的部分，名叫引用辭。」黃慶萱說：「語文中援用別人的話或典故、俗語等等，叫作引用。」成偉鈞等主編的《修辭通鑒》說：「引用即說話或寫文章引取其他有關言論、材料、或者文獻、史料典籍、格言、成語、警句、故事、寓言、歌謠、俚語等，以闡明或佐證自己的論點，表達自己的感情。」以上諸家見解採用的是廣義的解釋。除了援用「語言」外，還加上了「事件」。有的修辭學家採用狹義的方式，只就「語言」部分下定義。例如董季棠說：「說話或作文的時候，引用別人的語言文字，叫做引用。」譚永祥說：「在話語中插入熟語或名言警句，這種修辭手法叫引用。」王勤說：「寫文章、說話為了闡述某種觀點，說明某個問題，援引他人的話或名言、警句、成語、諺語、俗語等。這樣的修辭方式叫做引用。」以上各家的論點都可成立。現在採用廣義方式，歸納它的定義為：說話或作文，援用已有的成語、俗諺、歌謠、故事或他人言論，以表達思想和情感的修辭法，叫作引用修辭法。

㈠可以使語文具有說服力

黃慶萱說：「引用是一種訴之於權威或訴之於大眾的修辭法。利用一般人對權威的崇拜及對大眾意見的尊重，以加強自己言論的說服力。」我們在日常言談或文章中，常可以聽到或看到「孔子說」、「孟子說」、「胡適說」、「國父說」、「愛迪生說」、「古人說」、「俗話說」等等的話語。由於這些話語是偉人、專家的見解，或者是大眾已接受的語言，因此具有說服力。例如我們常可以看到鼓勵他人奮鬥，不要怕挫折的文章，引用了孟子的這段話：「天將降大任於斯人也，必先苦其心志，勞其筋骨，餓其體膚，空乏其身，行拂亂其所為，所以動心忍性，增益其所不能。」這就是因為孟子是聖人，是大家崇拜的對象，因此他的話就具有說服力。

㈡可以使語文精鍊

成語、俗語、諺語、名句等等，都是濃縮的精鍊語句。引用這些語句，可以使要表達的語文精鍊，免去冗長、囉嗦的說明。例如「慈濟功德會」的創辦人證嚴法師要創建慈濟醫院的時候，好多人告訴她，那是不可能的事。證嚴法師只引了地藏菩薩的話：「我不入地獄，誰入地獄」回答，結果說服了反對的人。證嚴法師適當的引用地藏菩薩的話，省去了許多冗長的說明。又如我們要形容一個作者寫作時，如何字斟句酌，再三推敲的情形，如果引用杜甫「語不驚人死不休」的詩句說明，或者引用賈島的「二句三年得，一吟雙淚流」，盧延讓的「吟安一個字，捻斷數莖鬚」詩句形容，也可以減少許多冗長、囉嗦的文字。

㈢可以使語義增強

古時候留下來的成語、諺語、名句、歌謠、故事等等，都是文化的結晶，富有豐富的內涵。適當的引用，可以使語義增強。例如民國九十年二月十日，中國時報文化藝術版刊載賴廷恆對文建會公佈「九十年度演藝團隊發展扶植計畫」評審結果後的短評，內容要批評文建會基於「試圖討好所有團體」的「齊頭式補助」的不當，讓自己身陷「姑意、嫂意」難以兼顧的處境。文中以「文建會陷入父子騎驢窘境」為標題。標題中的「父子騎驢」一詞，是有關寓言的典故。引用這個典故，可以生動、深入的把文建會對補助金處理方面左右為難的窘境，表達出來。如果標題不引「父子騎驢」的典故，只寫「文建會陷入窘境」，相信語義的說服力減弱，文字也枯燥、乏味、不能吸引人。

㈣可以使語文生動

許多成語、諺語、歌謠、名句，本身除了具有形象生動的語言特色外，有的句子還注意到對偶、排比或押韻的特色。引用這些語句，自然使要表達的語文，生色不少。例如諺語中的「手心、手背都是肉」、「少女心，海底針」、「兩個禿子，爭一把梳子」等語句，語言富有形象特色。而老子比喻事情的成功，都是由小到大逐漸累積的名句：「合抱之木，生於毫末；九層之臺，起於累土；千里之行，始於足下。」語句富形象化外，語言也富有節奏美。適當的引用這類句子，自然可以增加自己語文的生動力。

二、引用的種類

引用的分類有多種。陳望道分為明引法和暗用法。黃慶萱擴展這個分類法，在明引法下，分為全引和略引；在暗用法下，分為全用和略用。王勤依引用的形式分為明引和暗引；依語言來源分為直接引用和間接引用。成偉鈞等，按形式分為明引、暗引、化引等三種；按內容分為正引、反引、意引、引經、稽古、出新等六種。譚永祥依引用方式分為直錄、移位、擴展、脫化等四種。現依引用的形式，分為明引、暗引、化引等三類。

㈠明引

明引屬於直接引用，就是明白指出事件或話語出處的引用。這種引用，依黃慶萱的分類，可再細分為全引的明引和略引的明引。

全引的明引，指的是引用時，明白指出事件或話語出處，而文字不加刪節更改。略引的明引，指的是引用時，明白指出事件或話語出處，而文字加以刪節更改。現在為了簡化，這兒只提明引，不再細分。例如：

孟子曰：「不仁者，可與言哉？安期危而利其菑，樂其所以亡者。不仁而可與言，則何亡國敗家之有？有孺子歌曰：『滄浪之水清兮，可以濯我纓；滄浪之水濁兮，可以濯我足。』孔子曰：『小子聽之，清斯濯纓，濁斯濯足矣。自取之也。』夫人必自侮，然後人侮之；家必自毀，而後人毀之；國必自伐，而後人伐之。太甲曰：『天作孽，猶可違，自作孽，不可活。』此之謂也。」（孟子・離婁篇）

孟子主張仁政，認為一個國家的禍福和個人一樣，都是自取的。他引用了孺子的歌謠、孔子的話，以及書經太甲篇裡的句子來證明自己的論點。所舉的論據都明白說出出處，屬於明引的修辭法。又如：

知識與智慧的區分關鍵在於「真誠」。孔子曾經教誨子路說：「知之為知之，不知為不知，是知也。」這句話明白指出：人的知識有其限度，因此不宜強不知以為知，如此才能虛心受教，繼續走在正確的求知之途上。（傅佩榮：知識與真誠）

這段話中，「知之為知之，不知為不知，是知也」這句話出於《論語・為政篇》。傅佩榮引述這句話時，明白指出這是孔子說的話，屬於明引。再如：

小的地方肯讓，大的地方才會與人無爭。爭先是本能，一切動物皆不能免；讓是美德，是文明進化培養出來的習慣。孔子曰：「當仁不讓於師。」只有當仁的時候才可以不讓，此外則當以

讓為宜。（梁實秋：雅舍小品）

多少年後的一天，我正在繞室徬徨、俯仰無主的時候，李清照的「尋尋覓覓……」那首聲聲慢的詞，忽然脫口而出，越咀嚼越有滋味，越欣賞越切實際。我立刻丟開滿腔愁緒，把過去讀的詩詞，都拿出來翻了一遍，才發現往日皺眉苦吟的東西，如今想起來，簡直芳香溢齒，不忍釋卷了！我想，假若我能有他們的一半才華就好了。（楊宗珍：智慧的累積）

古人說：「一技在身，勝過良田千頃。」有專技的人，他的「技術」就是求職的本錢，這種人最能得到老闆的賞識與重用。（連照雄：最美的時刻）

俗語兒說的「行行出狀元」，又說「好漢不怕出身低」，哪一行沒有好人哪！（兒女英雄傳・第十一回）

以上四例的引文，都明白指出來源，這些都是應用「明引」的修辭法。

(二)暗引

暗引是間接的引用，對引用的事件或話語，沒有說明出處。例如：

子曰：「衣敝縕袍，與衣狐貉者立而不恥者，其由也與！『不忮不求，何用不臧』。」子路終身誦之。子曰：「是道也，何足以臧？」（論語・子罕篇）

這段話是孔子稱讚子路，以及教導子路的。他稱讚子路穿著破舊的衣袍，跟穿著狐貉皮衣的人站在一起，不會覺得可恥。並暗引詩經衛風雄雉篇的詩句「不忮不求，何用不臧」，稱讚子路的不害人、不貪求，沒有不好的品德。孔子引的詩句，沒有指出出處，這就是「暗引」。又如：

名位是中國學者的大患。沒有名位去掙扎求名位，旁馳博騖，用心不專，是一種浪費；既得名位而社會視為萬能，事事都來打攪，惹得人心花意亂，是一種更大的浪費。「古之學者為己，今之學者為人。」在「為人」、「為己」的衝突中，「為人」是很大的誘惑。學者遇到這種誘惑，必須知所輕重，毅然有所取捨，否則隨波逐流，不旋踵就有沒落之禍。認定方向，立定腳跟，都需要很深厚的修養。（林語堂：談修養）

林語堂引的「古之學者為己，今之學者為人」，這句話是孔子說的，記載於《論語》憲問篇裡。孔子在這句話裡告訴學生，古代的學者是為了充實自己而學習的；現在的學者是為了給別人知道自己有才幹才學習的。林語堂引用這句話並沒有說明是誰說的，屬於「暗引」。再如：

「山不在高，有仙則名」，張果老的「仙跡」和傳說，使北嶽增添了神祕傳奇的色彩而更加引

人入勝。（何力：名山覽勝）

這兒「山不在高，有仙則名」的詩句，出於唐朝劉禹錫的〈陋室銘〉。作者未說明引詩的出處，也是「暗引」的修辭法。再如：

「凡人不可貌相，海水不可斗量」，若愛豐姿者，如何捉得妖賊也？（西遊記・第六十二回）

「我和他『井水不犯河水』，怎麼就沖了他！」（紅樓夢・第六十九回）

以上二例的引文，沒有指出來源，這是屬於「暗引」的修辭法。

㈢化引

化引是變化的引用，就是對引用的事件或話語，經過調整、增刪的變化。譚永祥所提的「移位」、「擴展」、「脫化」等引用方式，都屬於化引。例如他舉的例子：

說的人說得津津有味，聽的人也聽得色舞眉飛。（丁聲樹等：現代漢語講話）

「色舞眉飛」是成語「眉飛色舞」的移位，屬於變化的引用。

不明才主棄，多故病人疏。（紀曉嵐）

譚永祥說：「這副對聯，相傳是清代大學士《四庫全書》總纂官紀昀由於家中人屢為庸醫所誤，便把唐代詩人孟浩然一首五言詩中的『不才明主棄，多病故人疏』調動了一下詞序，用以嘲諷庸醫。孟詩原意是哀嘆自己的命運：因為無才，不為聖主所用；由於多病，連老朋友也都疏遠了。紀將兩句中的第二、三兩字的位置互換，變成了『不明才主棄，多故病人疏。』『才』，通『財』。兩句的意思是：我治病糊里糊塗，財主們都不請我了；老是把病人醫死，就醫的人越來越少。」這也是把引用的語句移位，屬於化引。

蒼龍嶺，在尖尖的山脊上蜿蜒，望腳下，溪流怒捲，斷崖無底，一旦失足則成千古恨。（散文・一九八一年第六期）

「一失足成千古恨」是一句俗語，現在引用它的時候，嵌入了自己的話語，屬於原詞語的擴展，屬於變化的引用。

論官位不足「七品」，尚無芝麻大。但是，千萬別小瞧他。（雜文報・一九八六年八月十九日）

譚永祥說：「官位不足『七品』，尚無芝麻大」脫化於慣用語『七品芝麻官』。縣官的官階一般為七品，官小職卑，故用芝麻來比喻。脫化是「師其意不師其辭」（韓愈語），是語言的推陳出新，重新鍛鑄。」譚永祥舉的這個「脫化」的例子，也就是化引。事件的引用，常常也是「化引」。例如：

我國古代的人最講信用了。季札為了心裡暗許過的事，把寶劍掛在徐君墓前的樹枝上；范式為了分手時的一句話，不遠千里的去赴張劭的約會；曾子為了不欺騙兒子而殺豬；秦孝公為了獲得人民的信任，立了三丈之木。可以說小至個人，大至國家，沒有不講信用的。（國編本國小國語課本第十一冊）

這一段所引的話，季札的事件在《史記・吳太伯世家》；范式的事件在《後漢書》；秦孝公時，商鞅立三丈之木在《史記・商君傳》。由於文句已跟原文不同，因此也屬於化引。

三、引用的原則

黃慶萱認為應用「引用」修辭法，在消極方面應注意的是：⑴引用不正確的意見，當加案語。⑵引用不可失其原意。⑶不可使用僻典。⑷引用當據原文，不可輾轉抄襲。⑸避免艱深賣弄的引證。⑹引用文字不可破壞全文語調之統一性。在積極方面應注意的是：⑴必須訴之合理的權威。⑵提供一種簡潔而形象化的文字。⑶儘可能使引用成為委婉含蓄的語言。⑷儘可能在新舊融會中產生喜悅和滿足。

黃教授的主張很周延，可供我們應用「引用」修辭法時的參考。現在參考他的說法，提出兩個主要原則：

㈠引用時要精確

精確，指的是精當、準確。引用要精當，首先應注意所引的話語是不是具有權威性或大眾已尊重的。要知道，「人微言輕」以及「門外漢」的話，是不能說服他人的。其次，所引的話語要精要。也就是儘可能使引用的話語，文字少而內容多，就像寶玉、鑽石一樣，質地好，價值高。成語、俗語、名句、歌謠等等，都是精要的語言。引用這類語言，當然比一大串冗言蕪句吸引人。

引用還要注意準確。引用錯誤的資料，比不引用還糟。有個這樣的笑話：從前有個私塾老師，把「臨難毋苟免，臨財毋苟得」錯引成「臨難母狗免，臨財母狗得」，於是他說：如果來生投胎為狗，希望當母狗，不要當公狗。因為母狗除了可以免受災難外，還有財物可得。由此可知引用準確的重要。黃慶萱說，有人把告子說的「食色，性也」這句話，當做孔子說的；把杜牧的「蠟燭有心還惜別」的詩句，當做李商隱的，這也是不準確的，該避免的。

㈡引用時能產生新意

黃慶萱說：「曾聽人說：『好色之心，人皆有之。』所以家家戶戶都買彩色電視機。此句引用孟子句，而『色』字作彩色解，頗為風趣。」黃教授所提的這個例子，也就是指出引用時，能注意到語義的推陳出新及產生新意。王國維在《人間詞話》書中說：「古今之成大事業、大學問者，必經過三種之境界：『昨夜西風凋碧樹，獨上高樓，望盡天涯路。』此第一境也。『衣帶漸寬終不悔，為伊消得人憔悴。』此第二境也。『眾裡尋他千百度，回頭驀見（原句作：驀然回首），那人正（原句作：卻）在燈火闌珊處。』此第三境也。」王國維引的三境界的詞句，意思跟原作詩意不同，這種新舊融會中，產生的新意，令人感到新鮮、有味。引用能達到這樣的境界，也就是創新的引用。

習題

一、「引用」修辭法的種類有幾種？能否舉一例說明？

二、請引用古人詩句，撰寫一段描寫月色很美的文章（約百字以內），並分析用到什麼「引用」法。

三、李文炤的〈儉訓〉文：「治生之道，莫尚乎勤。故邵子云：『一日之計在於晨；一歲之計在於春；一生之計在於勤。』言雖近而旨則遠矣。」邵子指的是宋儒邵康節。引邵子的話，屬於什麼引用修辭法？

第十五章

藏詞修辭法

六十年代初期，臺灣某報副刊新闢一個叫「群言堂」的專欄，向大家徵求探討時政、社會現象、文化等等問題的文章。編輯先生為了讓投稿的人瞭解專欄的形式，還於發佈徵稿消息的當天，刊載一篇約二千字左右的示範性文章。那篇示範性文章寫得非常好，因此很多讀者都希望「群言堂」的專欄趕快推出。但是，經過了一段時間，「群言堂」專欄始終沒有消息。後來據說此專欄取消了，取消的原因是讀者反映專欄的名稱有問題。《論語・衛靈公篇》記載孔子說的這句話：「群居終日，言不及義，好行小慧，難矣哉！」「群言堂」的「群言」，恰好隱藏者「居終日，不及義」的意思，因此不得不打消了這個專欄的設立。反映專欄名稱有問題的讀者，他用的是藏詞修辭法的知識。

一、藏詞的定義與作用

什麼是藏詞修辭法呢？陳望道在《修辭學發凡》書中說；「要用的詞已見於習熟的成語，便把本詞藏了，單將成語的別一部分用在話中來替代本詞的，名叫藏詞。」徐芹庭說：「藏詞者，將眾所熟知之古人詩文，藏去其所欲說之部分，而顯現其餘部分以代表者。」唐松波等主編的《漢語修辭格大辭典》下的定義是：「利用人們熟悉的詞語，故意隱藏本詞。即藏去本來要用的詞，而只把成語中餘下的部分用在話中來代替本來要用的詞。」成偉鈞等主編的《修辭通鑑》下的定義是：「藏詞即要用的詞是人們熟悉的成語或熟語，故意隱藏本詞，用成語或熟語的一部分來代替本詞。」以上各家的定義，說法雖不同，內容卻相似。也就是說：說話或作文，要表達的詞語已經出現在人們熟悉的成語、俗諺、詩文中，現在把該成語、俗諺、詩文中出現的這個詞語隱藏起來，只用其餘的部分代替它。這種修辭法就叫作「藏詞」。例如要表達某個人「沒安好心」的語意，就說：「他呀，黃鼠狼給雞拜年！」「黃鼠狼給雞拜年，沒安好心」是個連譬帶解，大家都知道的歇後語。現在只說出前面的譬喻句「黃鼠狼給雞拜年」，隱藏了後面「沒安好心」的本意解釋。這樣的修辭法，就是「藏詞」的修辭法。

應用藏詞修辭法，它的作用有三點：

㈠可以使語言婉曲、親切，新穎、動人

藏詞修辭的語言，把要用的詞語藏起來，讓聽者或讀者從提供的語句中，找出答案來。這種謎語似的語言，在表達的形式上是婉曲的，效果是令人感到親切、新穎和動人。例如黃慶萱在《修辭學》書中引的一個藏詞例子：紀曉嵐以酒瓶裝水贈送給朋友，並附上一副對聯。對聯的文字是：「醉翁之意不在；君子之交淡如。」接到禮物的朋友，看到對聯的字，再喝到似水的「酒」，自然知道紀曉嵐的意思。這副對聯，上聯是引用了歐陽修〈醉翁亭記〉的句子：「醉翁之意不在酒」；下聯是引用《莊子‧山木篇》中子桑雽的話：「君子之交淡若水」。現在把「酒」和「水」隱藏起來，成了「水酒」的意思。這種具有想像餘地的表達法，它的語言不是婉曲、親切，新穎、動人嗎？

㈡可以使語言精鍊、簡潔，並提高文字的稠密度

藏詞修辭法是「藏詞不藏義」的修辭法，由於它把語句中的某一部分藏起來，節省了許多文字，因此，語言也變得精鍊、簡潔；再由於它的表義功能跟原來語句一樣，並沒有減少，這種以少量語言，傳遞較多訊息的現象，它的文字稠密度也就提高了。例如批評某人「假慈悲」，以「貓哭耗子」來形容。「貓哭耗子，假慈悲」是一句「連譬帶解」的歇後語。現在只說前面的譬喻句，卻藏起了後面的本意句，語言不是精鍊、簡潔了嗎?而「貓哭耗子」的語詞裡，又暗含了「假慈悲」的語義，它的語義稠密度也就增加了。

㈢可以使語言富有節奏美

詩詞或散文，有時候為了語言的節奏美，字數常有限制。應用藏詞修辭法，有時候可以解決這個問題。例如諸葛亮〈出師表〉的句子：「受命以來，夙夜憂勤，恐託付不效，以傷先帝之明，故五月渡瀘，深入不毛。」「五月渡瀘，深入不毛」，四字對四字，富有節奏美。「不毛」是指「不毛之地」，藏了「地方」。如果不採用「藏詞」手法，寫作：「五月渡瀘，深入不毛之地」，節奏就差多了。

二、藏詞的種類

藏詞的分類，陳望道分為「拋前藏詞語（又叫藏頭語）和歇後藏詞語（又叫歇後語）」二類。黃慶萱分為「成語藏詞法和俗語歇後法」二類。史塵封分為「前藏詞和後藏詞」。唐松波等人分為「藏頭藏詞、藏腰藏詞、藏尾藏詞」。沈謙分為「藏頭、藏腹、藏尾」等三類。現採用沈謙的分類法說明於下：

㈠藏頭

藏頭的藏詞法，就是藏起引用語句的前頭詞語，以後面呈現出來的部分語句，代替前頭詞語。

例如：劉禹錫〈陋室銘〉的末一句：

山不在高，有仙則名，水不在深，有龍則靈；斯是陋室，惟吾德馨。苔痕上階綠，草色入簾青。談笑有鴻儒，往來無白丁。可以調素琴，閱金經。無絲竹之亂耳，無案牘之勞形。南陽諸葛廬，西蜀子雲亭。孔子云：「何陋之有？」（劉禹錫：陋室銘）

沈謙說：「〈陋室銘〉的末一句：孔子云：『何陋之有』？便是藏頭的藏詞法，它藏了『君子居之』的意思。」

《論語・子罕篇》記載，有一次，孔子感歎他的「道」不能推行，就順口說想到東方的夷邦去住。隨行的人說：「那兒太閉塞、落後了，怎麼能住呢？」孔子回答說：「君子居之，何陋之有？」意思是只要君子去住，那兒又怎麼會閉塞、落後呢？劉禹錫引用孔子「何陋之有」的話來說明自己的陋室不陋，主要是暗中表達這兒住的人是個「君子」。

又如譚永祥在《漢語修辭美學》一書中的借代修辭法裡，也介紹了藏頭的修辭例子：

今欲使朕無滿堂之念，民有家給之饒。（任昉：天監三年策秀才文）

這兒藏著的是「金玉」二字。「金玉滿堂」是個成語。現在把「金玉」藏去，只出現「滿堂」的語詞，這是以後面的「滿堂」詞語，代替前頭被藏起來的「金玉」詞語，屬於「藏頭」的藏詞修辭法。再如：

倘若「官」在位不客觀現實地用權謀政，要等「一身輕」的時候才來講幾句實話，豈不是延時誤事，遺害於民嗎？（雜文報・一九八六年四月一日）

俗語說：「無官一身輕。」這兒借「一身輕」的詞語，替代「無官」的語意，用的修辭法，也是藏頭。

某甲：「先生今年貴庚？」

某乙：「我已告別而立年，進入不惑年了。」

某乙的回答：用的也是藏頭的藏詞法。《論語・為政篇》記載孔子自述為學進德的次序說：「吾十有五而志於學；三十而立，四十而不惑；五十而知天命；六十而耳順；七十而從心所欲，不踰矩。」某乙說的「而立」年，指的是藏在上頭的「三十」；「不惑」年，指的是「四十」。也就是說，某乙已經告別三十多歲，進入四十歲了。

及楚人屈原，含忠履潔，君匪從流，臣進逆耳，深思遠慮，遂放湘南。（蕭統：文選序）

史塵封說：「『逆耳』是『忠言逆耳』的藏詞。語見《孔子家語》：良藥苦口而利於病，忠言逆耳而利於行。」這兒以「逆耳」借代「忠言」，用的也是藏頭修辭法。

㈡藏腹

藏腹的藏詞法，就是藏了引用語句的中間語詞，以呈現出來的前後部分語句，代替中間的本詞。例如：

普騰電視機

「普騰電視機」的命句，應用了藏腹的藏詞修辭法。它是「普世歡騰」語詞的應用，只呈現前後部分的字，代替中間「世歡」的詞語。「世歡」，也就是「世人都喜歡」的意思。這個電視機的廠牌，含有「世人都喜歡」的意思。又如：

他是個「一二五六七」的人。

依照數目字排列的順序，「一二五六七」的數目字，少了三和四。這兒句子要表達的意思，便是「他是個丟三忘四的人」，或是「他是個不三不四的人」。這個句子，應用了「藏腹」的藏詞法。

廣緣和尚

這位和尚的法號「廣緣」，暗藏了「結善」的意思。佛家有「廣結善緣」的處世良言，「廣緣」和尚的命名，就是「藏腹」修辭法的應用。

(三)藏尾

藏尾的藏詞法，就是藏了引用語句的後面詞語，以語句前面部分呈現出來的語詞，代替後面的本詞。例如：

> 有一位熟識的朋友，膀大腰圓，一棒子打不倒，自稱是偏方專家，可以活到一百二十歲（結果打了六折），聽說我患糖尿，便苦口婆心的勸我煎玉蜀黍鬚，代茶飲，七七四十九天，就會霍然而癒。看我遲遲沒有照辦，便自己弄來一大包玉蜀黍鬚送上門，逼我立刻煎湯，看著我咕嘟咕嘟的喝下一大碗，他才揚長而去。玉蜀黍作湯，甜滋滋的，喝下去真是有益無損，但是與糖尿似乎是風馬牛。（梁實秋：雅舍小品）

俗語說：「風馬牛，不相及。」梁實秋教授這段話的末句「與糖尿似乎是風馬牛」，意思是「與糖尿似乎是不相及」。「風馬牛」的詞語，孕藏了「不相及」，這是藏尾藏詞法的應用。又如黃慶萱在《修辭學》中舉的例子：

他一想起旅行社裡，那些受過高等教育，滿口洋文，穿著入時的女同事們，就恨之入骨。滑溜得像水蛇似的，沒沾著邊兒，還會著了她們的道兒。她們小器、世俗、保守而又刻薄，真是金玉其外啊！（蘇玄玄：爪痕）

這也是藏尾的藏詞修辭。「金玉其外」的語詞下，藏了「敗絮其中」的意思。又如黃慶萱提到的一副春聯：

一二三四五六七

孝悌忠信禮義廉

據說從前有個財主，常常欺凌窮人。有一年春節前夕，這個財主請一位私塾老師寫春聯。私塾老師不恥財主的為人，便寫了這副春聯，以及橫披「南北」兩個字給他。財主沒什麼學問，看見私塾老師的字寫得不錯，就高興地把它貼出去。這副對聯，藏了罵人的話。上聯尾缺個「八」字，意思是「忘了八」；下聯尾缺「恥」字，意思是「無恥」。上下聯合起來，就是暗指財主「王八、無恥」。這是應用「藏尾」藏詞法寫出的。至於橫披的「南北」這兩個字，是由方位詞「東西南北」四字中摘錄兩字下來，在「南北」二字的上面，少了「東西」，也就是暗指財主「不是東西」。這是應用了「藏頭」藏詞法寫的。

藏尾的藏詞修辭法，應用得很多。一般人應用歇後語，只提上半段的「譬喻」語句，不說出下半段的「解釋」句，都是藏尾的應用。例如只提「譬喻」語句的「泥菩薩過河」，不說「解釋」句的「自身難保」；只提「姜太公釣魚」，不說出「願者上鉤」，都是藏尾的應用。如果歇後語的「譬喻」句和「解釋」句都說出來，像「隔者門縫瞧人，把人看扁了！」、「電線桿上綁雞毛，好大的膽子」等，便不是藏尾的藏詞應用。現在有修辭學家，為這種修辭法另增了「譬解修辭」、「歇後修辭」或「譬解語」的辭格。

三、藏詞的原則

黃慶萱在《修辭學》書中列出了藏詞的消極原則和積極原則共五項。消極原則是：⑴必須是讀者所能瞭解的；⑵必須合乎漢語語法；⑶必須與上下文，筆觸調和。積極原則是：⑴必須具有文學上的經濟效果；⑵必須新穎委婉、親切而風趣。

黃教授的這些主張，大致上已很周延。其中消極原則所提的第一項原則——必須是讀者所能瞭解的，對於應用藏詞修辭法的人，應該加以遵守。例如我們寫給中小學生或一般知識不多的人看的文章，應用《尚書》上許多艱深的語句當作藏詞材料來寫作，便不是好的使用法。再如積極原則中「必須具有文學上的經濟效果」這一項，也就是為了語言的精鍊、簡潔，以及富有稠密度。而第二項中：「必須新穎委婉、親切而風趣」，也就是為了語言的吸引人。這些都是應用藏詞修辭法的人，應該注意的。

習題

一、老舍在〈方珍珠〉文中，寫了一句：「這是千里送鵝毛」的話。這句話，應用到什麼類別的藏詞法？它藏了什麼意思？

二、某政權下的一戶人家，過年時在門上貼春聯。上聯是：「二三四五」；下聯是「六七八九」；橫披是：「南北」，結果被「公安」捉走，認為這是毀謗政府的言論。這副「對聯」跟「橫披」裡藏了什麼意思？它用什麼藏詞法寫？

三、王維的〈謂川田家〉詩「斜光照墟落，窮巷牛羊歸。野老念牧童，倚杖候荊扉。雉雊麥苗秀，蠶眠桑葉稀。田夫荷鋤至，相見語依依。即此羨閒逸，悵然吟式微。」詩中末句的「悵然吟式微」，式微下藏了什麼意思？為什麼？

第十六章

象徵修辭法

日常生活或詩文中，象徵是常被應用的修辭法。例如過年或家有喜事的時候，中國家庭常貼有紅色的門聯。紅色，就是象徵喜事。新屋落成，屋主常收到親友贈送的牡丹畫。牡丹花象徵富貴，因此祝福屋主永享富貴。在古代詩文中，象徵例子更多。例如《詩經・碩鼠》詩：

碩鼠碩鼠，無食我黍。三歲貫女，莫我肯顧。逝將去女，適彼樂土。樂土樂土，爰得我所。

碩鼠碩鼠，無食我麥。三歲貫女，莫我肯德。逝將去女，適彼樂國。樂國樂國，爰得我直。

碩鼠碩鼠，無食我苗。三歲貫女，莫我肯勞。逝將去女，適彼樂郊。樂郊樂郊，誰之永號？

這首詩有三章，內容表面是敘述請大老鼠不要到我家來吃光糧食，讓我們能生存下去，否則就只好搬家，找一個沒有鼠禍的地方住。深層的意思卻是表達人民對統治者沈重剝削的控訴與怨恨。詩人用象徵手法，把「碩鼠」當作剝削者；把「樂土」、「樂國」、「樂郊」當作沒有被剝削的社會。這些都是應用了象徵的修辭法。

一、象徵的定義與作用

什麼是象徵修辭法呢？「象徵」技巧的應用，中國早就有了，但是當時人以「興」或「寄寓」、「言外之意」、「弦外之音」等名稱來表示，並沒有以「象徵」的詞彙稱呼。「象徵」一詞來自西方。而西方的起源，來自希臘。毛宣國在《文學理論教程》書中說：「象徵（symbol）一詞在西方來自希臘，本義是指將一物分成兩半，雙方各執其一，作為憑證和信物，合起來即可以檢驗真假。後來演變為凡是表達某種觀念或事物的標幟或符號就叫象徵。」《韋氏英文字典》記載：「象徵係用以代表或暗示某種事物，出之於理性的關聯、聯想，約定俗成或偶然而非故意的相似；特別是以一種看得見的符號來表現看不見的事物，有如一種意念，一種品質，或如一個國家或一個教會之整體；一種表徵；例如獅子是勇敢的象徵，十字架為基督教的象徵。」

象徵一詞引進中國後，學者們為它下定義的也很多。例如黃慶萱在《修辭學》書中說：「任何一種抽象的觀念、情感與看不見的事物，不直接予以指明，而由於理性的關聯、社會的約定，從而透過某種意象的媒介，間接予以陳述的表達方式，我們名之為『象徵』。」黃邦君在《詩藝探索》書中說：「所謂象徵，是指通過某一特定的具體形象，以表現與之相似或相近的概念、思想和感情。」以上各家的說話雖然略有不同，但是內容大致相似。其中黃慶萱的闡釋較詳盡、扼要；黃邦君的較簡潔、明白。

象徵修辭的應用，有兩項作用：

㈠可以使抽象的意義具體化，收到生動、感人的效果

象徵修辭是通過某一特定的象徵體，以寄寓某種概念、思想和感情等意義。象徵體富有具體的形象、事象，可以使抽象的意義具體化，因此收到生動、感人的效果。例如前述《詩經》中的〈碩鼠〉詩，以大老鼠吃糧食為象徵體，寄寓剝削者其剝削人民的本意。讀者讀來，除了明白寓意外，也由於象徵體具形象化的特色，使象徵義生動地浮現出來。

㈡可以使語意含蓄，增強作品的藝術效果

象徵修辭的應用，常只出現象徵體，不直陳象徵義，因此，得賴聽者或讀者應用聯想，自行挖掘、探究出象徵義來。例如以熊熊烈火象徵男女情愛的赤熱；以花朵的凋零象徵少女的死亡，語意含蓄，富有藝術效果。即使文句中出現象徵義，也比一般直陳式的表達，較具藝術特色。例如《詩經》的〈桃之夭夭〉詩：

桃之夭夭，灼灼其華。之子于歸，宜其室家。
桃之夭夭，有蕡其實。之子于歸，宜其家室。

桃之夭夭，其葉蓁蓁。之子于歸，宜其家人。

這是一首祝賀女子出嫁的詩。詩中第一章以新長桃樹有鮮艷的桃花，象徵出嫁的姑娘有美麗的外表，並祝福她組成幸福美滿的家庭；第二章以桃樹有肥大的果實，象徵出嫁的姑娘成熟了，有豐富的美德，並祝福她成親後夫妻和樂，家庭快活；第三章以桃樹有茂盛的葉兒，象徵出嫁的姑娘，將來可生一群孩子，並祝福子孫滿堂，家庭和諧繁榮。這首詩的各章前兩句，都是象徵體，暗含了象徵義。即使後兩句語義直陳，它們間的關係也是委婉的，充滿藝術效果的。

二、象徵的種類

象徵的分類有許多種。一種是根據象徵的表現媒介分類的，例如黃慶萱在《修辭學》書中，把象徵分為結構象徵、人物象徵、事物象徵。一種是根據象徵義的隱現來分，例如李裕德在《新編實用修辭》書中，把象徵體、象徵義一起出現的，叫作「明徵」；只出現象徵體，不直接點明象徵義的，叫「暗徵」。一種是根據象徵體隱含象徵義的程度來分，例如成偉鈞主編的《修辭通鑑》書中，把象徵分為隱喻性象徵和暗示性象徵。第四種是根據象徵作品被接受的廣狹來分：一類是已被大眾接受，有固定意義；一類是個人新創，只表現在特殊的語言環境中。例如史塵封分為「習慣性象徵」、「特殊性象徵」，劉若愚分為「因襲的象徵」、「個人的象徵」，沈謙分為

「普遍的象徵」、「特定的象徵」，毛宣國分為「公共象徵」、「私設象徵」，黃麗貞分為「固定性的象徵事物」、「修辭性的事物象徵」。第四種分類裡，各家的名稱雖然不同，實質卻相似。現在採用沈謙提出的「普遍的象徵」和「特定的象徵」等名稱分類於下：

(一)普遍的象徵

普遍的象徵名稱，它的實質跟史塵封的「習慣性象徵」、劉若愚的「因襲的象徵」、毛宣國的「公共象徵」、黃麗貞的「固定性的象徵事物」等相同。沈謙說：「普遍的象徵，即放諸四海皆準的象徵。如以國旗象徵國家，十字架象徵基督教，獅子象徵勇敢，狐狸象徵狡猾等。此普遍的象徵可以獨立存在，其象徵意義較為明確，不受作品上下文限制。眾所周知，梅花是中國的象徵，龍是中華民族的象徵。」毛宣國說：「指在某種文化傳統中約定俗成的，讀者都明白其所指的象徵。如十字架、橄欖葉、羔羊一類詞在西方的運用，松、竹、梅一類詞語在中國古代詩詞中的運用，都是意義不言自明的公共象徵。」《修辭通鑑》說的「根據傳統習慣和一定社會習俗，選擇公眾熟知的象徵物作為本體，也可以表達一種特定的意蘊。如紅色象徵喜慶，白色象徵哀悼，喜鵲象徵吉祥，烏鴉象徵厄運，鴿子象徵和平，太陽象徵光明，長城、黃河象徵著歷史悠久的中國等等。」以上諸家所說，語句雖然不同，實質大致一樣。也就是指某個事物的象徵義，由於普受大眾接納，已有固定的意義。

普遍的象徵，例子很多。除了前面列舉的國旗、十字架、獅子、狐狸、梅花、龍等等已有固定象徵義外，我們也可以在日常生活中，找到許多已有固定象徵義的象徵體。例如我們到廟裡去參觀，常可以看到含有固定象徵義的象徵體。像有的寺廟，大門兩旁畫有四幅連瓶帶花的畫，它們都有固定的象徵義。以臺灣新竹縣北埔鄉的慈天宮來說，右邊兩幅畫的是牡丹花和荷花；左邊兩幅畫的是菊花和茶花。牡丹花象徵春季，荷花象徵夏季，菊花象徵秋季，茶花象徵冬季。四季花都用瓶子裝起來，象徵「四季平安」。慈天宮大門旁的壁畫，畫有四隻像龍卻沒有角的動物，叫作「螭虎」，又畫有一隻「蝙蝠」。四隻螭虎加上一隻蝙蝠，共有五隻跟「福」字發音相近的動物，象徵「五福臨門」。邊門後面的門上，畫了一個太監和宮女的圖。太監手上托著官印和元寶，象徵「升官發財」；宮女手上拿著石榴和牡丹，象徵「多子多孫」和「花開富貴」。這些事物都有固定的象徵義，屬於普遍的象徵。

再如一般考生，常帶著蔥、韭菜、芹菜、桔子、蘿蔔、桂花等物品去文昌君廟拜拜，祈禱文昌君給他好運。帶去拜拜的供品，也有象徵義。蔥，象徵聰明；韭菜，象徵耐力夠；芹菜，象徵勤勞；桔子，象徵吉利；蘿蔔，象徵好彩頭；桂花，象徵遇到貴人。這些象徵事物，也是有固定意義的普遍象徵。

中國寺廟有許多富有象徵義的雕塑或壁畫。例如河北正定隆興寺內的大悲閣，鑄有千手千眼的觀音銅像。千手象徵觀音菩薩常伸援手，維護眾生；千眼象徵觀音菩薩能觀照世間，這些都是大慈大悲的表現。而鎮守佛門的四大天王畫像，拿著寶劍的象徵「風」，拿著琵琶的象徵「調」，拿著雨傘的象徵「雨」，握著蛇的象徵「順」。四幅畫像合起來，象徵「風調雨順」。這也是普遍的象徵事物。

除了廟裡可以見到許多普遍的象徵事物外，一般婚喪節慶的禮俗上，也有許多普遍的象徵體。

例如從前臺灣社會裡娶親的禮俗上，常常可以看到花轎上或轎車上綁著連根帶葉，形體完整的竹子或甘蔗。這是象徵新婚夫婦白頭偕老的意思；竹子、甘蔗都有節，象徵女子堅貞守節；竹子空心，象徵夫婦相處要虛心，而且內心別無他人；甘蔗蔗汁甜甜的，象徵夫婦相處甜蜜得很。結婚後，妻子歸寧省親，回夫家時，要帶回一群小雞，或是一株蓮蕉，象徵多子多孫的好兆頭。父母死亡，子女守喪期間，不能像往常一樣刮鬍子、塗胭脂；出殯時，子女要穿麻衣，這些都象徵至親的人走了，子女悲傷難過，沒有心思裝扮自己。母喪的時候，子女要通知母舅家。舅家人來祭弔，孝男須到門外跪著迎接，象徵子孫不孝，未能盡到服侍的責任而向母親娘家來的親人請罪。長輩嚥氣時，未隨侍在側的子孫，從外地奔喪回去，一到家門，須匍匐入門，象徵自己不孝，奉養無狀。這些禮儀事物，也是約定成俗的普遍象徵。至於元宵節，家人吃湯圓，象徵全家團圓，這也是屬於「普遍的象徵」。

(二)特定的象徵

特定的象徵，它的意義跟史塵封的「特殊性象徵」、劉若愚的「個人的象徵」、毛宣國的「私設象徵」、黃麗貞的「修辭性的事物象徵」等名稱相似。沈謙說：「特定的象徵，即受上下文控制的象徵。在某一部文學作品中，在一定的場景與氣氛下，某項事物含蘊某種象徵意義。在其他的作品或不同的場景中，此項事物卻不一定具備同樣的象徵意義。」毛宣國說：「指作者個人獨創的，在作品中靠一定方法建立起來的象徵。」史塵封說：「指在特定時間特定環境下，用某一事物暗示某一種含義的特殊方法。特殊性象徵，在使用上有一定局限性，不具備普遍性。」黃麗貞說：「這是作者自由選取他要寄託意義的事物。作者要讓人明白他用這些事物來象徵的本意，往往需要對這些事物細加描繪，使人能在他的描繪下，聯想意會到他所暗示的寓意。這些事物的象徵義，是作者臨時所賦予，不能適用在其他作品中；這是有所局限的運用，完全不同於固定性的象徵事物。」以上諸家所說的，內容大致相同，也就是指個人在特定的條件下，採用暗示的方式，付予某個事物以特定的意義。例如前述《詩經》中的〈碩鼠〉詩篇，以大老鼠象徵剝削者；〈桃之夭夭〉詩篇，以桃花象徵新娘的美，以桃果象徵新娘成熟、有美德，以桃葉象徵子孫滿堂；這些都是在特定的條件下，賦予特定的意義。

特定的象徵，例子很多。例如黃慶宣在《修辭學》書中引述許家鸞分析朱自清〈背影〉一文中，以「紫皮大衣」象徵「父愛的溫暖」；以「朱紅的橘子」象徵「父愛的光輝」。紫皮大衣是「他給我做的」，表示「人不可忘記父母的恩惠」；朱紅橘子「一股腦兒放在我的皮大衣上」，代表「父親給兒子的愛是完完整整，毫無保留的」。這些事物，都是由於〈背影〉一文中，朱自清努力刻畫父愛的偉大，在這個特定條件下，才產生的獨特象徵義。如果沒有上下文敘述的特定條件，那麼「紫皮大衣」、「朱紅的橘子」移到別的文章去，就顯現不出父愛的溫暖和光輝意義。再如黃慶萱列舉的朱熹的〈觀書感興〉詩：

半畝方塘一鑑開，天光雲影共徘徊。
問渠那得清如許？為有源頭活水來。

這首詩的字面意思是敘述半畝見方的池塘，像是打開了的一面鏡子（古時鏡子有盒子，用時打開），天色和雲彩在池塘中不停地晃動。請問它（指池塘水）怎麼會這樣清澈呢？原來是池塘有活水從源頭處不停地流進來。但是從題目來看，這首詩有深層的意思。黃慶萱說：「『半畝方塘』是我們心性的象徵。『天光』象徵虛靈不昧的本體；『雲影』象徵物欲的蒙蔽。『源頭活水』則是博學之意。由此源頭再經審問、慎思、明辨、篤行，正是『自誠明』的歷程。」由黃教授的闡釋可以知道，這首詩有許多象徵體。朱熹在詩中，把「半畝方塘」象徵「心」，「天光」象徵「善」，「雲影」象徵「惡」。由於心很清明，於是可以辨別出社會上的善善惡惡。請問你，為什麼你的心能那麼清明呢？因為我讀了聖賢書，得到許多辨別世間是是非非、善善惡惡的知識了！朱熹的這首詩，以象徵修辭法來寫，我們如果懂得象徵修辭法，就可以深入挖掘這首詩的詩義了。

又如：

子曰：「知者樂水，仁者樂山。知者動，仁者靜。知者樂，仁者壽。」（論語·雍也篇）

孔子在這句話中提到，有智慧的人會喜愛水，有仁德的人會喜愛山。孔子提到的山和水，有什麼寓意？要回答「水」的象徵，我們可以從孟子跟他的學生徐子的對話可以知道。徐子說：「仲尼亟稱於水，曰：『水哉！水哉！』何取於水也？」孟子曰：「原泉混混，不舍晝夜，盈科而後進，放乎四海；有本者如是，是之取爾。」由這段對話可以知道，孔子認為「水」具有根源、肯前進等特性。一個有智慧的人，應該懂得欣賞水，並從水的特性裡，使自己的頭腦靈動，能辨別事理。而

「山」是屹立不移的，象徵一個有仁德的人，絕不因一時的利害、榮辱而動搖自己的意志。所以仁者珍視山嶽，更甚於明潔清瑩的流水。孔子在「知者樂水，仁者樂山」的句子裡，對「山」和「水」賦予的特徵義，也是屬於特定的象徵。

再如林月仙在《實用修辭學》中提到的例子：〈壓不扁的玫瑰花〉。

這個是什麼？我蹲下去看，看到了被水泥塊壓在底下的一棵玫瑰花，竟從小小的縫間抽出一些芽，還長出一個拇指大的花苞。

我覺得這很有意思，便同他協力把那水泥塊推開了，下面出現了一株被壓得扁扁的玫瑰花。

……我所以感到高興的，是它在很重的水泥塊底下，竟能找出這麼一條小小的縫，抽出芽來，還長著這麼一個大花苞，象徵著在日本軍閥鐵蹄下的「臺灣人民的心」。（楊貴；壓不扁的玫瑰花）

玫瑰花可以象徵愛情，但是這兒卻象徵「臺灣人民的心」，這也是作者努力在上下文中刻畫出來的「象徵義」，屬於「特定的象徵」。

三、象徵的原則

象徵的應用，要注意的原則有三項：

㈠應熟識普遍象徵，並妥切應用

普遍的象徵，由於已得到社會、國家、民族約定俗成的認定，因此，我們應用的時候，應儘量配合已有事物的象徵義。例如在寓言角色的象徵裡，一般人認為虎豹是殘暴的，豺狼是陰險的，狐狸是狡猾的，鴿子喜愛和平，驢子是愚蠢的，狗是忠實的，羊是善良的，豬是懶惰的。我們寫作寓言，選擇象徵人物，最好是配合一般人已有的這個觀念。如果我們把狐狸代表善良，羊代表狡猾，驢子是聰明的，以這樣的認定來寫寓言，那是很難令讀者同意的。

㈡慎選象徵事物，並增強事物特徵

顏元叔在〈短篇小說談〉一文中提到，使用象徵不可信手拈一件事物，硬是叫它擔當起象徵的任務。自然的象徵，要有兩個條件：一個是這件事物必須有象徵所需的屬性；一個是必須有使這件事物有作為象徵的足夠理由。這就是告訴我們，應用象徵修辭法，要慎選象徵事物，並增強事物特徵。舉個例子說，我們要選擇象徵體，表達臺灣人的樸實、堅強、對人類有貢獻的象徵義，花生、小草、番薯這三樣物品都有這些象徵義。但是如果考慮臺灣的外形像一條番薯，而臺灣人也常說自己是番薯，那麼以番薯為象徵體，就會更好。林武憲就曾以它為象徵體，寫了一首〈我是番薯〉的兒童詩：

我不是番茄，不是蘋果／也不是西瓜，也不是芋頭／我是番薯／我是本土的番薯。
我不懂什麼圓滑／不羨慕別人的亮麗／我有自己的本色／不管爛泥還是乾土／我總是堅持——／我要活下去！
我啊，香又甜／便宜又營養／幫助人過日子／可以做菜，可以當米／連葉子也可以養豬／我是真正的番薯！（林武憲：我是番薯）

這首詩，以番薯象徵臺灣人，選材很好；而敘寫的時候，能把握臺灣人的樸實、有耐性、勤奮、有用的特性。這就是妥切的選擇象徵事物，並增強了象徵體的特徵。

㈢立意新穎巧妙，象徵體與象徵義應自然融合

李裕德說：「使用象徵的方法，最好能做到立意巧妙，從平凡中的事物裡看出不平凡的意義。」他舉例說；「茹志鵑的小說《野百合花》描寫了一個十分羞澀，而處處關心他人，最後為保護老百姓而犧牲了生命的小戰士；又寫了一個起初不肯為傷員拭洗污泥血跡的新媳婦，見到小戰士犧牲了，忸怩的神情完全消失，給小戰士擦身子，補衣服，又獻出了新婚用的被子。作者用

被子上的百合花來象徵小戰士純潔的心靈，象徵年輕媳婦純潔的感情。平凡的百合花，在作者眼裡有不平凡的含義。這樣的立意，既巧妙，又新穎，使比擬體和被比擬體熔於一爐，成為一體。」李裕德的這段話，告訴了我們，使用象徵修辭，立意應新穎巧妙，而表達的時候，象徵體和象徵義應自然地融合一起。

黃慶萱在《修辭學》書中說：「詩經〈桃夭〉詩，每章首二句都是景物意象，都是興，都是象徵。作者以桃花、桃果、桃葉的具體意象，來表達美麗、成熟、茂盛的抽象概念，並且與下面所敘本事意象融而為一。」黃教授的這些話，也就是告訴我們：象徵體和象徵義要自然融合。

習題

一、請從日常生活或書報雜誌裡，找出「普遍的象徵」和「特定的象徵」各一個例子，並說明它為什麼是「普遍的象徵」、「特定的象徵」。

二、演「楚留香傳奇」出名的香港著名歌星兼影星鄭少秋，年輕時拜師學藝，希望在歌壇和影壇有好成就。他的老師在他行完大禮後，送他一個精刻的「玉猴」當作見面禮。這個「玉猴」的見面禮，有什麼象徵義？請說明。

三、古詩十九首中的：「行行重行行，與君生別離。相去萬餘里，各在天一涯。道路阻且長，會面安可知？胡馬依北風，越鳥巢南枝。相去日已遠，衣帶日已緩。浮雲蔽白日，遊子不顧反。

思君令人老，歲月忽已晚。棄捐勿復道，努力加餐飯。」其中的「胡馬依北風，越鳥巢南枝」象徵什麼意義？

第十七章

飛白修辭法

金庸在武俠小說《鹿鼎記》書中記載，韋小寶奉康熙皇帝命令，出宮調查刺客身分。回宮後對康熙報告說：天下百姓稱讚皇帝聖明無比，並恭維康熙是什麼鳥生，什麼魚湯。康熙聽了一怔，隨即明白而大笑說：「原來是堯舜禹湯……」韋小寶問道：「皇上，『鳥生魚湯』到底是什麼東西？」康熙笑道：「還在鳥生魚湯？你這傢伙可真沒半點學問。堯舜禹湯是古代的四位有道明君，大聖大智，有仁德於天下的好皇帝。」

金庸寫韋小寶不知道「堯舜禹湯」是什麼意思，只知道是專拍皇帝的好話，因此用它來恭維康熙。由於他不識字，發錯了音，把「堯舜禹湯」說成「鳥生魚湯」。這種故意記錄韋小寶發錯了的音，弄錯了的字，以突出他的沒學問，就是「飛白」修辭法的一種應用。

一、飛白的定義與作用

什麼是飛白修辭法呢?陳望道說:「明知其錯故意仿效的,名叫飛白。所謂白,就是白字的『白』。白字本應如《後漢書・尹敏傳》那樣寫作『別字』,但我們平常卻都叫作白字。故意運用白字,便是飛白。」黃慶萱說:「把語言中的方言、吃澀、錯別,故意加以記錄或援用的,叫作『飛白』。」史塵封說:「為了表達上的特殊需要,特意將讀錯或寫錯的詞,如實地記錄下來。這些故意讀錯或寫錯的詞語,我們稱之為飛白。」成偉鈞等主編的《修辭通鑑》記載:「概括地說,飛白就是:『明知其錯故意仿效的辭格。』具體地說,明知所寫的人物在發音、寫字、用詞、造句和邏輯(事理)方面有錯誤,故意仿效錯誤的原樣記錄下來的修辭格,叫飛白。」由以上各家的飛白定義來看,飛白修辭格已由故意記錄讀錯或寫錯的字、詞,進到包括用錯的語句,以及事理邏輯錯誤。依據語言的實踐現象,說話或作文的時候,為了表達的需要,故意記錄所寫人物發錯的音、寫錯的字、用錯的詞、不合的語法、不通的邏輯等語言,就是飛白的修辭法。

飛白修辭法的應用,有以下三個作用:

(一)可以刻畫人物特性

對某個人物說錯音、寫別字、用錯詞、不合語法、不合邏輯等的語言,本來是不值得提的,現在故意記錄、援用，可以表現這個人物的特性。例如有個孩子，國語發音不準，錯別字又多，在他的文章裡，出現過這樣的語句：「星期日，爸媽帶我到陽明山的擒天崗去玩。山上有許多牛，拉了許多牛糞。我踩到牛糞，吃了一斤。」文中的「擒天崗」是「擎天崗」的誤寫；「吃了一斤」是「吃了一驚」的誤寫。這種由於發音不準，把「ㄥ」韻，發為「ㄣ」韻而寫的錯字，我們把它記錄下來，便刻畫出這個孩子語言能力欠好，以及粗心、質樸的個性。

(二)可以表達真實情境

陳望道在《修辭學發凡》書中引述《史記・張蒼傳》中的句子，敘述漢高祖想廢掉太子，大臣周昌力爭的事：「帝欲廢太子，而立戚姬子如意為太子。周昌廷爭之彊。上問其說。昌為人口吃，又盛怒，曰：『臣口不能言，然臣期期知其不可，陛下欲廢太子，臣期期不奉詔！』……『期』就是『綦』的轉音。意思等於現在我們說『極覺得不對』或『極不贊成』的『極』字，本來不必重複。但因周昌本來吃舌，當時又氣極了，一時說滑了便說成了『期期』。」《史記》的作者司馬遷敘述周昌在朝廷上向漢高祖力爭不可廢太子的事，本來可以寫作：「臣口不能言，然臣極知其不可，陛下欲廢太子，臣極不奉詔。」但是，司馬遷故意保留當時周昌的口吃，以及心急的情景，把「極」字寫成「期期」，字音不準，而且重疊，這樣的寫法，可以使語言「存真」，表達了當時的真實情境。

(三)可以增進語文情趣

妥切應用飛白修辭法，由於跟一般的語言規則不同，吸引人注意，反而收到語文情趣的效果。例如前述一個小孩子「ㄣ、ㄥ」不分，把「踩到牛糞，吃了一驚」，寫成「踩到牛糞，吃了一斤」，不是製造了語文的趣味嗎？有個幼稚園的小朋友跟著老師朗誦「三字經」的文句：「人之初，性本善，性相近，習相遠。苟不教，性乃遷。教之道，貴以專。」朗誦到「苟不教，性乃遷」的句子時，他問老師：「我們家的狗會叫，為什麼別人養的狗不叫？」幼稚園小朋友把「苟不教」當作「狗不叫」，不是富有語文的情趣嗎？

二、飛白的種類

由於飛白的定義以及使用的不同，它的分類也就不一樣。陳望道依據飛白的用法，分為記錄和援用等兩種。記錄的飛白，指的是人有吃澀、滑別的語言，就將吃澀、滑別的語言記錄出來。如前述周昌的「期期知其不可」句子。援用的飛白，指的是人有吃澀、滑別的語言，就援用吃澀、滑別的語言去取笑。例如他舉《聊齋志異》嘉平某公子不通文義的事：

一日，公子有諭僕帖，置案上，中多錯誤。「椒」訛「菽」，「薑」訛「江」，「可恨」訛

「可浪」。女見之，書其後云：「何事可浪，花菽生江；有埒如此，不如為倡。」

這兒敘述嘉平某公子的女友溫姬，看了諭僕帖上有許多錯字後，便援用他的錯字，在帖後寫了幾句話嘲笑他。她把「何事可恨」，寫成「何事可浪」；把「花椒生薑」寫成「花菽生江」。這是「援用」的用法。

黃慶萱將飛白分為方言、俗語、吃澀、錯別等四種。後來他把「俗語」的記錄，歸到「引用」修辭法去，只剩方言、吃澀、錯別等三種。史塵封分為字音飛白、字形飛白等兩種。譚永祥分為字音字形上的、詞彙上的、語法上的、邏輯上的、語意上的、匯合的等六類。成偉鈞的《修辭通鑑》分為語音飛白、文字飛白、用詞飛白、語法飛白、邏輯飛白等五類。現在採用成偉鈞等的分類，將飛白分為語音飛白、文字飛白、用詞飛白、語法飛白、邏輯飛白等五類。

(一)語音飛白

語音飛白指的是故意仿效口吃、方音與念錯的字音。例如金庸在《天龍八部・第四十二章》中敘述少林寺方丈玄慈挨完二百下法杖，對葉二娘和虛竹說完話後，閉上了眼睛，臉露微笑而死。葉二娘和虛竹的言談是這樣的：

葉二娘大吃一驚，伸手探他鼻息，竟然早已氣絕而死，變色叫道：「你……你……怎麼捨我而去了？」突然一躍丈餘，從半空中摔下來，砰的一聲，掉在玄慈腳邊，身子扭了幾下，便即不動。

虛竹叫道：「娘，娘！你……你……不可……」伸手扶起母親，只見一柄匕首插在她心口，只露出個刀柄，眼見是不活了。虛竹急忙點她傷口四周的穴道，又以真氣運到方丈體內，手忙腳亂，欲待同時救活兩人。

這段句子裡，葉二娘和虛竹說的「你……你……」等，由於心急而口吃的語言，便是語音飛白的一種。再如：

噯唷，你莫知樣，我一日無來看我的有酒渦的，就會病相思。（楊青矗：在室男）

這句話中，「莫知樣」、「無來」、「病相思」都是記錄閩南語的音，意思是「不知道」、「沒有來」、「相思病」。這些方音的語言，也是語音飛白的一種。又如：

小吉吉滿頭大汗，四隻腳酸得再也跑不動了，牠在地上一步一步慢慢地走著，金龜子看見了，說：「小吉吉，你太累了，在這兒跟我睡個『五角』再走吧！」

「什麼睡五角？」吉吉皺了皺眉頭說。

「嗯！在這兒休息休息，睡一下覺再走吧！」金龜子說。

「哦！睡午睡！」吉吉明白了金龜子的意思。（林順源：老鼠吉吉搬家記）

林順源在這篇童話中，敘述金龜子發音不正確，把第四聲的「覺」，念成第三聲，因此「睡午覺」變成「睡五角」，產生誤會。這是念錯字音的語音飛白。

(二)文字飛白

文字飛白指的是故意仿效用錯了的字。例如從前有個孩子出外遇到下雨，沒有傘可避雨，就寫了一張便條，請熟人帶給父親。便條上的字是這樣的：

父親大人：兒走到半路，天下大雨。別人有命，我無命。有命送命來，無命帶錢來買命。兒敬上。（董森：中國民間笑話選）

便條上，孩子的意思是沒有傘可以躲雨，請父親送傘或買傘來。但是他把「傘」字誤寫成「命」，因此使父親以為孩子被綁架，嚇了一大跳。由這一則便條就可以知道，這個孩子語文程度的低落。這個故意仿效用錯了的字，便是文字飛白。再如黃慶萱在《修辭學》書中提的例子：

阿巧不能算是通文墨，但也會歪歪倒倒寫幾個字……。「先生：枕頭上我秀了花，你看喜歡不喜歡？秀的不好，請原亮。」（彭歌：道南橋下）

這兒作者故意記錄阿巧把繡花的「繡」字誤寫為「秀」，「繡得不好，請原諒」的「繡、得、諒」字誤寫為「秀、的、亮」，目的是要表現阿巧的「不通文墨」特性。這樣故意記錄用錯了的字，也是文字飛白。

㈢用詞飛白

用詞飛白指的是故意仿效用錯詞語的錯誤。例如嚴友梅的童話句子：

小皮狗問：「你們是什麼怪物哇？怎麼可以山上蹦蹦，水裡跳跳？」
大蛙說：「我叫青蛙。我是兩棲動物，不是怪物。」
「兩妻？你居然有兩個太太，好不害臊！」（嚴友梅：玩具熊）

這兒的小皮狗，不瞭解「兩棲動物」的確切意思，以為大蛙是娶「兩妻」的動物，這是不明白詞義的錯誤，屬於用詞飛白。再如有些中學生，不理解詞意而用錯詞語，我們把它記錄下來，這也是用詞的飛白。例如有個國中女生，在週記上寫著：「星期五放學回家，搭公車的時候，遇人不淑，屁股被摸了好幾下，真氣人！」這兒的「遇人不淑」便是用得不妥的詞語。「遇人不淑」的意思是嫁了不好的人，不是遇到壞人。這個國中生的週記裡，如果把「遇人不淑」改作「遇到好色的人」、「遇到色鬼」、「遇到登徒子」或是「遇到變態的男人」，語義就對了。

㈣語法飛白

語法飛白指的是故意仿效不符合現代漢語語法規律的錯誤。例如嚴友梅在《小仙人》童話裡，敘述仙境裡有個名叫「小白胖」的小矮人，上「國語課不肯用心」，他說的話是這樣的：

「我像就是一個笨東西，兩個笨東西，三個笨東西，笨得多多多。像這樣走哇走哇走，我是不關係的，一會兒氣就該喘大家了，大家會變成唱歌的小毛驢了。為什麼我們不搭乘搭乘，坐坐『飛行便當』呢?……」（嚴友梅：小仙人）

這個國語說得不好的小白胖，語句不合語法。例如該說：「我就像是一個笨東西」，他說成「我像就是一個笨東西」；「像這樣走哇走哇走，我是沒關係的，一會兒大家就會累得喘不過氣來」，而小白胖卻說成「像這樣走哇走哇走，我是不關係的，一會兒氣就該喘大家了。」作者故意記錄小白胖說錯誤語法的語言，以表示他「上國語課不肯用心」的後果，這樣的寫法，屬於語法飛白。再如：

麝月罵晴雯：「你死不揀好日子，你出去自站一站瞧，把皮不凍破了你的！」（紅樓夢・第五十一回）

黃麗貞評這句話說：「末句的語法應該是：不把你的皮凍破了；口氣還應該有『才怪』在句末。麝月這樣倒亂了語序，又簡略了完整的話語，特別凸顯出她的氣急的情形。」這兒曹雪芹記錄麝月不合語法的話語，也就是語法飛白的應用。

(五)邏輯飛白

邏輯飛白指的是故意仿效不合事理邏輯的錯誤。例如嚴友梅在《小仙人》的童話裡，敘述名叫「阿莽」的小灰蛇，賴皮、不肯讀書、沒有學問。作者寫阿莽跟小藍駱駝的對話情形是這樣的：

「小駱駝，你趕快生幾個蛋給我吃吧！我餓得簡直要暈過去了。」
「哎呀！」小駱駝為難的解釋：「我是胎生動物，不會生蛋。生蛋是卵生動物的事啊！」
「那你就生幾個胎給我吃吧！」

駱駝是胎生的，不是卵生的，這兒小灰蛇阿莽要小駱駝生蛋給牠吃，這個建議就是不合事理邏輯的語言。小駱駝說自己是胎生動物，不是卵生動物，阿莽要小駱駝生幾個胎給牠吃。胎，雖然也有胎兒的意思，可以指在母體還沒有出生的孩子，但是語言中沒有把「生幾個孩子給我吃」說成「生幾個胎給我吃」。作者這樣寫，便是故意表現小灰蛇的沒見識，說話欠合邏輯。這是邏輯飛白的應用。又如曹雪芹在《紅樓夢》中寫焦大酒醉罵人的話：

「若再說別的，咱們紅刀子進去，白刀子出來。」（紅樓夢・第七回）

這兒把「白刀子進去，紅刀子出來」，說成「紅刀子進去，白刀子出來」，也是違反事理的語言。作者如實地把它記錄下來，表現了焦大喝醉後的胡言亂語情態，便是屬於邏輯飛白的應用。

三、飛白的原則

飛白的使用原則要注意的有三點：

㈠用於文學作品，不用於科學或哲學內容

黃慶萱說：「科學或哲學作品，以『說明』為主，所求者，為『真』為『善』。固然文中可以用一些『術語』，句法也可能因求精密，求周延而『冗長』些，但絕不可使用『飛白』。」黃教授的話很有道理。從前有個醫生，為病人開藥方。他叫病人燉藥時，加一塊錫。有個略懂醫理的人問醫生說：「錫是有毒的金屬，為什麼燉藥時要加一塊錫呢？」醫生拿出醫書給這個人看，果然醫書上記載治療這種病，燉藥時要加一塊錫。詢問人覺得很奇怪，想了好久，就再問說：「這個錫字會不會是印錯了的字？會不會是指麥芽糖的『餳』字？」醫生再查別的醫書，果然「錫」字是「餳」字的誤印。由於那帖藥太苦，加了麥芽糖，不但可以潤喉，也可以減少苦味。醫書是

治病的書，上面的用字用詞應該百分之百的正確，不可以託詞為使用「飛白修辭法」而有錯誤的地方。至於文學作品，如果為了語文的情趣，為了刻畫人物的特性，為了表現當時的真實情景，當然可以應用「飛白」修辭法。如果不是有這些好處，也不必硬要使用它。

(二)符合說話者的身分，並配合特定的語言環境

史塵封說：「飛白中的錯字或別字，有時是實際記錄，有時則是特意編造的。但是，它必須合乎說話人的身分和特定的語言環境。」我們看看前面彭歌在〈道南橋下〉文章中，記錄阿巧寫的文句，由於作者要表達阿巧的文化水準低，不通文墨，因此根據阿巧的能力寫出了錯誤的用字。這樣的寫法，符合了說話者的身分，也配合了她的特定的語言環境。如果不是這樣，改為這是某個有學問的人幫她寫的文句，便難以令人信服。

(三)能反映當時的情境

適當的使用飛白，常常能反映當時的真實情境。例如前述司馬遷在《史記》中記載，周昌反對廢太子而說：「臣期期知其不可」、「臣期期不奉詔」的話，便反映了當時的急迫情境。再如前述金庸在《天龍八部》書中敘述葉二娘和虛竹口吃的話語：「你……你……」也表現出當時情急而說不出話來的情景。

習題

一、飛白和寫白字、寫病句的區別在哪兒？請舉例說明。

二、李汝珍《鏡花緣・第二十二回》記載：多久公道：「他們讀的『切吾切，以反人之切』，卻是何書？」唐敖道：「小弟才去偷看，誰知他把『幼』字、『及』字讀錯，是《孟子》『幼吾幼，以及人之幼』你道奇也不奇？」此處的「幼吾幼，以及人之幼」讀成「切吾切，以反人之切」，屬於什麼的飛白？為什麼？

三、張愛玲〈年輕的時候〉一文中，記敘沁西亞的話：「不，因為她還沒有。在上海，有很少的好俄國人。英國人、美國人也少。現在沒有了。德國人只能結婚德國人。」這段句子裡，什麼地方不妥？它屬於什麼飛白？

第十八章

對偶修辭法

修辭法裡，「對偶」是優美形式設計中常用的一種修辭法。在詩文裡或日常生活中，它都被廣泛地應用。例如《尚書》裡的句子「滿招損，謙受益」；《詩經》中「普天之下，莫非王土；率土之濱，莫非王臣」；《論語》的「君子坦蕩蕩，小人長戚戚」；唐朝王之渙的〈登鸛鵲樓〉詩「白日依山盡，黃河入海流，欲窮千里目，更上一層樓」；西湖岳飛墳前的對聯「青山有幸埋忠骨，白鐵無辜鑄佞臣」；春節門聯「天增歲月人增壽，春滿乾坤福滿門」等，都應用了對偶修辭法。

一、對偶的定義與作用

什麼是對偶修辭法呢？陳望道說：「說話中凡是用字數相等、句法相似的兩句，成雙作對排列成功的，都叫做對偶辭。」黃慶萱說：「語文中上下兩句，字數相等，句法相似，平仄相對的，就叫『對偶』。」徐芹庭說：「凡將兩個相似或相反之意思，以類似之句法，相等之字數，和諧之音調（平仄之對稱），排成華美之對句者，曰對偶。」曹毓生說：「對偶的『偶』作『雙』字解。在修辭上，把兩個結構相同或相近，字數大體相同，意義相近、相反或相連的詞組、句子並列在一起，使它們成雙成對，就叫做對偶。」以上諸家的定義有寬有嚴。寬的指上下兩句，字數相等、句法相似；嚴的則再加上詞性一致，平仄相對。古代的填詞、作詩、寫對聯，大多採用嚴式的對偶；現在的人把對偶的要求放寬了，只要字句相等、語法相似就可以，至於意義是否相對，用字是否相同，都不加規範。因此，我們給對偶的定義，可以擬訂為：說話或作文，上下語句字數相等，語法相似，不避同字、同義的修辭法，就叫做對偶。

對偶又叫儷辭、對仗、駢偶。它的應用有以下幾個作用：

(一)可以使語言精鍊，語意鮮明

使用對偶修辭法，為了字句整齊，語言結構相似，所以在語意的擷取，字詞的選擇，都很注意。常常是以有限的字句，表達深遠的意境，因此語言精鍊，語意鮮明。例如陝西勉縣武侯墓的對聯：

大業定三分，伊呂洵堪稱伯仲；
奇才真十倍，蕭曹未許比經綸。

這副對聯，上聯寫的是諸葛亮全力輔佐劉備，使蜀漢跟魏、吳三分天下，他的宏大功業可以同伊尹、呂望相提並論，不相上下；下聯是寫諸葛亮治理國家的成就，連西漢開國功臣的蕭何、曹參，都不能跟他相比。這副對聯，以有限的字句，表達了諸葛亮的才幹和豐功偉績，語言精鍊，語意也鮮明。

(二)可以使語言富有節奏美

使用對偶修辭法，由於字句整齊，語法相似，因此語言富有節奏美。例如白居易〈賦得古原草送別〉的詩句：「野火燒不盡，春風吹又生」，便是對偶句。這對詩句，字數相同，語法相似，念起來很和諧。再以詩句的「意頓」節奏來看，這兩句的句式可以分為「二、三」的句式，每句有二頓，音節整齊，念起來富有等時性反復的節奏美。其他如李白〈送友人〉的「青山橫北郭，白水繞東城」，杜甫〈春望〉的「烽火連三月，家書抵萬金」等對偶詩句，語言也都富有節奏美。

(三)可以使語言容易記誦

由於對偶語句，語言精鍊、語意鮮明、並富有對稱、均衡的節奏美，因此朗誦起來，容易記住。例如前述的對偶詩句，朗誦起來，琅琅上口，不是很容易記住嗎？因此，除了一般詩、詞、曲、文重視對偶修辭外，連社會上推行政策，為了使百姓容易記誦，也都應用對偶句式。例如交通安全的標語：「高高興興出門，平平安安回家」、「喝酒不開車，開車不喝酒」等，都用對偶修辭法寫作。

二、對偶的種類

對偶的分類，由於分類的角度不同，類別也不一樣。例如從對偶的格律角度來分，有嚴對和寬對等兩種；從對偶的取材和意義來分，有言對、事對、正對、反對的類別；從對偶的形式變化來分，有當句對、隔句對、倒裝對、回文對、疊字對、數字對、鼎足對、排比對、嵌字對、諧音對等。王力在《漢語詩律學》中，把對偶分為十一大類二十八種；日人研究唐人對偶，更分為二十九種。分類太多，便令人覺得瑣碎、繁雜。目前學者的對偶分類，有的根據內容，有的根據形式，有的把內容和形式都列出。採用對偶語句的內容意義來分的有譚永祥、曹毓生、王勤等人。他們將對偶分為正對、反對和串對。

「正對」指的是對偶句的上下語句，由兩個角度或兩個側面來說明同一個對象，內容相似，互為補充。例如：

空山新雨後，天氣晚來秋。明月松間照，清泉石上流。（王維：山居秋暝）

王維這首詩的後兩句：「明月松間照，清泉石上流」，從秋天的明月、清泉的動態美，表現秋景的美麗，內容相似，屬於正對的對偶。

「反對」指的是對偶句的上下語句，從兩個相反或相對的角度來表達同一個對象，內容相反或相對。例如前述西湖岳武穆王墓前的對聯：「青山有幸埋忠骨，白鐵無辜鑄佞臣」，便是反對的對偶。上聯從青山的角度寫，敘述青山由於有岳飛埋葬在那兒，增加了光彩；下聯從白鐵的角度寫，敘述白鐵不幸被鑄成秦檜、王氏等人的形象而跪在岳飛墓前，並遭受遊客捶打、唾罵。上下兩聯，一個敘述忠愛國家的人，令人欽敬；一個敘述危害國家、陷害忠良的人，令人厭惡。上下聯的句意相對，屬於反對的對偶。

「串對」又叫做「流水對」，是指對偶句的上下語句，內容相串聯，而且似流水般的自然。例如：杜甫〈聞官軍收河南河北〉的詩句：「即從巴峽穿巫峽，便下襄陽向洛陽」，這是承接關係的串對；王之渙的〈登鸛鵲樓〉詩句：「欲窮千里目，更上一層樓」，這是假設關係的串對。

根據對偶語句的形式來分的也有多種。例如黃永武分為當句對、單對、偶對、長偶對；黃慶萱在《修辭學》中分為句中對、單句對、隔句對、長對。後來黃慶萱在《學林尋幽》書中，又增加了「排對」。現大抵採用黃慶萱的句型形式分類法，將對偶修辭方式，分為句中對、單句對、隔句對、長偶對、排比對等五種。

㈠句中對

「句中對」也就是「當句對」，指的是一個句子中，兩個詞語的自相成對。例如：

洛陽女兒對門居，纔可容顏十五餘。
良人玉勒乘驄馬，侍女金盤膾鯉魚。
畫閣朱樓盡相望，紅桃綠柳垂簷向。
羅幃送上七香車，寶扇迎歸九華帳。
……（王維：洛陽女兒行）

王維這首詩寫的是一個出身寒微的姑娘，忽然成為貴婦人。這個女人的生活裡雖然有香車、寶扇，十分闊綽，但是丈夫是個紈袴子弟，行為驕奢放蕩。因此這個貴婦人的生活，實際是空虛、難過的。詩中的「畫閣朱樓盡相望，紅桃綠柳垂簷向」詩句，寫的是貴婦人住宅及庭院的美景。其中「畫閣」跟「朱樓」是句中對；「紅桃」跟「綠柳」也是句中對。再如：

莫笑農家臘酒渾，豐年留客足雞豚。

山重水複疑無路，柳暗花明又一村。
簫鼓追隨春社近，衣冠簡樸古風存。
從今若許閑乘月，拄杖無時夜叩門。（陸游：遊山西村）

陸游這首詩寫他到山西村（今浙江省紹興市附近的村莊）作客，那兒的美麗景色、熱鬧的節日活動，以及農民好客的純樸感情。詩中「山重水複疑無路，柳暗花明又一村」詩句，「山重」跟「水複」是句中對；「柳暗」跟「花明」也是句中對。又如：

從這首詞裡，可以看到秀麗的青山，清澄的江水，一片片落紅，一隻隻白鷺。（國編本國小國語課本第十冊）

這句話裡，「秀麗的青山」跟「清澄的江水」是句中對；「一片片落紅」跟「一隻隻白鷺」也是句中對。

(二)單句對

「單句對」指的是上下句中，上一個單句跟下一個單句相對。例如：

移舟泊煙渚，日暮客愁新；

野曠天低樹，江清月近人。（孟浩然：宿建德江）

這首詩寫作者搭的船，停在煙氣籠罩的建德江（今浙江省建德縣的新安江）的小洲邊。日落了，作客他鄉的人，激起了新愁。放眼看去，原野極為廣闊，遠處的天空，似乎比近處的樹木還低；往江水看看，江水澄清，倒映在水裡的月亮，好像和人更接近一些。詩中的「野曠天低樹」跟「江清月近人」是單句對。孟浩然的愁思，似乎從這兩句詩的美景裡，得到了慰藉。再如：

江南好，風景舊曾諳。
日出江花紅勝火，春來江水綠如藍。
能不憶江南？（白居易：憶江南）

這首詩的「日出江花紅勝火」跟「春來江水綠如藍」是單句對。又如：

積雨空林煙火遲，蒸藜炊黍餉東菑。
漠漠水田飛白鷺，陰陰夏木囀黃鸝。……（王維：積雨輞川莊作）

這首詩寫輞川久雨後的景象。「漠漠水田飛白鷺」，寫的是廣大的水田上空，白鷺快樂地飛翔著；「陰陰夏木囀黃鸝」，寫的是茂密的樹林裡，黃鶯在婉轉地歌唱著。上下兩句詩，字句相等，語法相似，屬於單句對。

我們來陪浪潮唱歌，我們來和浪花賽跑。（國編本國小國語課本第九冊）

這兩句，上下相對，也是單句對。

㈢隔句對

「隔句對」也就是「偶對」，指的是相對的偶句裡，第一句跟第三句對，第二句跟第四句對。例如：

昔我往矣，楊柳依依；今我來思，雨雪霏霏。（詩經：采薇）

這個內容屬於映襯，形式採用對偶方式寫的詩句，第一句的「昔我往矣」跟第三句的「今我來思」相對；第二句的「楊柳依依」跟第四句的「雨雪霏霏」相對。這是隔句對。又如：

大肚包容，了卻人間多少事；
滿腔歡喜，笑開天下古今愁。（臺灣臺中寶覺寺大彌勒佛對聯）

這副對聯，也是一、三句相對，二、四句相對。再如：

身無半畝，心憂天下；
讀破萬卷，神交古人。（左宗棠十五歲時書題左氏家塾）

這副對聯，一、三句相對，二、四句相對，也是隔句對。

㈣長偶對

「長偶對」也就是「長對」，指的是上下語句，各有三句或三句以上而相對。例如：

只有幾文錢，你也求，他也求，給誰是好？
不做半點事，朝來拜，晚來拜，教我如何？（臺灣某城隍廟對聯）

為公忙，為私忙，忙裡偷閒，吃杯茶去；
求名苦，求利苦，苦中作樂，拿壺酒來。（江西上饒茶館聯，沈卓吾題）

入是門，由是路，翠柏蒼松，莫問蓬萊在何處；
登斯樓，覽斯景，青山綠水，別有天地非人間。（武漢黃鶴樓對聯）

大江東去，浪淘盡千古英雄。問樓外青山，山外白雲，何處是唐宮漢闕？小苑春回，鶯喚起一庭佳麗。看池邊綠樹，樹邊紅雨，此間有舜日堯天。（南京明中山王故邸對聯）

以上幾則對聯，少的是上下各三句相對，多的有四句相對。這些都是屬於長偶對。

㈤排比對

「排比對」也就是「排對」，指的是三組或三組以上的兩兩相對的語句。例如黃慶萱在〈辭格的區分與交集〉一文中舉的〈不如歸〉的例子：

北海如艷妝的美女，南海如瀟脫的名士。北海多朱欄翠閣，南海多老樹枯藤。北海紅藥欄邊，宜喁喁清談；南海鷓鴣聲裡，宜沈思假寐。北海漪瀾堂的彩燈，雙虹榭的雪藕，惹人遐思；南海卐字廊的岑寂，流水音的清爽，滌人塵懷。賞北海紅蓮，如靜觀少女曼舞；玩南海煙月，如諦聽老僧談禪。（王怡之：不如歸）

這段句子，共有五組兩兩相對的句子，屬於排比對。再如：古詩〈陌上桑〉第一段：

日出東南隅，照我秦氏樓。秦氏有好女，自名為羅敷。羅敷喜蠶桑，採桑城南隅。青絲為籠係，桂枝為籠鉤。頭上倭墮髻，耳中明月珠。緗綺為下裙，紫綺為上襦。行者見羅敷，下儋捋髭須；少年見羅敷，脫帽著帩頭。耕者忘其犁，鋤者忘其鋤。來歸相怒怨，但坐觀羅敷。

這段詩的敘述羅敷美，從「青絲為籠係」到「鋤者忘其鋤」，共有五組兩兩相對的句子。這也是排比對。

三、對偶的原則

對偶的使用原則，黃慶萱提出要工整、自然和意遠等三項。王勤認為對偶應注意思想內容與形式的完美統一。他並提出「對偶」要達到內容與形式的完美統一，應注意的四個要素是：新、切、工、雅。這兒參考他們的意見，提出幾項應用對偶的原則於下：

㈠形式要工整

形式工整，指的是對偶的字句相等，語法相似。民國五年六月六日，當了八十三天皇帝的袁世凱過世。有人寫了一副這樣的輓聯：

袁世凱　千古
中華民國萬歲

這副對聯，上聯五個字，下聯六個字，字句欠相等，因此有人說：「三個字的袁世凱，跟四個字的中華民國對不起來。」寫輓聯的人說：「袁世凱本來就對不起中華民國啊！」這副對聯雖然是作者故意要諷刺袁世凱，但是我們也可以從這副對聯得到啟示，應用對偶修辭法，應注意形式的工整。

(二)內容要精確

對偶是以精鍊的形式，表達豐富的內容，因此選材的時候，應儘量切中要表達的人、事、物的特點。例如明朝人何宇度讚美杜甫的對聯：

萬丈光芒，信有文章驚海內；
千年艷慕，猶勞車馬駐江干。

這副對聯的上聯「萬丈光芒」，出於韓愈褒李白、杜甫的詩句：「李杜文章在，光焰萬丈長」；下聯出於杜甫的〈賓至〉詩：「豈有文章驚海內，漫勞車馬駐江干」。作者改「豈」為「信」；改「漫」為「猶」；將杜詩的意思反用。這副對聯，內容切中杜甫的文學成就，符合對偶內容要精確的原則。

㈢表達要自然

黃慶萱說：「好的對偶，應該是自自然然，看不出詩人運斤施鑿的痕跡來的。例如韋應物〈淮上喜會梁州故人〉中的詩句「浮雲一別後，流水十年間。」浮雲喻兩人行止無定，流水喻兩人年華逝去。語意一貫，而字字相對，最為自然。」好的對偶，除了形式工整、內容精確外，表達更應力求自然。從前有個叫沈節的人，八歲時，他的老師出了個「青山原不老，為雪白頭」的上聯要他對下聯。他對了「綠水本無憂，因風皺面」。這樣的對偶，內容高雅，情境相符，語意一貫，表達得極為自然。這就是很好的對句。有些對偶語句，只為了符合形式，把一個意思硬說成兩句話，那就欠自然了。

習題

一、什麼是對偶？什麼是排比？以句數來看，它們有什麼不同？

二、王勃〈秋日登洪府滕王閣餞別詩並序〉的句子：「落霞與孤鶩齊飛，秋水共長天一色」，除了是仿擬句外，它還應用了對偶修辭法中的什麼方式來寫？

三、李密〈陳情表〉第一段的句子：「臣密言：臣以險舋，夙遭閔凶。生孩六月，慈父見背；行年四歲，舅奪母志。祖母劉，愍臣孤弱，躬親撫養。臣少多疾病，九歲不行；零丁孤苦，至於成立。既無叔伯，終鮮兄弟；門衰祚薄，晚有兒息。外無期功強近之親，內無應門五尺之童。煢煢孑立，形影相弔。而劉夙嬰疾病，常在牀蓐。臣侍湯藥，未嘗廢離。」此段中有幾個對偶句？請列舉出來。

四、請用對偶修辭法，寫出下列詞語的對偶詞語。（如：題目是「孫行者」，可對「祖沖之」或「胡適之」等。）

1. 春風（ ）　2. 圓山（ ）

3. 開門見月（ ）　4. 枝頭傳鳥語（ ）

5. 百年佳偶（ ）

第十九章 排比修辭法

古詩〈木蘭辭〉裡，有許多組內容相關、語氣相似、結構相同的並排詩句。例如：「東市買駿馬，西市買鞍韉，南市買轡頭、北市買長鞭」；「爺娘聞女來，出郭相扶將；阿姊聞妹來，當戶理紅妝；小弟聞姊來，磨刀霍霍向豬羊」等。前一組的四個詩句，寫的是花木蘭出征前的繁雜、匆忙卻有條不紊的準備行裝；後一組的三個詩句，寫的是花木蘭的家人，欣喜地歡迎她的回去。這兩組詩句，都用了「排比」的修辭法。

一、排比的定義與作用

什麼是排比修辭法呢？陳望道說：「同範圍同性質的事象，用了結構相似的句法逐一表達出的，名叫排比。」黎運漢等說：「用一連串結構相同或相似的語句，去表達相關的內容的修辭方式，叫做排比。」曹毓生說：「排比的『比』不是『比較』，而是『比鄰』或『挨著』的意思。排比是對偶的擴大和發展。它把兩個或兩個以上的結構大體相同，語氣一致，內容相互聯繫著的詞組或句子，一個挨著一個，排成一長串。」以上諸家對排比的界定，意思大抵相近，只是未能明顯地說出它跟對偶的不同。

黃慶萱在《修辭學》書中下的排比定義是：「用結構相似的句法，接二連三地表出同範圍同性質的意象，叫做『排比』。」後來他參考了沈謙及《漢語修辭格大辭典》的說法，在《學林尋幽》書中，把排比的定義改為「三個或三個以上的語句，結構相同或相近。」《漢語修辭格大辭典》下的定義是：「用三個或三個以上結構相同或相似，語氣一致的詞組或句子，以表達相關的內容。構成排比的各項，可以有共同的提挈語，也可以沒有。」史塵封說：「將三個或三個以上結構相同或相似的詞組或句子，而意義又相關，語氣又相一致，將它們依次排列起來使用，用來表達感情、描述事物，或者闡明道理，從而增強語氣，達意深刻，說理透澈，這種修辭格，我們稱它為排比。」把排比修辭的句數，明確指出三個或三個以上的要素，可以跟對偶修辭法有明顯的分別。因此，排比修辭的定義，可以歸納為：說話或作文，將三個或三個以上，結構相同或相近的語句、段落，排列一起以表達相關內容的修辭法，便是「排比」修辭。

應用排比修辭法來表達情意，有兩個作用：

㈠可以增強語言的氣勢

使用排比修辭法表達思想情感，由於應用一連串內容相關、結構相同或相似、語氣相似的語句表達，造成排山倒海的震撼效果，因此可以增進語言的氣勢。例如《孟子・公孫丑篇》的句子：

無惻隱之心，非人也；無羞惡之心，非人也；無辭讓之心，非人也；無是非之心，非人也。

這段話中，排列了四個內容相關、結構相同、語氣相似的句子，強烈表達為人的條件。語言富有震撼力。

㈡可以使語言富有節奏美與和諧美

使用排比修辭法，由於排列了三個或三個以上結構相同或相似、語氣相似的語句，因此本身語言就富有反復的節奏美；再由於排列的語句，內容是相關的，因此也富有和諧美。例如《孟子・滕文公篇》敘述大丈夫特性是：「富貴不能淫、貧賤不能移、威武不能屈」，語言便富有節奏與和諧美。

二、排比的種類

排比的種類，各家分類也不同。成偉鈞、曹毓生等，分為：句子中某一成分的排比、分句的排比、單句的排比、複句的排比；黎運漢、張維耿等分為：句子成分的排比、句子的排比、段落的排比；史塵封分為：詞組的排比、句子的排比、段落的排比；沈謙分為單句排比、複句排比；黃麗貞分為詞組排比、句子排比。現在參考以上諸家見解，分為短語的排比、句子的排比及段落的排比等三種。

(一)短語的排比

短語的排比，指的是三個或三個以上，結構相同、語氣相似、內容相關的短語，排列一起。例如：

我是一個蒸不爛、煮不熟、錘不扁、炒不爆，響璫璫一粒銅豌豆。（關漢卿：南呂一枝花・不伏老）

這段戲曲的句子裡，以「蒸不爛、煮不熟、錘不扁、炒不爆」等四個短語來修飾響璫璫的銅豌豆。這四個短語，便是短語的排比。再如：

她是多麼快樂，多麼富有，多麼溫柔，又多麼勇敢（魯錦之：竹屋）

這句話裡的四個短語：多麼快樂、多麼富有、多麼溫柔、多麼勇敢，並排一起，也是屬於短語的排比。而第四個短語上加了個「又」字，成為五個字，這是兼了「錯綜」的修辭法。再如：

如果我們只知道追求自己的幸福，只知道保護自己的利益，只知道關心自己的前途，那麼，我們不懂什麼是愛。（國編本國小國語課本第十二冊）

這句話中，「只知道追求自己的幸福，只知道保護自己的利益，只知道關心自己的前途」三個短語的並列，也是短語的排比。

對於那些騎竹馬的，／挖竹筍的／弄管絃的／或者是躲入林下清談的，／你都不說什麼／只是臨風而歌／一節節的　青史。∥（文曉村：竹）

文曉村的「竹」詩，「騎竹馬的、挖竹筍的、弄管絃的、躲入林下清談的」等四個短語的並列一起，也是屬於短語的排比。不過，第四個短語跟前三個字數不同，它兼了「錯綜」的修辭法。

(二)句子的排比

句子的排比，指的是三個或三個以上，結構相似、語氣相同、內容相關的單句或複句，排列一起。這種排比，可分為單句的排比及複句的排比。

1. 單句的排比：例如：

昔仲宣獨步於漢南，孔璋鷹揚於河朔，偉長擅名於青土，公幹振藻於海隅，德璉發跡於北魏，足下高視於上京。當此之時，人人自謂握靈蛇之珠，家家自謂抱荊山之玉。（曹植：與楊德祖書）

此段句子，前六句，寫了六位作家分別在六個地區聞名於文壇。前六句的句法都是單句，它們並排一起，屬於單句的排比。再如：

吃午飯的時候到了／菜卻還沒煮好／弟弟等得好急了／妹妹等得好急了／小貓等得好急了∥（謝武彰：著急的鍋子）

這小節童詩，後三句也是單句的排比。又如：

臺灣，美麗的臺灣，／你是個可愛的地方！／翠綠的田野間，／有層層起伏的稻浪；／如畫的山水邊，／有樸實寧靜的村莊；／青蔥的牧場上，／有成群的牛羊；／寬廣的道路旁，／有新起的工廠；／熱鬧的城市裡，／有繁榮的景象。（國編本國小國語課本第十冊）

這段詩句裡，從「翠綠的田野間，有層層起伏的稻浪」起，共有五個結構相似，語氣相同，內容相關的單句並列著，也是屬於單句的排比。

2. 複句的排比：例如：

我們有雙手，跟隨在左右。／耕種又紡織，吃穿不用愁；／建築了房屋，風雨打不透；／製造了車船，往來不用走。∥（國編本國小國語課本第八冊）

這段詩句裡，從「耕種又紡織，吃穿不用愁」起，有三個複句。每個複句的前一個分句，說明雙手可做什麼事，後一分句表示做事後帶來的結果。三個複句並列著，屬於複句的排比。再如：

農人和懶惰做了朋友，收穫就會減少；工人和它做了朋友，產品就會粗陋；商人和它做了朋友，營業就會衰落；學生和它做了朋友，成績就會低劣。（國編本國小國語課本第八冊）

這段句子裡，有四個結構相似、語氣相同、內容相關的因果複句並列著，屬於複句的排比。

又如：

我喜歡跟爸爸玩兒。／我爬山，／爬到爸爸的脖子上；／我騎馬，／騎在爸爸的背上；／我盪秋千，／盪在爸爸的手臂上。／我喜歡爸爸，／喜歡跟爸爸玩兒。∥（林武憲：跟爸爸玩兒）

這首兒歌的中段，有三個結構相似、語氣相同、內容相關的連貫複句並列著，也是屬於複句的排比。

㈢段落的排比

段落的排比，指的是一篇文章或一首詩歌裡，有三個或三個以上，結構相同、語氣相似、內容相關的段落，並列一起。《詩經》中有許多應用段落排比寫出的詩。例如〈魏風．碩鼠〉、〈王風．黍離〉、〈陳風．月出〉等。

月出

（原詩）	（糜文開 裴普賢譯）
月出皎兮，	月兒出來亮澄澄喲，
佼人僚兮；	美人風姿好娉婷喲；

舒窈糾兮，　怎樣表達我衷情喲，
勞心悄兮！　憂心悄悄夜淒清喲！

月出皓兮，　月兒出來似銀喲，
佼人懰兮；　美人光彩奪我魂喲；
舒懮受兮，　魂飛天外無處尋喲，
勞心慅兮！　憂心戚戚無窮盡喲！

月出照兮，　月兒出來照四方喲，
佼人燎兮；　不見美人我心傷喲，
舒夭紹兮，　長夜相思到天光喲，
勞心慘兮！　憂心慘慘要發狂喲！

這首詩是敘述一個男人單戀一個美女，夜靜獨坐，望著月亮而抒情的詩。全篇採用三個結構相同、語氣相似、內容相關的段落組成。這是段落的排比。新詩、童詩、兒歌，常常可見到段落排比的作品，例如李伊莉的〈白鷺鷥〉童詩，便是段落排比的應用：

飛飛飛
飛到牛背上
歇歇腳

飛飛飛
飛到田野上
泡泡水

飛飛飛
飛到稻草邊
捉迷藏（李伊莉：白鷺鷥）

三、排比的原則

應用排比修辭法，應注意的原則有四項：

㈠使用時要根據內容需要

使用排比修辭法，如果是為了使說理更清楚，敘事更明確，寫景更鮮明，抒情更深入，當然可多用；如果不是這些目的，只為了形式美而生拼硬湊出無關緊要的內容，反而像酒中摻水，降低了原來的品質。因此，應用排比修辭法，首先應根據內容是否需要而決定。

㈡排比的材料，要同範圍同性質的意象

應用排比修辭法，在取材上應注意跟所要表達的思想或情感，有相同的範圍或性質。例如宋朝周敦頤作的〈愛蓮說〉末一段：

予謂：菊，花之隱逸者也；牡丹，花之富貴者也；蓮，花之君子者也。噫！菊之愛，陶後鮮有聞；蓮之愛，同予者何人？牡丹之愛，宜乎眾矣！

這一段文句裡，有兩組排比句。前一組的排比句是根據菊花、牡丹花、蓮花給人的好感及象徵的意義；後一組是敘述愛菊花、蓮花、牡丹花的人。每一組的取材，都是同範圍同性質的，因此可以收到表達的效果。如果範圍不同，性質相反，例如不顧以花來比較的範圍，把牡丹改為翡翠，寫作「翡翠，石之貴重者也」，句型相似，但是範圍不同，便不是好的排比句。而如果把「牡丹，花之富貴者也」改為「牡丹，花之妖嬈者也」，跟其他花的美好性質不同，也不是好的排比

句。

㈢排比的次序要有條理

各組的排比材料，在內容上常有並列、連貫、遞進、因果等不同關係。除了並列關係的材料較不要求明顯的次序外，其他的材料，應注意時間、空間、範圍大小、程度深淺或邏輯次序的不同而妥善安排。例如《禮記・禮運大同章》的排比句安排：

大道之行也，天下為公……使老有所終，壯有所用，幼有所長，矜寡孤獨廢疾者皆有所養。

黃慶萱教授說，這段話是敘述大同社會適合每一個人的生存。「老有所終，壯有所用，幼有所長」是正常的人生，「矜寡孤獨廢疾者」是不正常的人。由黃教授的分析可以知道，禮記的作者在安排這四個排比句的次序，是有條理的。前三個是正常人的材料，後一個是不正常的材料，這是正常、不正常的次序安排。在正常人生中的次序是「老、壯、幼」，這是由大而小的次序。如果改為「壯、老、幼」的次序，便欠條理。

㈣排比的提示語可有可無，字數可相等也可不等

排比的句子，大多有「提示語」，例如「老有所終、壯有所用、幼有所長、矜寡孤獨廢疾者皆有所養」的句子，「有所」二字是每句都有的「提示語」，它可以增進各句的和諧，也可以引

領聽者或讀者注意各句的意思。不過，如果排比句中沒有相同的提示語，只要念來自然、語意清楚，也沒有不可以的。至於排比句各分句的字數相等不相等，也沒有嚴格的規定。例如前述「矜寡孤獨廢疾者皆有所養」的句子，跟「老有所終」的句子，字數不同，也沒關係。

習題

一、請用排比修辭法的技巧，敘寫幾句「父親已老了」的現象。

二、俗諺的「立如松，臥如弓，行如風，坐如鐘。」這是什麼類別的排比？

三、陳之藩〈垂柳〉一文的句子：「濃綠的柳枝後面，襯景是變換的：有時是澄藍，那是晴空；有時是乳白，那是雲朵；有時是金黃的長針，那是陽光；有時是銀白的細絲，那是月色。」這兒的排比句，屬於什麼類別？

第二十章

類疊修辭法

類疊修辭法也是常用的修辭法，我們常可以從詩文中看到它。例如下列這首兒童詩：

翻過來……
哎！睡不著
那地方的海真的像
老師說的那麼多顏色嗎
翻過去……
哎！睡不著
那地方的雲真的像
老師說的那麼潔白柔軟嗎

翻過來……
翻過去……
哎！到底甚麼時候才
天亮呢（方素珍：明天要遠足）

這首詩透過反復出現的「翻過來」、「翻過去」、「哎！睡不著」、「老師說的」等語句，把一個孩子期望遠足的心事，生動地表達出來。這些反復出現的語句，便是類疊修辭法中的一種應用。

一、類疊的定義與作用

類疊修辭法的名稱是黃慶萱提出的。相關於這類的修辭格，陳望道在《修辭學發凡》裡叫它做「複疊」。有些修辭學者，把它分為疊字、疊詞、疊句、反復等四種修辭法。董季棠在《修辭析論》書中說：「黃慶萱先生的《修辭學》，不稱複疊，而稱類疊。他把類疊分為疊字、類字、疊句、類句四項……。大致說來，這方面的修辭法，黃書把它歸併成一類，是對的。但名稱不妨一如舊貫，稱它為複疊。」

什麼是「複疊」呢？陳望道說：「複疊是把同一的字接二連三地用在一起的辭格。共有兩種：

一種是隔離的，或緊相連接而意義不相等的，名叫複辭；一是緊相連接而意義也相等的，名叫疊字。」董季棠說：「複疊是同樣的字、詞、句，接二連三地重複使用的修辭法。」由於「複疊」的定義不同，而且「類疊」可以包含疊字、複辭、反復等修辭法，以及目前多數學子已經習用「類疊」名稱，因此這兒仍採用「類疊」為修辭格名稱。

什麼是類疊呢？黃慶萱說：「同一個字詞語句，接二連三地使用著，叫做『類疊』。」這兒同一個字詞語句，接二連三地使用著，指的是相同的字詞語句，可以重疊使用，也可以隔離使用。例如國小國語課本裡的句子：「蝴蝶姑娘飛到玫瑰花上，玫瑰花就請她吃吃花汁。她飛到小河邊上，小河就請她喝喝水。」這兒「吃吃花汁」的「吃吃」，「喝喝水」的「喝喝」，便是字詞的重疊使用。這些重疊的字詞，強調了玫瑰花、小河的請客誠意。《論語》裡孔子跟子貢的對話句子：「子曰：『予欲無言。』子貢曰：『子如不言，則小子何述焉？』子曰：『天何言哉！四時行焉，百物生焉。天何言哉！』。」這兒「天何言哉」在孔子答話的前後句裡出現，中間隔了「四時行焉，百物生焉」兩句，這是句子的隔離使用。這個隔離的句子，強調了教學不一定都靠「言教」，有時候不說話的教學法，也是一種有效的教學法。

應用類疊修辭法來表達情意，有三個作用：

㈠可以強調語意，收到表達的效果

使用類疊修辭法表達思想或情感，由於把重要的事物或觀念，一再反復出現，因此可以突出某個意思，強調某個思想或感情，收到表達效果。例如下列這首童詩：

火車來了
柵欄放下了
柵欄叫著：
當心！當心！
汽車來了
汽車按著喇叭說：
不！不！

火車和汽車相撞了
火車停了
火車叫著：
氣——死了（作者待考：火車與汽車）

這首童詩中柵欄發出的「當心！當心！」聲，在「表意方法的調整」上，屬於聽覺的摹寫，也兼了雙關的特色，而在「優美形式的設計」裡，屬於類疊修辭。這個詞語反復一次，強調了柵欄要車子或行人「當心」的語意。汽車按著喇叭連聲說：「不！不！」，也是強調了汽車不肯當心，不肯守法的行為。

(二)可以貫串文意，收到呼應的效果

在整篇或整段的詩文中，採用類疊修辭法，讓重要的字句隔離出現，常常可以貫串篇段的意義，收到呼應的效果。例如下列一首童詩：

記住！
不能有壞的紀錄
雖然，
一停下來，
就忙著洗手，
忙著洗腳，
但是誰會贊同：
你是一隻乾淨的蒼蠅？
記住！

不能有壞的紀錄！（蔡季男：給蒼蠅的忠告）

這首詩「記住！不能有壞的紀錄」的詩句，是詩中要強調的語意，作者讓它在全詩的前後反復出現，除了強調語意外，也貫串全詩的文意，收到呼應的效果。

㈢可以使語言富有節奏美

使用類疊修辭法，不管字詞語句的重疊出現，或是隔離出現，都有一唱三嘆的效果，富有語言的節奏美。例如漢樂府詩〈江南〉：

江南可採蓮，／蓮葉何田田，／魚戲蓮葉間：／魚戲蓮葉東，／魚戲蓮葉西，／魚戲蓮葉南，／魚戲蓮葉北。∥

這首詩，反復出現「魚戲蓮葉」的詞語，除了突出魚跟蓮葉的美麗形象外，也使得語言富有鏗鏘的節奏美。如果不用類疊修辭法，把後四句改為「魚戲蓮葉東西南北」，不但失去音節的反復美，連語言都枯燥乏味，令人生厭。

二、類疊的種類

複疊跟類疊的意思接近。陳望道把複疊分為複辭和疊字。董季棠把複疊分為字的連接複疊、字的隔離複疊、句的連接複疊、句的隔離複疊。現在採用黃慶萱的分類法，把類疊分為疊字、類字、疊句、類句等四種：

(一)疊字

疊字又叫「字的連接複疊」，指的是同一個字詞的重疊出現。《詩經》中好多首詩，都用了疊字的表達技巧。例如國風的〈風雨〉詩：

風雨淒淒，雞鳴喈喈。既見君子，云胡不夷？
風雨瀟瀟，雞鳴膠膠。既見君子，云胡不瘳？
風雨如晦，雞鳴不已。既見君子，云胡不喜？

這首詩有三章，三章反復寫的是一個風雨交加的夜裡，雞叫不停的時候，一個孤寂的女子，正想念著心上人。結果心上人居然在風雨的夜裡來了。因此，這個女子的心，充滿了喜悅和幸福，頓時驅走了恐懼和孤寂。詩中的「淒淒、蕭蕭、喈喈、膠膠」，都是使用疊字修辭法。「淒淒」是寒冷的意思，「蕭蕭」是形容風雨的聲音；「喈喈」跟「膠膠」都是雞叫的摹聲詞。

陳望道在《修辭發凡》中舉的李清照的「聲聲慢」例子，更可以看出疊字的妙用。

尋尋、覓覓，冷冷、清清，淒淒、慘慘、戚戚。乍暖還寒時候，最難將息。三杯兩盞淡酒，怎敵他晚來風急。雁過也；正傷心，卻是舊時相識。　滿地黃花堆積，憔悴損，如今有誰堪摘？守著窗兒，獨自怎生得黑？梧桐更兼細雨，到黃昏點點滴滴。這次第，怎一個愁字了得？

這是宋朝大詞人李清照避難到南方後的作品。這裡寫的不只是李清照個人因為漂泊他鄉，加上丈夫走了的個人悲哀，也是抒發了生活在那動亂時代，過著苦難生活的其他婦女的苦悶。詞中「尋尋、覓覓，冷冷、清清，淒淒、慘慘、戚戚」以及「點點滴滴」，都是疊字。地平線出版社的《中國文學欣賞舉隅》，對這首連下十四疊字說：「此十四字之妙：妙在疊字，一也；妙在有層次，二也；妙在曲盡思婦之情，三也：良人既已行矣，而心似有未信其即去者，用以『尋尋』。尋尋之未見也，而心似仍有未信其便去者，用又『覓覓』；覓者，尋而又細察之也。覓覓之終未有得，是良人真個去矣，閨闥之內，漸以『冷冷』；冷冷，外也，非內也。繼而『清清』，清清，內也，非復外矣。又繼以『悽悽』，冷清漸蹙而凝於心。又繼之以『慘慘』，凝於心而心不堪任。故終之以『戚戚』也，則腸痛心碎。伏枕而泣矣。似步步寫來，自疑而信，由淺入深，何等層次，幾多細膩？」由這段分析可知，李清照這闋詞前的七組疊字，不但文字念起來有悲涼的節奏美，而且語意層層加深，應用得這樣妙，真令人佩服。

白話詩文裡的疊字，也是處處可見。例如：

青青山下
綠綠水田
白白的鷺鷥
低
低
飛

青青山下
綠綠水田
白白的鷺鷥
飛
飛
飛（林良：白鷺鷥）

這首童詩的「青青、綠綠、白白、低低、飛飛飛」都是疊字。由這些疊字的呈現，突出了所想表達的語意。我們從這些疊字中，體會出大自然的秀麗景色，使我們禁不住想趕快走向大自然，享受大自然的美景。

疊字常見的形式，除了大多是兩個字的重疊，例如前述的「青青」、「綠綠」等疊字；也有三個字以上的重疊，例如「飛飛飛」等疊字。陳望道說：「在口語中每每把一個疊字鑲在一個單字副詞或形容詞之後，來構成一個繁複的副詞或形容詞。如『亂紛紛』、『冷清清』、『寒森森』、『羞答答』等。」這種形式可以叫做「ＡＢＢ」型。另外也有「ＡＡＢＢ」型，例如「平平安安」、「快快樂樂」、「高高興興」、「堂堂正正」等的疊字。

(二)類字

類字又叫「字的隔離複疊」，指的是同一個字詞的隔離出現。《詩經》中有不少的類字應用。例如小雅的〈蓼莪〉詩的第四章：

> 父兮生我，母兮鞠我，拊我，畜我，長我，育我，顧我，復我，出入腹我。欲報之德，昊天罔極！

這章詩句，共有九個「我」字，都隔離出現。清人姚際恆說：「勾人眼淚，全在此無數我字。」由此也可以知道，類字用得好，可以突顯語意，增強感人效果。再如《論語》中也有許多語句是用類字。例如：

子曰：「君子懷德，小人懷土；君子懷刑，小人懷惠。」（論語・里仁篇）

子曰：「不憤不啟，不悱不發。舉一隅不以三隅反，則不復也。」（論語・述而篇）

子絕四：毋意，毋必，毋固，毋我。（論語・子罕篇）

子曰：「小子何莫學乎詩？詩可以興，可以觀，可以群，可以怨。邇之事父，遠之事君。多識於鳥、獸、草、木之名。」（論語・陽貨篇）

以上《論語》四個句子中的「懷」、「不」、「毋」、「可以」等詞的隔離出現，都是類字。白話詩文的類字也很多。例如：

我的姊姊在校園四處走，看樹、看花、看水、看雲，才發現自己的學校，還有許多沒有走過的地方。（魯錦之：趕火車）

她是多麼快樂，多麼富有，多麼溫柔，又多麼勇敢。（魯錦之：竹屋）

右面，就是一眼難盡的，啊，太平洋了。長風吹闊水，層浪千摺又萬摺，要摺多少摺才到亞洲

的海岸呢？（余光中：隔水呼渡）

以上三個例子中的「看」、「多麼」、「摺」等詞的隔離出現，也是類字。

㈢疊句

疊句又叫「句的連接複疊」、「連接反復」或「連續反復」。指的是同一個語句的重疊出現。例如《詩經》邶風的〈式微〉詩：

式微式微，胡不歸？微君之故，胡為乎中露？

式微式微，胡不歸？微君之躬，胡為乎泥中？

這首詩寫的是一群從事勞役工作人的心聲。全詩意思是說：天黑了，天黑了，為什麼還不能回去呢？要不是為了國君，怎麼還在夜露下工作？天黑了，天黑了，為什麼還不能回去呢？要不是為了國君，怎麼還在泥水中受罪？詩中的「式微」，「式」是發語詞；「微」，讀為「昧」，昏暗、不明的意思。式微式微，也就是天黑了，天黑了的意思。這兒的「式微」重疊出現，便是疊句。

白話詩文的疊句很多。例如：

中秋怨　李韶

月兒圓，月兒亮，月兒今向誰家亮？我沒有兄弟，我沒有爹娘，我沒有家，我沒有鄉。金風穿我亂髮，涼露透我薄裳，盈盈淚眼，欲閉還張，往事一幕幕印在月上。月兒，月兒，為何這麼光亮？照我慘白瘦臉，照我寸寸愁腸。同是中秋，同是月亮，昔日天倫敘樂，今宵變作孤獨淒涼。淒涼，淒涼。誰給我的？誰給我的？誰給我的？你們想！你們想！你們想！（楊兆禎：中國藝術名歌選）

這首歌詞後段的「誰給我的」和「你們想」等句子，重疊出現，屬於疊句。再如：

賣花詞　潘國渠

先生，買一朵花吧，先生，買一朵花吧。這是自由之花呀，這是勝利之花呀。買了花，救了國家。先生，買一朵花吧，先生，買一朵花吧。不是要你愛花，不是要你賞花。買了花，救了國家。先生，買一朵花吧，先生，買一朵花吧。（楊兆禎：中國藝術名歌選）

這首歌詞中，「先生，買一朵花吧」，再三的重疊出現，表達了賣花人的強烈感情。這是疊句。

(四)類句

類句又叫「句的隔離複疊」、「隔離反復」或「間隔反復」。指的是同一個語句的隔離出現。例如前述蔡季男的童詩「給蒼蠅的忠告」，詩中前後出現的「記住，不能有壞的紀錄」詩句，便是類句。《論語》中孔子稱讚顏回的話，也用了類句：

「賢哉回也！一簞食，一瓢飲，在陋巷，人不堪其憂，回也不改其樂。賢哉回也！」（論語・雍也篇）

這段話的前後句「賢哉回也」，便是隔離出現的句子，這是類句的應用。再如前面提到《論語》裡孔子跟子貢的對話，其中的「天何言哉」句子，也是隔離出現，也是類句的應用。

白話詩文的類句也很多。例如：

小時候住過的地方
樹葉會細聲說話
青草會輕輕搖手
花兒會紅著臉微笑

小時候住過的地方
鳥兒會歡樂的歌唱
溪水會暢快的流盪
天空會飄出一片芳香

小時候住過的地方
會彈出一條細細的線
悄悄飛進我心坎
讓我覺得無限溫暖（傅林統：故鄉）

這兒「小時候住過的地方」的短語（詞組），在每一小節詩的前面出現，這也是類句的應用。

三、類疊的原則

應用類疊修辭法，應注意的原則有兩項：

㈠使用時要根據語意的加強需要

使用類疊修辭法，要根據特別強調的語意。如果不是這樣，只為了具有類疊的優美形式，那就跟囉嗦的語言一樣，令人感到厭煩。例如下列一首童詩：

我不要當班長
班長是老師的出氣筒
秩序不好　班長被責罵
整潔不好　班長被處罰
路隊不好　班長被修理
自從當了班長
我都在戰戰兢兢中過日子

我不要當班長
班長是老師的雜工
早晨的自修　班長要出題
各科的作業　班長要書寫
筆記的批閱　班長要代勞

自從當了班長
我的體重一直在減退
人家說：當了班長是榮譽
我卻說：誰當了班長就是倒楣（張彥勳：我不要當班長）

詩中作者要特別強調「我不要當班長」的心聲，於是採用類句方式表現，這是根據語意的加強需要而應用的。如果不是這樣，改用「當了班長是榮譽」這句話來反復表現，不但跟全文意旨不合，而且也因囉嗦而令人生厭。

(二)活用各種方法，排除類疊的限制

黃慶萱在《修辭學》書中說：「類疊有種種限制。第一個限制是單調，第二個限制是使人官能怠倦，第三個限制是可供聯想的容積太少。」為了突破這些限制，應用類疊修辭的時候，可以活用各種方法，排除它的限制。我們以鍾梅音的作品〈屬於詩人的〉為例：

不過，愛天然韻致的，儘管日間去；愛妝成風儀的，不妨夜晚去。然而，不管你日間看，夜晚看，晴天看，雨天看，燈下看，月下看，近看，遠看，橫看，側看，仰看，俯看，你總無法把這上帝的傑作看完全，你仍然只有拿感情去接受，接受造化之偉大這一事實：去讚美，讚美上

帝愛這世界有多深！

黃慶萱對這一段文字評論說：「在這一段話中，作者先承接上文用了『日間看，夜晚看』兩個『看』，接著再連下十個『看』字。先是三字一句，後是兩字一句：而兩句兩句又各自成對。有統一，有對稱，有變化，何嘗有單調之感？何嘗有枯燥固定之病？我們只覺得其文字浩蕩跳躍，一似所述尼亞哥拉瀑布激濺出的水珠！」由黃教授的話，我們可以體會出，使用類疊修辭法，可以適當變化句式，以避免語言的單調。

再如前述林良的〈白鷺鷥〉童詩，有疊字，也有類句。第一小節「低低飛」的詩句，排列在詩行底下，而且每字分佔一行，使人覺得白鷺鷥飛得好低，好慢，悠閒自在地享受大自然的美景。至於第二小節的「飛飛飛」的詩句，提高到各詩行的上頭，而且也採象形排列，使人感到白鷺鷥正高高地在天上飛行，也許要飛到另外的地方，欣賞另一幅美景。「白鷺鷥」這首採用類疊修辭法寫的詩，不但不會令人覺得單調、官能怠倦，相反的，它使田野的空間擴大了，時間也延綿了，增進了可供聯想的容積。

習題

一、「類疊」修辭法的種類有幾種？請各舉一例說明。

二、下列一首兒歌，共用到幾種類疊修辭法？請舉例說明。

香蕉像什麼？香蕉像一條船。兩頭尖尖，船身彎彎。香蕉像什麼？香蕉像滑梯。這邊高高，那邊低低。（林良：香蕉）

三、試指出下列各句中的類疊方式：

1. 唧唧復唧唧，木蘭當戶織。（佚名．木蘭辭）
2. 亡之！命矣夫？斯人也，而有斯疾也！斯人也而有斯疾也！（論語．雍也篇）
3. 故王之不王，非挾太山以超北海之類也；王之不王，是折枝之類也。（孟子．梁惠王篇）
4. 是故無貴、無賤、無長、無少，道之所存，師之所存也。（韓愈：師說）

第二十一章 層遞修辭法

有個倡導心靈美化的人，針對一般人只重視衣服美，外表美，忽略心靈美，因此說了這樣一句話：「衣美不如貌美，貌美不如心美。」這句話雖然仿擬了《孟子・公孫丑》裡的句子：「天時不如地利，地利不如人和」的句式，不過句子本身的表達，卻是按著語意的輕重，層層遞進，屬於「層遞」的修辭法。

一、層遞的定義與作用

什麼是層遞修辭法呢？陳望道說：「層遞是將語言排成從淺到深，從低到高，從小到大，從輕到重，層層遞進的順序的一種辭格。」黃慶萱說：「凡要說的有兩個以上的事物，這些事物又有大小輕重等比例，而且比例又有一定秩序，於是說話行文時，依序層層遞進的，叫層遞。」譚永祥說：「把三個或三個以上的語句，按意義的遞升或遞降關係排列，這種修辭手法叫層遞。」成偉鈞說：「層遞即用結構相似的語句，表達層層遞進或遞降的意思，也稱漸層、遞進。」

以上各家的說法雖然略有不同，但是意思大致相似。綜合說來，說話或寫作，表達某個意思的時候，把三個或三個以上的事物，依照大小、高低、輕重、本末等等次序遞升或遞降關係排列出來，就是層遞修辭法。

層遞修辭的應用，它的作用有兩項：

(一)可以使語意層層深入，收到說服的效果

使用層遞修辭法表達某個意思，由於把相關的事物依照大小輕重等次序排列出來，因此可以使語意層層深入，收到說服的效果。例如：

> 孟子謂齊宣王曰：「王之臣，有託其妻子於其友而之楚遊者，比其反也，則凍餒其妻子。則如之何？」王曰：「棄之。」曰：「士師不能治士，則如之何？」王曰：「已之。」曰：「四境之內不治，則如之何？」王顧左右而言他。（孟子・梁惠王・下）

這段話裡，孟子要表達的主要意思是，「不能把國家治理好的人，應該被遺棄。」由於這個問題跟國君的利害有關，不方便直接提出，因此孟子先問齊宣王說：「假使國王有個臣子，把妻

子託付朋友照顧而到楚國去遊歷，回來時，發現妻子受凍挨餓。對這種朋友，該怎麼處理？」宣王說：「跟他斷絕來往。」孟子又說：「假使官拜士師的法官，不能領導他的屬下，該怎麼辦？」宣王說：「罷免他。」孟子接著問：「假使國王不能治理好國政，該怎麼辦？」宣王聽了沒有回答，左顧右盼，說別的事情了。由孟子跟齊宣王的這段對話看出，採用層遞法一層一層地深入剖析問題，此單刀直入的說出本意來，更能收到表達效果。因此，不管抒情、說理或描寫，都可以應用層遞修辭法來表達。

(二)可以使語言層次分明，富有秩序美

使用層遞法表達語意，不管是由小漸大，由輕到重的遞升，或是由大漸小，由重到輕的遞降，由於排列有一定的順序，因此語言變得層次井然，富有秩序美。例如前述的「衣美不如貌美，貌美不如心美」，「天時不如地利，地利不如人和」，或是「天助不如人助，人助不如自助」，「話多不如話少，話少不如話好」等等句子，各句的事物依一定的比例，由小而大，層層遞進，不但可以突出語意重點，給予讀者強烈、深刻的印象，而且語言層次分明，富有秩序美，令人容易瞭解和記憶。

二、層遞的種類

層遞的分類也有多種。黃慶萱分為單式層遞和複式層遞等兩大類，每大類又各分三小類。在單式層遞下，分為前進式、後退式、比較式；複式層遞下，分為反復式、並立式、雙遞式。董季棠分為順層遞和倒層遞兩類。曹毓生分為階升和階降。黎運漢、譚永祥、史塵封、王勤、成偉鈞、黃麗貞等分為遞升和遞降。現參考上述各家見解，採用事物或觀念的升降，分為遞升、遞降和升降連用等三種。

(一)遞升

遞升又叫做遞增、階升。這種層遞法，指的是表達某個意思的時候，把相關的事物或觀念，依照由小而大，由輕而重，由低而高，由淺而深等等次序排列出來。例如：

域民不以封疆之界，固國不以山谿之險，威天下不以兵革之利；得道者多助，失道者寡助。

（孟子・公孫丑・下）

孟子提出治理天下應講求正道以得民心，不是靠武力，山川的險要，兵器的堅利。這段的前三句，先說管理人民，再說鞏固國家，然後提到威服天下。這三個相關事物的排列，由小而大，屬於遞升的層遞法。再如：

子曰：「吾十有五而志于學，三十而立，四十而不惑，五十而知天命，六十而耳順，七十而從心所欲不踰矩。」（論語・為政篇）

孔子的自述為學過程，依年齡的由小而大，有不同的生命境界，這也是遞升的層遞法。又如：

發慮憲，求善良，足以謏聞，不足以動眾。就賢體遠，足以動眾，未足以化民。君子如欲化民成俗，其必由學乎！（小戴禮記・學記）

這段話裡，敘述上位的君子不同的施政措施，有不同的成果。在獲得成果上，由獲得好名聲，到可以動用眾人，最後是感化人民。成果由小而大，屬於遞升。

白話文也常用這種修辭法。例如：

騎兵從兩個變成十個，然後變成一百個。現在騎兵已經佈滿山丘的四周。（保羅・科爾賀：牧羊少年奇幻之旅）

這兒的騎兵數量，由少而多，層層遞進。

國立編譯館編輯的國小國語課本第十一冊的〈一束鮮花〉課文，敘述一個懶惰、骯髒的人，由於得了一束潔白生意盎然的花，於是變成勤勞和愛清潔。作者描寫他的改變經過是先洗花瓶，然後整理桌子，清掃室內，接著清理庭院。環境清潔後，他又梳洗修飾自己。這篇文章的中段部分，採用由小而大的次序，安排事物，也是遞升的層遞應用。

(二)遞降

遞降又叫遞減、階降。這種層遞法，指的是表達某個意思的時候，把相關的事物或觀念，依照由大而小，由重而輕，由高而低，由深而淺等等次序排列出來。例如：

孟子告齊宣王曰：「君之視臣如手足，則臣視君如腹心；君之視臣如犬馬，則臣視君如國人；君之視臣如土芥，則臣視君如寇讎。」（孟子・離婁下）

這段話中，孟子對齊宣王談到君臣相處的關係，先說國君把臣子看成自己的手足，盡心愛護；接著說到國君把臣子看成犬馬，毫不尊重；最後說到國君把臣子看成泥土、亂草，任意踐踏。三種對待法，由親近到不尊重，再到鄙視，這樣的排列，屬於遞降的層遞。再如：

孟子見梁惠王。王曰：「叟不遠千里而來，亦將有以利吾國乎？」孟子對曰：「王何必曰利？

亦有仁義而已矣。王曰：何以利吾國？大夫曰：何以利吾家？士庶人曰：何以利吾身？上下交征利，而國危矣。萬乘之國，弒其君者，必千乘之家；千乘之國，弒其君者，必百乘之家。萬取千焉，千取百焉，不為不多矣，苟為後義而先利，不奪不饜。」（孟子‧梁惠王上）

這段話中，「王曰：何以利吾國？大夫曰：何以利吾家；士庶人曰：何以利吾身」，孟子說的事物先後，由國王至大夫，然後到士庶人，這是遞降的次序；「萬乘之國、千乘之家、百乘之家」的排列，由大而小，也是遞降的次序。這些都是遞降的層遞。又如：

王曰：「天下之佳人，莫若楚國；楚國之麗者，莫若臣里；臣里之美者，莫若臣東家之子。東家之子，增之一分則太長，減之一分則太短，施朱則太赤，敷粉則太白。」（宋玉：登徒子好色賦序）

這段話裡提到美女的事，先從大範圍的天下談起，再說楚國，然後鄉里，最後落在東家之子身上。這是由大而小的遞降安排。又如董季棠在《修辭析論》中舉的例子：

東郭子問於莊子曰：「所謂道，惡乎在？」莊子曰：「無所不在。」東郭子曰：「期而後可。」莊子曰：「在螻蟻。」曰：「何其下耶？」曰：「在稊稗。」曰：「何其愈下耶？」曰：「在瓦甓。」曰：「何其愈下耶？」曰：「在屎溺。」東郭子不應。莊子曰：「夫子之問

也，固不及質。正獲之問於監市履狶也，每下愈況。」（莊子：知北遊）

這段話中，莊子要說明道無所不在？他舉的例子，從動物的螻蟻，到植物的稊稗，再降到無生物的瓦甓，最後降低到廢物的屎溺。這種由事物價值的高低排序，也是遞降的層遞。

㈢升降連用

升降連用，指的是表達某個意思的時候，遞升和遞降，前後連接使用。這種層遞，也就是黃慶萱所說的複式層遞中的反復式。例如黃慶萱在《修辭學》書中舉的例子：

古之欲明明德於天下者，先治其國；欲治其國者，先齊其家；欲齊其家者，先修其身；欲修其身者，先正其心；欲正其心者，先誠其意，欲誠其意者，先致其知；致知在格物。物格而後知至，知至而後意誠，意誠而後心正，心正而後身修，身修而後家齊，家齊而後國治，國治而後天下平。（禮記・大學）

這段話可以分為兩個部分。第一部分是從「古之欲明明德於天下者」起，到「致知在格物」。這一部分如果依事物的大小範圍來說，先由天下說起，然後依次是治國、齊家、修身、正心、誠意、致知、格物。這是由大而小的遞降。第二部分從「物格而後知至」起，到「國治而後天下平」。這一部分依事物範圍來說，先由「格物」說起，然後致知、誠意、正心、修身、齊家、治國、平天下。這是由小而大的遞升。這一大段裡，遞降和遞升前後連用，屬於升降連用型。董季棠分析這一段話，採用事物的本末來分，認為第一部分是由末到本的排列，屬於順層遞（也就是遞升）；第二部分是由本到末的排列，屬於倒層遞（也就是遞降）。這樣的分法也可以。總之，這一大段裡，遞升、遞降連用，這是層遞的第三種應用形式。

三、層遞的原則

層遞修辭法的應用原則，黃慶萱認為應注意的有兩項：⑴是「必須具有一貫的秩序」，⑵是「儘量合乎邏輯的規則」。黎運漢認為：「構成層遞的語句，要有內在聯繫，表現出階梯式的層次差別」以及「排列時要注意邏輯順序，不能雜亂無章。」成偉鈞舉出五項：⑴必須弄清要表現的客觀事理內部的邏輯關係。⑵具備運用層遞格的必要性。⑶層遞的各項內容必須按同一順序排列，其中不能任意顛倒、變動。⑷層遞的內容必須是三項以上。⑸句中選用一些恰當的關聯詞語，如「首先」、「其次」、「再次」等，使層遞關係更加明顯；如已經明顯，不必再增加這些關聯詞語。

以上諸家的見解，可供使用者參考。現在參考以上見解，提出兩項注意事項：

㈠層遞的語言，最少應具有明顯的三個層次

層遞跟映襯、排比不同。映襯是把兩種觀念、事物或景象，相互對照或襯托；而層遞則是三種或三種以上的事物或觀念的排列。例如前述的「衣美不如貌美，貌美不如心美」的遞升型層遞裡，衣美、貌美、心美，有明顯的三個層次。至於排比修辭雖然也有三個或三個以上的語句，但是它們屬於並列的性質，沒有明顯的不同層次。

㈡層遞的排列，應注意邏輯順序

層遞排序，應注意邏輯順序，不可雜亂無章。例如「一個和尚挑水吃，兩個和尚抬水吃，三個和尚沒水吃」的諺語，以數字次序為邏輯順序，便不雜亂。如果改為「兩個和尚抬水吃，一個和尚挑水吃，三個和尚沒水吃」，內容相同，但是排列的順序欠邏輯，便不好。再如余光中的詩：

小時候
鄉愁是一枚小小的郵票
我在這頭
母親在那頭

長大後
鄉愁是一張窄窄的船票
我在這頭
新娘在那頭

後來哪
鄉愁是一方矮矮的墳墓
我在外頭
母親在裡頭

而現在
鄉愁是一彎淺淺的海峽
我在這頭
大陸在那頭（余光中：鄉愁）

余光中的這首詩，以時間為邏輯順序，寫出「小時候、長大後、後來、現在」等四個階段對「鄉愁」愈來愈強的感受。這首詩的安排，層次分明，符合邏輯規則，是很好的層遞修辭。

習題

一、下列一首民歌，它應用了層遞修辭法中的哪一種層遞法？為什麼？

終日奔忙為了飢，才得飽食又思衣；冬穿綾羅夏穿紗，堂前缺少美貌妻；娶下三妻並四妾，又怕無官受人欺；四品三品嫌官小，又想面南做皇帝；一朝登了金鑾殿，卻慕神仙下象棋；洞賓與他把棋下，更問哪有上天梯？若非此人大限到，上到九天還嫌低！

二、「上帝創造人才，人才重用人才，蠢才埋沒人才，奴才打擊人才。」（聯副編輯室：小語庫）

此四句，應用了層遞修辭的哪一種層遞法？為什麼？

第二十二章 頂真修辭法

名作家潘人木的〈小胖小〉兒歌，寫得很可愛。內容是這樣的：

小胖小，包水餃。
水餃包不緊，就去學挖筍。
挖筍挖不出，就去學餵豬。
餵豬餵不肥，就去採草莓。
草莓採不到，就去學吹號。
吹號吹不響，就去學演講。
演講沒人聽，
走下臺，關了燈，

乖乖回去做學生。（潘人木：小胖小）

這首兒歌的第二行至第六行，共有五個排比句。五個排比句中的「水餃」、「挖筍」、「餵豬」、「草莓」、「吹號」、「演講」等詞語，充當上下句的銜接橋梁，這種修辭方式，便是「頂真」。

一、頂真的定義與作用

什麼是頂真修辭法呢？陳望道說：「頂真是用前一句的結尾來做後一句的起頭，使鄰接的句子頭尾蟬聯，而有上遞下接趣味的一種措辭法。」黃永武說：「以後句的開端字，和前句的結尾字相同，前後頂接，蟬聯而下，促使語氣銜接，略不間斷的修辭法，叫頂真。」黃慶萱說：「前一句的結尾，來當下一句的起頭，叫作頂真。」由以上各家的見解可知，說話或作文，引用前文末尾的字詞語句，作為後文開頭的修辭法，就叫作「頂真」。例如楊喚「夏夜」詩前半段「來了」詞語的應用。

蝴蝶和蜜蜂們帶著花朵的蜜糖回家了，
羊隊和牛群告別了田野回家了，

火紅的太陽也滾著火輪子回家了，
當街燈亮起來向村莊道過晚安，
夜就輕輕地來了。
來了！來了！
從山坡上輕輕地爬下來了。
來了！來了！
從椰子樹梢上輕輕地爬下來了。（楊喚：夏夜）

這首詩第六行開端的「來了」詞語，頂接了前一行末尾「來了」的詞語；第八行開端的「來了」詞語，也頂接了前一行末尾「來了」的詞語。這樣應用的修辭法，就是「頂真」。

頂真又叫作頂針、聯珠、蟬聯、咬字、繼踵、鍊式結構。這種修辭法的應用，有四個作用：

㈠可使前後語意自然而緊湊地銜接

頂真修辭法的應用，由於將前句結尾的字詞語句用作後句的開頭，前後句首尾蟬聯，因此前後詞意也自然而緊湊地銜接。例如有人以為作者是蔡邕，有人以為作者不詳的〈飲馬長城窟行〉古詩的前一章詩句：

青青河畔草，緜緜思遠道。遠道不可思，夙昔夢見之。夢見在我旁，忽覺在他鄉。他鄉各異縣，展轉不相見。枯桑知天風，海水知天寒。入門各自媚，誰肯相為言。

這首詩寫的是一個婦女懷念遠在他鄉的丈夫。詩中先寫婦女看到青青的河邊草，一直綿延到遠方。由綿延到遠方的青草，想到在遠方的丈夫。遠方太遠了，心上人是不會回來的，想跟他見面，只好在夢中了。夢中見到想念的人在身旁，驚醒後，他仍然在他鄉。既然他身在他鄉，同我不在一起，那即使我反復的思念，也沒法子跟他見面。這段詩句中的「遠道」、「夢見」、「他鄉」等詞語，便是「頂真辭」，它像橋梁一樣，使前後句的語意，自然而緊湊地銜接。

㈡可以使前後語意，層次分明

使用頂真修辭法說話或作文，不管是敘事說理，或者是描繪景物，都可以讓人覺得前後語意，條理井然，層次分明。例如：

師嚴然後道尊；道尊然後民知敬學。（禮記・學記）

這兩句話裡，第一句寫的是「老師受到尊敬，道術才會受到尊崇」，第二句寫的是「道術受到尊崇，人民才會敬重學業」。道術受到尊崇的「道尊」是個「頂接詞」，它使前後兩句的句意相銜接以外，也清楚地凸現出前句是要表達「老師應受到尊敬」，後句要表達「人民應敬重學業」的語意。

㈢可以使語言富有強調和補充的作用

使用頂真修辭法，由於頂接詞的連續出現，不但富有強調的作用，有時候還加以補充延伸，增強語意。例如孔子回答子路，為什麼為政要先「正名」的一段話：

子曰：「名不正，則言不順；言不順，則事不成；事不成，則禮樂不興；禮樂不興，則刑罰不中；刑罰不中，則民無所措手足。」（論語・子路篇）

這段應用頂真修辭法說的句子，由於頂接詞「言不順」、「事不成」、「禮樂不興」、「刑罰不中」的連續出現，富有了強調的意思；再由於頂接詞的引渡，補充了前後的語意。例如從這段話中，我們可以瞭解孔子認為出來為國家做事，要先正君子、父子的名分。正了名分以後，說話才說得出口，事情才辦得通，禮樂才能推行，刑罰才能得當，百姓才能安身。孔子應用頂真修辭法來表達情意，結果使他的語意，表達得更深入。再如：

長大後，我常在午後的雷陣雨中，躲進城內各個角落的百貨公司，也常突如其來地進入某一家百貨公司的週年慶，週年慶常見的是促銷著某一支品牌的口紅。（鍾文音：八十八年散文選・我的天可汗）

這段話的頂接詞是「週年慶」。這個頂接詞除了頂接上句的意思外，還強調及補充了週年慶的特色。

(四)可以使語言富有趣味及節奏美

使用頂真修辭法，由於反復了頂接詞，因此，增加了語言的趣味，並使語言富有節奏美。例如：

月光光（傳統客家兒歌）

月光光，好種薑。薑發芽，好種麻。麻開花，好種瓜。瓜長大，摘來賣。賣到三個錢，拿去學打綿。綿線斷，學打磚。磚斷截，學打鐵。鐵生鹵（銹），學殺豬。豬會叫，學殺貓。貓會咬，學殺鳥。鳥會飛，學殺龜。龜會走，學殺鵝。（林鍾隆改寫）

這首兒歌的「薑、麻、瓜、賣、綿、磚、鐵、豬、貓、鳥、龜」等詞，都是頂接詞。應用頂接詞寫出的頂真句，使得整首兒歌富有趣味，朗誦起來也富有節奏美。

二、頂真的種類

陳望道將「頂真」分為「聯珠格」和「連環體」等兩類。聯珠格指的是每句蟬聯；連環體指的是章和章中間的一句蟬聯。黎運漢等分為「詞語的頂真」和「句子的頂真」等兩類。王勤分為「詞的頂真」、「詞組的頂真」和「句子的頂真」等三類。沈謙把陳望道的連環體，稱為「段與段之頂針」，把聯珠格，改為「句與句之頂針」，並加上「句中頂針」，共為三類。張春榮採用沈謙的分類法，分為句中頂真、句間頂真、段落頂真。黃麗貞也採用沈謙的分類法，分為句間頂真、章段頂真、句中頂真。現在採用以上諸家見解，分為：句中頂真、句間頂真、段間頂真等三類。

㈠句中頂真

句中頂真是沈謙提出的，指的是文句中詞語與詞語間，用同一字來頂接，乍看像疊字，其實語義是拆開的。沈謙在他的《修辭學》書中舉了好多這樣的例子，例如：

抽刀斷水水更流，舉杯消愁愁更愁。人生在世不稱意，明朝散髮弄扁舟。（李白：宣州謝眺樓餞別校書叔雲）

沈謙對「抽刀斷水水更流，舉杯消愁愁更愁」的送別抒感句，非常讚賞。他說：「以『水更流』的『水』字頂接『抽刀斷水』，以『愁更愁』的『愁』字頂接『舉杯消愁』，是為句中頂真的典範。不但文句緊湊有力，而且當句翻疊，情致清新，鋒發韻流，傳誦古今。」再如：

庭院深深深幾許？楊柳堆烟，簾幕無重數。玉勒雕鞍遊冶處，樓高不見章臺路。雨橫風狂三月暮，門掩黃昏，無計留春住。淚眼問花花不語，亂紅飛過秋千去。（歐陽修：蝶戀花）

這兒的「庭院深深深幾許」的第三個「深」字，頂接了「庭院深深」；「淚眼問花花不語」的第二個「花」字，頂接了「淚眼問花」，沈謙認為這樣的頂真，都是句中頂真。又如：

昨夜夜半，枕上分明夢見。（韋莊：女冠子）

惜春春去，幾點催花雨。（李清照：點絳唇）

大學之道，在明明德。（禮記・大學）

呼天天不應，喊地地不靈。

自欺欺人。

以上語句中的「夜、春、明、天、地、欺」的頂接，沈謙也都認為是句中頂真。

(二)句間頂真

句間頂真，就是陳望道說的「聯珠格」，沈謙說的「句與句之頂真」。這種頂真法，就是在兩句話裡，後句開端的詞語，跟前句的末尾詞語相同。這種頂真形式，用得非常多。例如：

「嘴巴時期」的政壇有個現象，那就是：口水多過汗水，汗水多過淚水，淚水多過血水。（簡媜：我有惑）

這段層遞兼頂真的句子裡，「口水多過汗水」是一句，「汗水多過淚水」也是一句。兩句間，後句的開端詞語「汗水」，跟前句的末尾詞語「汗水」相同，這樣的頂真，便是「句間頂真」。而「汗水多過淚水」，「淚水多過血水」這兩句，「淚水」是頂接詞，兩句間的銜接，也是句間頂真的應用。再如：

兄弟四人的感情超乎手足。啊，這才是兄弟，兄弟就是這樣的一種同盟、熬煉，長期的默契。（王鼎鈞：開放的人生）

這段話裡，「這才是兄弟」是一句。「兄弟就是這樣的一種同盟、熬煉，長期的默契」是補充兄弟意義的一句。兩句間以「兄弟」為頂接詞，這是句間頂真。又如：

我們仍然奉行傳統。傳統在那時拯救埃及免於饑荒。（保羅・科爾賀：牧羊少年奇幻之旅）

愛他，他則以愛回報；厭棄他，他則以冷漠、遠離回應你。（魯錦之：竹屋・愛是永遠不止息）

山澗還是日夜喧嘩，喧嘩是它戒不掉的習性。（唐娟：在山林）

君子知至學之難易，而知其美惡，然後能博喻。能博喻，然後能為師；能為師，然後能為長；能為長，然後能為君。（禮記・學記）

貧者因書而富，富者因書而貴。（王安石語）

輕諾寡信，寡信多尤。

看人先看心，看心先看臉。

以上各句，句和句間都有相同的語詞相銜接，這些都是「句間頂真」。

㈢段間頂真

段間頂真，就是陳望道說的「連環體」；沈謙說的「段與段之頂真」；張春榮的「段落頂真」；黃麗貞的「章段頂真」。這種頂真法，就是在詩文的兩段間，或是兩小節間，後一段或後一節的開端字詞語句，跟前一段或前一節的末尾字詞語句相同。例如：

太陽是愛
愛的發源體
看它每天要西下
離開白晝的時候
依依不捨地
放射愛的餘暉
※　※　※
愛的餘暉
染紅了防風林
染紅了你我的鼻了
染紅了山那邊的家

讓大地充滿了愛
進入夜母親的懷抱裡（陳千武：餘暉）

這首詩有兩段，第二段的開端詞語「愛的餘暉」，跟前一段的末尾詞語「愛的餘暉」相同。這是段間的頂真。民國初年白話詩人劉大白寫的〈賣布謠〉第二章，也有段間的頂真。

布機軋軋，
雄雞啞啞。
布長夜短，
心亂如麻。

四更落機，
五更趕路；
空肚出門，
上城賣布。

上城賣布，
城門難過；

放過洋貨，
捺住土貨。
沒錢完捐，
奪布充公。
押人太凶！
「饒我饒我！」
「拘留所裡坐坐。」

這兒第三小節的開端詞語「上城賣布」，跟第二小節末尾的詞語「上城賣布」相同。這也是段間頂真。

段間頂真除了見於詩歌體外，也出現於散文作品裡。例如國立編譯館吳宏一教授編輯的國小國語課文：

一束鮮花

有一個非常懶惰的人，衣服不潔，儀容不整，頭髮蓬亂懶得梳，臉上骯髒懶得洗，住的地方凌亂不堪。很多朋友嘲笑他，他也絲毫不在意。

有一天，一個朋友送給他一束鮮花。花的顏色潔白，生意盎然；他接了過來，覺得眼前一亮。

他靜靜的欣賞這束潔白的鮮花，覺得美極了，不知道該擺在哪裡好，於是想起了那個塵封已久的花瓶。

他找出花瓶以後，覺得花瓶太髒了，和這束鮮花不相稱，因此他先把花瓶洗淨擦乾，灌了些水，再把白色的花束插在花瓶裡。

花瓶放在哪裡好呢？桌上是一層塵埃，堆滿了雜物，擺上鮮花實在很不調和，於是他把桌子整理了一番，收拾得乾乾淨淨。

桌子收拾乾淨以後，他環顧屋內四周，很多地方蜘蛛結網，布滿塵垢，和桌上的鮮花成為強烈的對比，因此他開始清掃室內的環境。

室內整頓了以後，他鬆了一口氣，靠近窗口吹吹風，卻又看到庭院中雜草叢生。他覺得這樣也不妥，就到庭院裡，徹底清理四周的環境。

室內室外的環境都收拾清潔了，眼前煥然一新，他心中覺得無限舒暢。無意間，在鏡中發現自己蓬頭垢面、衣服不潔，和美麗的鮮花、整潔的環境很不相配，於是再把自己梳洗修飾一番。

一束潔白的鮮花，使他整個人和環境都更新了，美化了。這真是他當初所想不到的。（國編本國小國語課本第十一冊）

這篇文章共有九個小節，小節間的銜接，有好幾處應用到頂真修辭法。例如第三小節的末尾詞是「花瓶」，第四小節的開頭語「他找出花瓶以後」，便以「花瓶」的語詞當做兩小節的過渡橋梁；第四小節的末尾詞語是「花瓶裡」，第五小節的開頭語就以「花瓶」當過渡橋梁；第六小節開頭語「桌子收拾乾淨以後」的「桌子收拾乾淨」詞語，承接了第五小節末句中「於是他把桌子整理了一番，收拾得乾乾淨淨」的重要語詞；第七小節開頭語「室內整頓了以後」的「室內」語詞，跟前一小節末尾的「室內的環境」的「室內」語詞相同。這樣的頂接，也是「段間頂真」，只不過跟傳統修辭學的頂真法「必須是上句的末尾字做下句的開頭詞語」不同，但是從性質上來看，這當然也應歸於頂真的修辭法。可以說，這種發展出來的頂真形式，屬於應用的創新。

三、頂真的原則

黃慶萱對頂真的使用，提出「橋梁、和諧、緊湊、趣味」的四項原則。沈謙提出了「首尾蟬聯，上遞下接」、「節奏緊湊，音律和諧」、「為情造文，文質合一」的要求。成偉鈞等提出運用頂真應注意的是：「要對所表現的若干事物之間的關係有清楚的認識，然後加以巧妙的組織、安排。其次，上頂下接的詞、詞組、句子的概念必須相同。此外，要根據內容需要，不要僅僅追求形式而濫用頂真，變成一種文字遊戲。」以上諸家的見解都很寶貴，可供我們應用的參考。現在綜合以上見解，提出兩件應用原則於後：

(一)頂真的使用，要根據文意或布局的需要

使用頂真，目的是使上下語句或段與段間的文意，銜接得自然、緊湊；形式蟬聯得天衣無縫，以增進語文的表達效果。如果符合這些要件，便是好的頂真。例如黃永武在《字句鍛鍊法》書中舉的荊軻刺秦王的例子：

秦王謂軻曰：「取舞陽所持地圖。」軻既取圖奏之。秦王發圖，圖窮而匕首見。因左手把秦王之袖，而右手持匕首揕之。未至身，秦王驚，自引而起，袖絕；拔劍，劍長，操其室。時惶急，劍堅，故不可立拔。荊軻逐秦王，秦王環柱而走。……卒惶急，不知所為。左右乃曰：「王負劍！」負劍，遂拔以擊荊軻，斷其左股。荊軻廢，乃引其匕首以擿秦王，不中，中銅柱。秦王復擊軻，軻被八創。（司馬遷：史記・刺客列傳）

黃永武說：「這一節中，用『圖』字頂『圖』字；用『劍』字頂『劍』字；用『秦王』頂『秦王』；用『負劍』頂『王負劍』；用『中』字頂『中』字，這緊張的五處，都是頂真格，文句踵接，使劍及屨及的迫促情景，宛然如見，教人心驚不已。」這樣的應用頂真，內容與形式結合吻密，符合文意與布局的需要，便是好的頂真。

如果只為了能應用上頂真修辭法，不管文意或布局是否需要，那就不是好的頂真格。例如董季棠在《修辭析論》書中舉的例子：

桃花冷落被風飄，飄落殘花過小橋。橋下金魚雙戲水，水邊小鳥理新毛。毛衣未溼黃梅雨，雨滴紅梨分外嬌。嬌姿常伴垂楊柳，柳外雙飛紫燕高。高閣佳人吹玉笛，笛邊鸞線掛絲絛。絛結玲瓏香佛手，手中有扇望河潮。潮平兩岸風帆穩，穩坐舟中且慢搖。搖入西河天將晚，晚窗寂寞歎無聊。聊推紗窗觀冷落，落雲渺渺被水敲。敲門借問天臺路，路過西河有斷橋。橋邊種碧桃。（白雪遺音選・桃花冷落）

董季棠批評這首詩：「看它每句頂真——似乎十分工巧，其實它只是為頂真而頂真，沒有意義的一首歌。前面寫桃花流水，紅梨嬌姿，佳人吹玉笛；後面寫舟中遊子，冷落無聊，借問天臺路。沒有一個中心主題，不表現一種意義，隨意轉接，即使再『頂真』百句也不難。」由董教授的評論可以知道，這種只為了頂真，不管文意是否合邏輯、形式是否需要，並不值得提倡。

㈡頂接的詞語句，語意應相同

使用頂真修辭法，由於為了使前後語意自然而緊湊地銜接，以及強調和補充頂接詞的語意，因此充當頂接的字詞語句，語意應力求相同。例如前述荊軻刺秦王中的頂接詞語「圖、劍、秦王、負劍、中、軻」等，上下句中的語意相同，這是好的頂接詞語。而前述《白雪遺音選・桃花冷落》的「水邊小鳥理新毛」及「毛衣未溼黃梅雨」等兩句，頂接詞的「毛」字，上句指鳥的羽毛，下句指毛線的毛，字形、字音相同，語意不同，便不是好的頂真方式。

習題

一、何謂頂真修辭法？頂真修辭法分為哪三類？能否舉例說明？

二、宋玉〈登徒子好色賦〉的詩句：「天下之佳人，莫若楚國；楚國之麗者，莫若臣里；臣里之美者，莫若臣東家之子。東家之子，增之一分則太長，減之一分則太短，著粉則太白，施朱則太赤；眉如翠羽，肌如白雪，腰如束素，齒如含貝。嫣然一笑，惑陽城，迷下蔡。然此女登牆闚臣三年，至今未許也。」這段詩句，何處用到頂真修辭法？其用的是哪一類型的頂真？全段除了用到頂真修辭法外，還兼用到哪一種修辭法？請舉例說明。

第二十三章　回文修辭法

日常生活裡，我們常常可以聽到或看到：「我為人人，人人為我」、「喝酒不開車，開車不喝酒」、「針不離線，線不離針」、「當爐不怕火，怕火不當爐」、「疑人不用，用人不疑」、「我泥中有你，你泥中有我」等等語句。這些語句，前後句的詞語回環往復。這種語句，便是回文句。

一、回文的定義與作用

什麼是回文呢？回文修辭法的定義有兩種。一種是認為回文和回環不同，回文句的上下句能順讀也能倒讀。例如「我為人人，人人為我」的句子順讀、倒讀都有意思，便是回文。贊成這種說法的有黎運漢、王德春、譚永祥、史塵封、黃麗貞等人。例如黎運漢在《現代漢語修辭學》中說：「回環和回文雖然都是利用回環往復來增強修辭效果，但『回文』以字為單位，順讀、倒讀都可成文，而『回環』則是以詞或詞組為單位，利用詞或詞組的回環往復才能成文。『回文』必須依次回讀，而『回環』有的依次回環，更多的是錯綜回環。」史塵封說：「根據漢語沒有嚴格形態變化和漢語詞彙的強大自由離合力特點，構成既可以正序順讀，也可以反序逆讀的語句。這種修辭格，稱之為回文。」而「運用詞的前後交錯、循環往復的方法，構成前後勾連回旋往復的語句形式，這種修辭格，稱之為回環。」

另一種是把回環併合在回文修辭格裡。例如陳望道、黃永武、黃慶萱、徐芹庭、沈謙、董季棠、曹毓生、黃民裕、成偉鈞、張春榮等人的主張。首先提出「回環」修辭格的人是張弓教授。他於一九二六年在他的《中國修辭學》一書中提出來。陳望道於一九三二年出版的《修辭學發凡》一書，並沒有為「回環」獨立設格，而把它併在「回文」修辭格裡去。陳望道說：「回文也常寫做迴文，是於轉品之外，極求詞序有迴環往復之趣的一種措辭法。……《老子》一書，便有不少的例子。如：『知者不言，言者不知』、『信言不美，美言不信』。」黃慶萱說：「語文的上下兩句，詞彙大多相同，而詞序恰好相反的修辭法，叫做『回文』。」曹毓生說：「回文又叫回環，就是上一句的結尾詞語做後一句的起頭，這樣上傳下接，而最後一句的結尾詞語又是第一句的起頭。」成偉鈞編的《修辭通鑑》說：「回文即運用詞序回環往復的語句，表現兩種事物或情理的相互關係，也稱回環。」

以上兩種回文修辭的定義，前一種把「回文」限定在以「字」為單位，要求順讀、倒讀皆通，這是嚴格式的回文定義。而後一種以詞、語為單位，根據相同詞語，不同語序來組織文句，屬於寬式的回文定義。根據發展和應用來說，寬式的定義涵蓋較廣。現在綜合兩派，試為「回文」修辭法下個這樣的定義：「說話或作文，前後的語句回環往復，不管是以字為單位，順讀、倒讀皆能成文；或者以詞語為單位，詞彙大多相同，而詞序相反，都是回文修辭法。」

應用回文修辭法的作用有兩點：

(一)可以構成回環往復的形式美，並增進語文的情趣

回文修辭法的特點就是字詞語句的循環，因此應用回文修辭法寫出的句子，便有回環的形式美，以及語文的情趣。例如前述的「喝酒不開車，開車不喝酒」的交通標語，形式上是「對偶」語句，寫作的時候，卻用了「回文」的技巧。上句由「喝酒」、「不」、「開車」等詞語構成，下句也由「喝酒」、「不」、「開車」的詞語組成，只不過下句的詞序跟上句顛倒而已。像這樣的語句，有回環往復的形式美，唸起來也有他鄉遇故知的親切感。其他如前述的「當爐不怕火，怕火不當爐」；或是後人評論王維詩畫的語句：「詩中有畫，畫中有詩」，都是富有形式美和語文情趣的語句。

(二)可以簡潔地表現事物間的相互關係

應用回文修辭法表達事物，由於為了詞語的回環往復，因此語言講求言簡意賅，並能把握事物間的相互關係。例如：

學而不思則罔，思而不學則殆（論語・為政篇）

這句話中，「學而不思」、「思而不學」的詞序相反，屬於「回文」法的應用。這種寫法，把為學應「學」和「思」並重的相互關係，言簡意賅的表現出來。再如：

信言不美，美言不信。善者不辯，辯者不善。知者不博，博者不知。（老子・第八十一章）

這句話中，敘述真實的話不悅耳，悅耳的話不真實；善良的人不必為自己辯護，為自己辯護的未必是善良的人；有智慧的人知識並不見得廣博，知識廣博的人不見得有智慧。這三句話中，每句話的詞序相反，每句話的意義是相對的關係。這種回文句，也是簡潔地表現事物間的相互關係。又如張春榮在《一把文學的梯子》書中舉的例子：

小生命的無告無助令人心疼，子女一天天成長，學會應付環境，令人安慰。這種心情，要等到你們將來有了子女，才能真切體會。子女是牽累，牽累中必有苦惱掛慮；但沒有牽累，人生又不免空虛。擺脫牽累得到的是空虛，而填補空虛的正是牽累。人生是矛盾又滑稽，總之是荒謬。（何懷碩：寫給長大後的女兒）

這段話中，「擺脫牽累得到的是空虛，而填補空虛的正是牽累」這句話是應用回文修辭法寫出的句子。張春榮說：「『牽累』、『空虛』互為因果。」這就說出它們間的相互關係。這句回文句，也是簡潔地表現出事物間的關係。

二、回文的種類

由於回文的定義不一樣，因此回文的分類也不一樣。史榮光在〈回文溯源〉中將它分為：「一句頂一句的雙句回文、語段回文、通篇反序逆讀」等三種。史塵封分為「句子回文、段闋回文、篇章回文」等三種。黃麗貞分為：「雙句回文、段闋回文、通篇回文、器皿旋繞回文」等四種。沈謙分為：「嚴式回文、寬式回文」等兩種。現在採用沈謙的分類法，將回文分為嚴式回文和寬式回文兩大類，然後於各大類中，再參考他人分類法，分出幾個小類。

㈠嚴式回文

嚴式回文指的是以字為單位，上句依序倒過來唸，即為下句；或是順著文句，從中取出任一字當開頭，順時針方向唸，也可以組成新文句。例如沈謙說：「如蘇東坡〈菩薩蠻〉的『離別惜殘枝，枝殘惜別離』，上句依序倒讀，即為下句。甚至整首詩，整段文字都可以依序倒讀。」這種回文，可以分成以下幾個小類：

1. 順向回文：順向回文指的是順著文句由上而下，或是由右而左等方向進行的回文。例如王勤說：「有人在茶壺蓋上寫了「可以清心也」等五個字，這五個字從任何一個字開始唸，都可以成句。如：⑴可以清心也。⑵以清心也可。⑶清心也可以。⑷心也可以清。⑸也可以清心，等。」這就是順向回文。再如漢朝蘇伯玉妻的〈盤中詩〉也是順向回文（如左圖）。

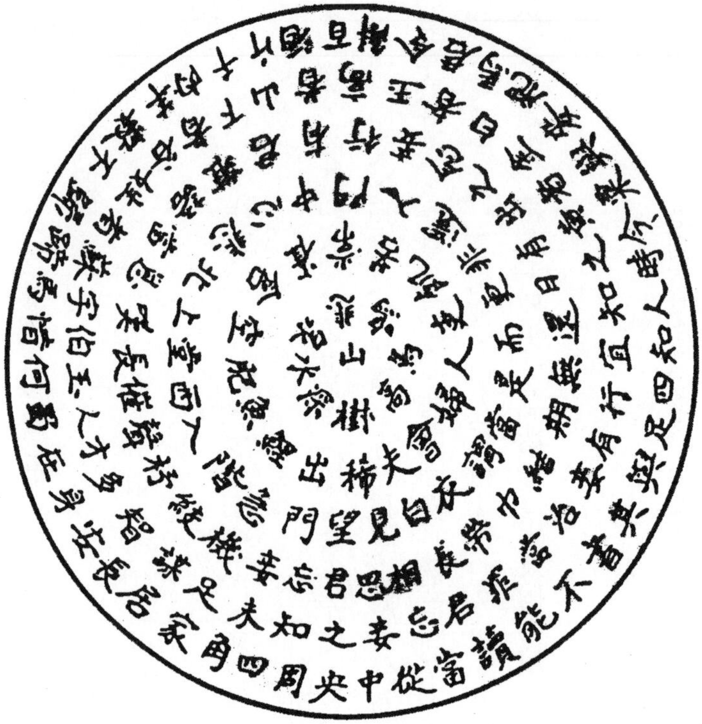

漢蘇伯玉妻〈盤中詩〉圖

這首盤中詩，從中心點的「山」字讀起，然後接第二圈的「樹」字，再向右轉接「高」字，成為「山樹高，鳥鳴悲，泉水深」的文句，再接第三圈的「鯉」字向左轉。就這樣右轉左轉一直到外圓四處。有些修辭學家認為，這種回文，屬於「文字遊戲」，不應列為回文。

2. **逆向回文**：逆向回文指的是把句、段或篇末的最後一個字當首字，然後逆向的作出句、段、篇的詩文來。這種形式的語文，便是逆向回文。常見的種類有三種。

(1)逆向句子回文：這是把前一句的後一個字當首字，然後逆向作出句子的回文。例如沈謙舉的例子：

客上天然居，居然天上客。（乾隆、紀曉嵐：題天然居酒樓）

人過大佛寺，寺佛大過人。（紀曉嵐：題香山大佛寺）

沈謙說：「這兩個辭例是回文對。清代北京有酒樓名曰『天然居』，相傳乾隆皇帝為此作對子只作了上聯『客上天然居』，下聯苦思不得。後紀曉嵐用『回文』作了下聯『居然天上客』。對聯通常以平聲收尾，這個對聯下聯末字為仄聲，是對聯中的變例，但弦外回音，頗饒妙趣。至於『人過大佛寺，寺佛大過人』則為紀曉嵐遊北京西郊香山大佛寺而作。也有人將此二聯合為一聯。」

再如大陸雷峰塔名勝地的詩句，也是逆向句子回文：

紅日落高峰，峰高落日紅。（雷峰塔對聯）

(2)逆向段落回文：這是把段末的最後一個字當首字，然後逆向作出一個段落來。例如史塵封舉的例子：

馬趁香微路遠，沙籠月淡煙斜。渡波清澈映妍華，倒綠枝寒凰挂。
挂凰寒枝綠倒，華妍映澈清波渡。斜煙淡月籠沙，遠路微香趁馬。（蘇軾：西江月・詠梅）

這段詞中，上下兩闋，下闋是根據上闋的末尾字當首字而作出的。這樣的作法，就是逆向段落回文。

(3)逆向篇章回文：這是把全詩文的最後一個字當首字，然後逆向作出另一篇詩文來。例如：

枯眼望遙山隔水，往來曾見幾心知？壺空怕酌一杯酒，筆下難成和韻詩。途路阻人離別久，訊音無雁寄回遲。孤燈夜守長寥寂，夫憶妻兮父憶兒。（宋朝李禺：丈夫尋妻詩）

這首詩是丈夫尋妻詩。如果把詩的最後一個字當首字而逆向寫出，可以變成「妻憶夫」的詩：

兒憶父兮妻憶夫，寂寥長守夜燈孤。遲回寄雁無音訊，久別離人阻路途。詩韻和成難下筆，酒杯一酌怕空壺。知心幾見曾來往？水隔山遙望眼枯。

(二)寬式回文

寬式回文指的是以詞語為單位，只要句段的首尾相同，回環往復，中間詞語相同或不同都可以。沈謙說：「如『時代考驗青年，青年創造時代』，前一句的結尾，用作後一句的開頭，後一句的結尾又重複前一句的開頭，中間字句略有彈性。」這種回文法，可以分成以下幾個小類：

1. **寬式句子回文**：這是指前一句的結尾詞語，用作後一句的開頭，後一句的結尾詞語重複前一句的開頭詞語；中間或前後補充的詞語，可以相同，也可以不同。例如：

話說天下大勢，分久必合，合久必分。（三國演義・第一回）

這句話中「分久必合」的下一句不是「合必久分」，而是「合久必分」。「分久必合」的末一個「合」詞，當作下一句「合久必分」的開頭；「合久必分」的結尾詞「分」字，又重複前一句的開頭詞，中間的「久必」兩字相同。這是寬式的句子回文。再如：

臣無祖母，無以至今日；祖母無臣，無以終餘年。（李密：陳情表）

這兩個複句中，「臣無祖母」跟「祖母無臣」是回環往復的句子回文。兩個回文句中間及後面，還夾了「無以至今日」、「無以終餘年」的詞語。這也是寬式的句子回文。其他如以下的句子，也都屬寬式的句子回文：

子夏曰：「學而優則仕，仕而優則學。」（論語・子張篇）

日往則月來，月往則日來。
寒往則暑來，暑往則寒來。（周易・繫辭下）

由儉入奢易，由奢入儉難。（司馬光：訓儉示康）

聞名不如見面，見面不如聞名。（水滸傳・第二回）

真人不露相，露相不真人。（金瓶梅・第六十九回）

國語的文學，文學的國語。（胡適）

他們那種快活勁兒，真叫人喜歡。「我喜歡他們，他們喜歡我。」（艾蕪：屋裡的春天）

2.寬式段落回文：這是指兩段間句子的回環往復，中間可以相同，也可以不同。例如：

說是寂寞的秋的清愁，
說是遼遠的海的相思。
假如有人問我的煩憂，
我不敢說出你的名字。

我不敢說出你的名字，
假如有人問我的煩憂。
說是遼遠的海的相思，
說是寂寞的秋的清愁。（戴望舒：煩憂）

這兩段詩，前一段的末句「我不敢說出你的名字」當後一段的開頭；後一段的末句「說是寂寞的秋的清愁」，重複前一段的開頭；中間句子也回環往復，這是寬式的段落回文。

三、回文的原則

黃慶萱在《修辭學》書中列出應用回文的三個原則：⑴回文應力求簡潔；⑵回文應講究變化；⑶回文應保其天趣。沈謙在《修辭學》書中列出兩個原則：⑴回環往復，情味盎然；⑵適度變化，保其天趣。現在參考二位意見，列出以下三個原則：

㈠回文應力求語句簡潔、有味

回文的特性是前後語句回環往復。由於這個特性，寫作回文語句的時候，應力求簡潔，並具有情味。例如前述紀曉嵐題香山大佛寺「人過大佛寺，寺佛大過人」的回文句，詞語回環往復，簡潔有力，語意富有耐人尋味的哲理情趣。再如：

只要是笑眼瞧著酒杯中，杯中的笑眼相回瞧！（劉復：茶花女中飲酒歌）

這句話的語意是我們笑臉對他人，他人也笑臉對我們。這種把人我相互的因果關係，應用回文方式寫出，除了語句簡潔、有力外，再由於語詞回環往復的圓周性，使人覺得富有情味。

㈡回文應適度變化，拓寬語意

黃慶萱說：「如何使『回文』避免『圓形』之僵硬而趨向『自由曲線形』之活潑自然，講究變化便是不二法門。」沈謙說：「運用回文，必須『遊於藝』。單純講究形式而忽略了內涵，往往流於寡情乏趣的文字遊戲。」由二家的意思可知，應用回文不應該拘束於順讀、倒讀皆成文的狹義看法，而應該注意符合詞語回環往復的形式下，酌予變化，以增強內容的情意。

例如下列句子：

讀書不忘救國，救國不忘讀書。（蔡元培）

這句話的上句是「讀書不忘救國」，如果採用狹義的順讀、倒讀的原則來作下句。則變成「國救忘不書讀」，那就語言不通，枯燥乏味。蔡元培將上句字序略加變化，便造成含義深遠的語意了。

㈢應辨析作出的回文句，內容是否妥切

應用回文修辭法，除了考慮形式是否符合「回文」特性外，也應注意內容是否妥切。例如「動中有靜」的下一句，如果依照嚴式回文形式，寫作「靜有中動」的句子，內容便不知所云，那就不是好句子。變化為「靜中有動」，便覺得妥切易懂。再如老子說的：「禍兮福所倚，福兮禍所

伏」的句子，「禍兮福」和「福兮禍」的詞語，符合回環往復的特性，但是意思不清楚。加上「所倚」、「所伏」的說明，於是福與禍的對立關係，獲得統一，意思也就更深入。再如：「財富非永久的朋友」的下句，如果依照回環往復的要求：寫作「朋友非永久的財富」，句意雖然也可以瞭解，但是並不是好的內容。如果改變為「朋友才是永久的財富」，則內容更為積極向上。因此，使用回文修辭法仍應辨析作出的回文句，內容是否妥切、深入？

習題

一、何謂回文修辭法？回文修辭法分為哪兩大類？

二、有個餐廳，掛著「友朋小吃」的橫式招牌，結果顧客中的小朋友，有人不敢進餐廳。有個水電行的廣告，橫題著「包不漏水」的標題，結果有的人不敢上門。這樣的招牌或廣告詞，題得好不好？為什麼？

三、蘇東坡〈少年遊〉：「去年相送，餘杭門外，飛雪似楊花。今年春盡，楊花似雪，猶不見還家。」

詩中「雪似楊花」與「楊花似雪」是回文修辭句。這兒應用回文修辭法來抒情，有何妙處？

第二十四章 鑲嵌修辭法

在日常語言裡，有人不說「兼差」，而說「兼個差」；不說「謀官職」，而說「謀個一官半職」。這兒的「個、一、半」等無關緊要的字都可以省去，但是說話的人卻把它留下來，主要是為了拉長詞語，使語氣舒緩。這是鑲嵌修辭的鑲字法。再如寺廟、店舖的對聯，常用到鑲嵌修辭法。例如臺北市內湖區的圓覺寺對聯：

圓照十方萬類早登菩提路
覺醒三世四生即入般若門

這副對聯，把「圓覺」的寺名嵌在上下聯的首字。對聯裡除了勸化眾生進入佛門外，還暗示了圓覺寺是佛門的好地方。再如圓覺寺旁的福德正神祠的對聯：

福。而有德。千家祀
正。則為神。萬人尊

這副對聯，把「福德正神」四個字嵌在上下聯中。對聯裡除了強調「有德」及為人「正直」將受千萬人的尊敬、祭祀外，還暗示這間祠堂是土地公福德正神祠。這些都是應用了鑲嵌修辭法。

一、鑲嵌的定義與作用

什麼是鑲嵌修辭法呢？黃慶萱說：「在詞語中，故意插入數目字、虛字、特定字、同義或異義字，來拉長文句的，叫做鑲嵌。」史塵封說：「故意將一個詞語拆開並鑲填進去別的詞，從而構成一個新詞，並使之產生新的語義或情趣。這種修辭格，我們稱之為鑲嵌。」成偉鈞主編的《修辭通鑑》記載：「鑲嵌即在某個詞語裡插進幾個別的詞，以延長其音節或者以此暗示另一種意義。被拆開的詞語叫「本語」，插入的詞叫鑲詞。」以上諸家的定義，有的較具體，有的較簡潔，都有可取之處。綜合上面說法可知，在某個詞語裡，故意插入虛字、數字、實字、特定字、同義或異義字，以延長其音節或暗示另一種意義的，叫做鑲嵌修辭法。

鑲嵌修辭法的應用，有以下三個作用：

㈠可以延長詞語音節，使語意更為清楚

例如前面提過的「謀官職」，應用鑲字法說成「謀個一官半職」，由於詞語音節延長，語意自然也較清楚。再如蘇雪林的「島居漫興」文中的句子：「園中的一花一木，一亭一榭，無不像一部讀得爛熟的書一般，了然於心目。」這段句子裡，「園中的花木、亭榭」，說成「園中的一花一木，一亭一榭」，使「花木」、「亭榭」的詞語音節延長，每株花木，每個亭榭的語意，也就顯得更為清楚。

㈡可以加強語意或和緩語氣

例如白居易的「琵琶行」，敘述夜晚聽到有人彈琵琶，於是移船邀請琵琶女演奏音樂。白居易的詩句：「移船相近邀相見，添酒回燈重開宴。千呼萬喚始出來，猶抱琵琶半遮面。」詩中「千呼萬喚始出來」的詩句，在「呼喚」前鑲了「千」和「萬」的字，除了強調「呼喚」琵琶女出來演奏的不容易外，「千呼萬喚」的詞語，也比「呼喚」的詞語，語氣和緩。

㈢可以使語意委婉，並使語言富有情趣

例如江西宜春市宜春臺名勝地的對聯：

宜畫宜詩，看如此江山，應封帝子

春來春去，歷幾多興廢，又建高臺

此對聯中，上聯的一、三字嵌了「宜」字，下聯的一、三字嵌了「春」字；而下聯的最後一字嵌了「臺」字。合起來，便暗示了這是「宜春臺」的名勝地。這樣的應用鑲嵌法，語意委婉，語言也富有情趣。再如諸葛亮的〈出師表〉：

先帝創業未半，而中道崩殂。今天下三分，益州疲敝，此誠危急存亡之秋也。然侍衛之臣不懈於內，忠志之士忘身於外者，蓋追先帝之殊遇，欲報之於陛下也。誠宜開張聖聽，以光先帝遺德，恢宏志士之氣；不宜妄自菲薄，引喻失義，以塞忠諫之路也。宮中、府中，俱為一體，陟罰臧否，不宜異同。若有作姦犯科，及為忠善者，宜付有司，論其刑賞，以昭陛下平明之治；不宜偏私，使內外異法也。

這段句子裡的「此誠危急存亡之秋」及「陟罰臧否，不宜異同」，屬於鑲嵌修辭中的「配字」應用。沈謙在《修辭學》書中評這兩處配字說：「危急存亡之秋，存亡，亡也，存係配字。不宜異同，異同，異也，同係配字。存、同，無取其義，只取其聲以舒緩語氣，淡化語意。如不用配字，將句子改成『危急覆亡之秋』、『不宜有異』就欠委婉了。尤其臣下對君王說話，必須委婉，不宜直言指斥。」由沈教授之分析可知，諸葛亮在這語句裡應用鑲嵌修辭法，可使語意委婉，也可使語言富有情趣。

二、鑲嵌的種類

陳望道把鑲嵌分為鑲字和嵌字兩類。另外，他把兩個並列或對待的雙音詞，間錯開來用的拼字法，認為這是介在鑲嵌之間的一體。如陸游〈游山西村〉詩句中「山重水複疑無路，柳暗花明又一村」的「山重水複」詞語，陸游不作「山水重複」，卻寫「山重水複」，便是把「山水」和「重複」這兩個雙音詞間錯開用的拼字法。王德春主編的《修辭學詞典》，即根據這個說法，把鑲嵌細分為鑲字、嵌字、拼字等三類。

史塵封將鑲嵌修辭法分為凝聚式鑲嵌和分散式鑲嵌。凝聚式鑲嵌指的是以一個詞語為骨幹，穿插進去一兩個實詞或虛詞，從而構成一個新的詞語。例如：

> 襲人此時更難開口，住了兩天，細想起來：「哥哥辦事不錯，若是死在哥哥家裡，豈不害了哥哥呢？」千思萬想，左右為難，幾乎牽斷，只得忍住。（紅樓夢・第一百二十回）

這句中的「千思萬想」詞語，「思想」一詞是骨幹，插入「千」和「萬」兩個實詞，成為一個詞語，便是凝聚式鑲嵌。分散式鑲嵌指的是以被穿插的詞為準，分別穿插在幾個句子中，被穿插的這幾個詞，組成一個新詞語。例如：

蘆花灘上有扁舟
俊傑黃昏獨自遊
義到盡頭原是命
反躬逃難必無憂（水滸傳・第六十回）

作者把「蘆、俊、義、反」四字，分別穿插在每句首字，被穿插的這四個字，組成「盧俊義反」的新詞語（其中蘆字為盧的諧音雙關字）。「盧俊義反」這個詞語的各個語素，在詩中處於分散狀態，這就是分散式鑲嵌。

譚永祥把鑲嵌分為暗示性和顯示性兩類。暗示性的鑲嵌指的是鑲嵌在句子裡的字詞，必須合起來才能反映出真正的意思。這一類的內容，如陳望道的「嵌字」類，史塵封的「分散式鑲嵌」。顯示性的鑲嵌指的是鑲嵌在句子裡的字詞，本身就能反映出真正的意思。例如清末民初的康有為輓譚嗣同（字復生）的一副名聯：

復生，不復生矣，
有為，安有為哉？

譚永祥說：「這副輓聯，兩次點出譚復生和康有為的名字。上聯對痛失戰友表示了無限的悲痛和惋惜；下聯反躬自問，對戰友從容就難，自己束手無策，表示了深深的自責。」這種鑲嵌在句子裡的詞語，本身就已反映出真正的意思，這是顯示性的鑲嵌。

成偉鈞等的《修辭通鑑》，把鑲嵌分成夾字鑲嵌、交錯鑲嵌和藏頭鑲嵌等三種。夾字鑲嵌即一般所說的鑲字。交錯鑲嵌就是將兩個並列或對待的雙音詞，間錯開來用的拼字法。例如吳敬梓《儒林外史》的句子：「兩個丫頭川流不息的在家前屋後的走，叫得太太一片聲響。」這兒「家前屋後」是由「家屋」與「前後」雙音詞鑲嵌而成。本語是「家屋前後」是一個偏正結構，而經過交錯鑲嵌之後，則變成「家前」與「屋後」兩個偏正結構而構成的聯合詞組。藏頭鑲嵌如前述史塵封的「分散式鑲嵌」。

黃慶萱在《修辭學》書中把鑲嵌分為鑲字、嵌字、配字、增字等四類。

以上各家的分類，有的分為二類，有的分為三類，有的分為四類。黃慶萱教授的分類，包含了以上各家的見解，並有自己的創見。現依黃教授的分類法，把鑲嵌分為鑲字、嵌字、類字、增字等四類，並舉例說明於下：

(一)鑲字

鑲字就是史塵封所說的「凝聚式鑲嵌」，譚永祥所說的「顯示性鑲嵌」，成偉鈞等所說的「夾字鑲嵌」。這是故意用幾個無關緊要的字，插入有實際意義的字裡，以延長音節或加重語意的修辭法。例如前述《紅樓夢》中敘述襲人「千思萬想」的詞語。作者把無關緊要的「千、萬」等數目字，插入有實際意義的「思想」詞裡，成了「千思萬想」的新詞語，便是鑲字。

鑲字所鑲的字，可以鑲虛字，也可以鑲數目字及其他的實字。其中鑲虛字和數目字的最為常見。

在鑲加虛字上，例如不說「奇怪」，而說「奇哉怪也」，加了「哉、也」的虛字。再如：

他們不過奉官差遣，打殺他也覺冤哉枉也。（張南莊：何典卷九）

陳望道認為在「冤枉」兩字上鑲了「哉、也」兩字，這是鑲加虛字的鑲字。陳望道又對一般口語中常說的：「他也不過是個平者常也的人」這句話分析。他認為在「平常」兩字上面鑲上「者、也」兩字，使成為「平者常也」，這也是鑲加虛字的鑲字。黃慶萱對鑲加虛字部分，舉了〈詩大序〉的例子：

詩者，志之所之也，在心為志，發言為詩。情動於中，而形於言；言之不足，故嗟歎之；嗟歎之不足，故詠歌之；詠歌之不足，不知手之舞之，足之蹈之也。

這個句子中「手之舞之，足之蹈之」的本語是「手舞足蹈」，現在於各字下，各加一個「之」的虛字，拉長了詞語章節，也加強了語意。

在鑲加數目字上，陳望道、黃慶萱等兩位，舉了不少例子。例如：

林之洋鬍鬚早已燒得一乾二淨。（鏡花緣・第二十六回）

索性給他一不做二不休罷！（鏡花緣・第三十五回）

孝子事親，一夕五起。（尸子・君治篇）

尼亞哥拉大瀑布根本不在七彎八拐的山裡，它浩浩蕩蕩，洋洋灑灑，數千英尺之寬，全無遮攔。（鍾梅音：屬於詩人的）

我這位乾小姐呀！實在孝順不過，我這個老朽三災五難的，還要趕著替我做生日。（白先勇：永遠的尹雪艷）

以上做記號的數目字，都是為了拉長音節，加強語意的鑲字。鑲無關緊要的其他實字也有。例如不說「滑稽」而說「滑天下之大稽」；不說「歡喜」，而說「歡天喜地」；不說「油滑」，而說「油頭滑腦」。其中的「天下、大、天、地、頭、腦」等字詞，都是無關緊要的實字。

(二)嵌字

嵌字就是史塵封所說的「分散式鑲嵌」，譚永祥所說的「暗示性鑲嵌」，成偉鈞等所說的「藏頭鑲嵌」。黃慶萱說：「故意用幾個特定的字來嵌入語句中，叫做嵌字。」例如前述《水滸傳》第六十回的詩句，所嵌入的「盧俊義反」四字。

嵌字依特定字嵌入的位置，可分為：嵌在語句前、語句中、語句後、語句前後、語句前中後等方式。

嵌在語句前的，有的叫它「鶴頂格」。例如：

> **虞**兮奈何，自古紅顏多薄命
> **姬**耶安在，獨留青塚向黃昏（靈壁縣虞姬墓聯）

這兒把項羽寵愛的虞姬名號嵌在上下對聯句子前，這是語句前的嵌字。再如：

> 人生的情緣，正像是打開四面的窗，讓蝴蝶飛進來而看清蝴蝶的真面目，在白紙片飛進的時候，也照見紙片的真相。**春**天看見花開，**夏**日看見陽光，**秋**夜看見月明，**冬**寒時節則看見好雪片片。（林清泉：以有情覺有情・自序）

這兒把「春、夏、秋、冬」表整年的四個特定字，嵌在每個分句的第一個字上。這也是語句前的嵌字。

嵌在語句中的，有的叫它「蜂腰格」。例如蔡鍔送給小鳳仙的對聯：

此地之鳳。毛麟角
其人如仙。露明珠

這兒小鳳仙的「鳳仙」二字，分別嵌在上下聯的中間，這是嵌在語句中的嵌字。再如承德市避暑山莊松鶴齋的對聯：

青松。蟠戶外
白鶴。舞庭前

這兒松鶴齋的松鶴二字，分別嵌在上下聯的中間。

嵌在語句後的嵌字，有的叫它「鳳尾格」。例如浙江杭州西湖岳墳前秦檜夫婦跪像聯：

人從宋後羞名檜。
我至墳前愧姓秦。

這副對聯，把「秦檜」二字分別嵌在上下聯的末字。再如贊成國父國民革命，反對康有為保皇黨的章太炎，諷刺康有為的對聯：

國之將亡必有。
老而不死是為。

這副對聯，把康有為的名字「有為」二字，嵌在上下聯末尾，這是語句後的嵌字。這副對聯同時也用了藏詞法中的藏尾法，罵康有為是妖孽，是賊。

嵌在語句前後的，有的叫它「拆嵌格」。例如：

史鑑流傳真可法。
洪恩未報反成仇。（門冀華：實用對聯集成）

這副對聯，把史可法、洪承疇的姓名拆開，分嵌在語句的首末，而「承疇」二字，以諧音字「成仇」代替。

嵌在語句前中後的嵌字，例如西安蓮湖公園的「奇園茶社」的對聯。

奇乎？不奇，不奇亦奇！
園耶？是園，是園非園。

這副對聯，把「奇、園」二字，嵌入對聯的前中後位置。

㈢增字

黃慶萱說：「增字是同義字的重複。目的也在拉長音節，使語氣更為完足，使語意益加充實。」黃慶萱舉的古書例子，例如《左傳．成公十三年》的「申之以盟誓」；《後漢書．孔奮傳》的「身處脂膏，不能以自潤，徒益辛苦耳」；《左傳．襄公三十一年》的「門不容車，而不可踰越」等句子說：「盟誓、脂膏均為名詞。盟即誓，脂即膏。」這兒「申之以盟」或「申之以誓」，意思已通，但是左傳卻寫為「申之以盟誓」，讓同義字的盟、誓重複，這就是鑲嵌修辭法中的增字形式。至於「踰越」二字，黃慶萱說：「踰即越。」這也是增字的應用。

沈謙也舉了許多古今書上的增字例子。例如：

先帝創業未半，而中道崩殂。（諸葛亮：出師表）

夏四月戊午，晉侯使呂相絕秦，曰：「昔逮我獻公及穆公相好，戮力同心，申之以盟誓，重之以昏姻……文公躬擐申胄，跋履山川，踰越險阻，征東之諸侯，虞夏商周之胤，而朝諸秦，則亦報舊德矣。

「無祿，文公即世。穆為不弔，蔑死我君，寡我襄公，迭我殽地，奸絕我好，伐我保城，殄滅我費滑，散離我兄弟，撓擾我同盟，傾覆我國家。……」（左傳・卷上成公）

此地有崇山峻嶺，茂林修竹，又有清流激湍，映帶左右。引以為流觴曲水，列坐其次；雖無絲竹管絃之盛，一觴一詠，亦足以暢敘幽情。（王羲之：蘭亭集序）

仕宦而至將相，富貴而歸故鄉。此人情之所榮，而今昔之所同也。（歐陽修：相州晝錦堂記）

他們的眼光，他們的胸懷，他們的抱負，是多麼遠大、寬廣、宏偉！（峻青：滄海賦）

以上的崩殂、盟誓、昏姻、跋履、踰越、殄滅、散離、撓擾、傾覆、絲竹與管絃、仕宦、胸懷、寬廣等各詞的組成，都是同義字的並列，目的也就是在拉長章節，使語氣更為完足。

(四)配字

黃慶萱說：「在語句中，用一個平列而異義的字作陪襯，只取其聲以舒緩語氣，而不用其義的，叫做配字。這種辭格，在楊樹達的《漢文文言修辭學》中，叫做『連及』；在傅隸樸先生的《修辭學》中，叫做『媵辭』。本書定名為『配字』，是採用黃季剛先生的說法。黃先生說：「古人文多用配字，如〈出師表〉『危急存亡之秋』，存字係配字；〈游俠傳序〉『緩急人所時有』，緩字係配字。配字和增字相似而實異：配字是異義字的連及，增字是同義字的重複；配字義無所取，增字義可並存。」黃教授的話，把配字的定義、由來說得很清楚。他也舉了許多配字的例子。例如：

禹稷當平世，三過其門而不入。（孟子：離婁下）

鄭，伯男也。（左傳・昭公十三年）

大夫不得造車馬。（禮記：玉藻）

幾番得失，我已失卻一切。（林懷民：變形虹）

土希兩國，歷史上的恩怨植根已深，累有衝突。（中央日報社論：隱憂重重的塞島問題）

以上例子中的「稷」是「禹」的配字，「男」是「伯」的配字，「馬」是「車」的配字，「得」是「失」的配字，「恩」是「怨」的配字。這兒的配字，只取它的字音來舒緩語氣，不用它的意義。

配字在現今的日常生活中也常出現。沈謙在《修辭學》書中也舉了以下的例子：

把某一件事褒貶得一文也不值。（梁實秋語）

度盡劫波兄弟在，相逢一笑泯恩仇。（魯迅語）

騎機車不戴安全帽，萬一有個好歹，叫家人怎麼過？

凡事豈能盡如人意？但求當下心安，只要做得有意義，毀譽在所不惜，又何必計較得失？

西線無戰事，戰場上一點動靜也沒有。

以上例子中，「褒」是「貶」的配字，「恩」是「仇」的配字，「譽」是「毀」的配字，「靜」是「動」的配字。

三、鑲嵌的原則

鑲嵌的使用原則，黃慶萱依據鑲嵌的四種類別，分別提出不同的原則：鑲字必須藉聲音的延長，完成強調的目的；嵌字必須藉文字的安排形成美好的辭趣；增字必須藉增加的文字加強意義的區別；配字必須藉正反的詞義構成委婉的語意。沈謙提出四項原則：強調語意、蘊藏巧義、音節和諧、語意委婉等。現在綜合來說，擇要提出下列兩項原則：

㈠應能加強語意

鑲嵌修辭法的類別裡，鑲字、嵌字、增字等類別，都有極明顯的加強語意的效果。例如「農民歡喜的慶賀豐收」的句子，在「歡喜」字上，鑲了「天、地」兩個實字，成為「農夫歡天喜地的慶賀豐收」，歡喜的語意便加強很多。再如〈木蘭辭〉的「東市買駿馬，西市買鞍韉，南市買轡頭，北市買長鞭」句子，把東西南北分別嵌在句子裡，主要是強調花木蘭如何積極的到處購買裝備，以代父從軍。再如李白的〈蜀道難〉的句子：「噫吁嚱，危乎高哉！」噫、吁、嚱等三字，都是同義的歎詞，現在應用增字法三字連用，加強了讚嘆的氣勢，這樣的使用便很好。至於配字方面，似乎有淡化語意的情形，不過，如果充分應用它的配字不取義的特性，也可以加強本字的語意。例如《左傳·昭公四年》「苟利社稷，生死以之」的句子，便比「苟利社稷，死以之」的語意強許多。因此，應用鑲嵌修辭法，首先應考慮能加強語意。

(二)應能增進情趣

使用鑲嵌修辭法，也應注意能增進情趣。例如民國初年，北洋軍閥曹琨賄賂國大代表，選上總統。全國關心國事的人，都非常忿憤。國學大師章太炎應用鑲嵌修辭法作了一首諷刺曹琨的對聯：

> 民猶是也，國猶是也，何分南北？
> 總而言之，統而言之，不是東西！

這副對聯把「民國何分南北，總統不是東西」的意思嵌在對聯中，不但表明了語意，而且富有文學的委婉情趣，增強了語意的感人。這種應用鑲嵌法表達，比直說「總統不是東西」的直接法，效果更好。因此，應用鑲嵌法，還得注意能增進情趣。

習題

一、鑲嵌修辭法的類別有幾種？請簡述之。

二、請利用嵌字法，把自己的名字嵌在自創的對聯裡。

三、請指出下列各句中的鑲嵌方式：

㈠你往哪裡去了？這早晚才來。（紅樓夢・第四十三回）

㈡這個其容且易。（張南莊：何典卷四）

㈢上摘星辰，旁飛日月

封彌雲雨，澤沛山河（湖南省衡山上封寺對聯）

㈣我看到歷史的倏忽和曩昔的煙霧。（葉珊：綠湖的風暴）

第二十五章 錯綜修辭法

李斯〈諫逐客書〉是一篇很有名的進諫文，它使秦王取消了逐客令。在〈諫逐客書〉裡，李斯敘述秦國歷屆國王任用客卿使國家富強的事。其中敘述秦惠王用張儀的計策，使國土擴張的例子是這樣寫的：

惠王用張儀之計，拔。三川之地，西并。巴蜀，北收。上郡，南取。漢中，包。九夷，制。鄢郢，東據。成皋之險，割膏腴之壤，遂散六國之從，使之西面事秦。（李斯：諫逐客書）

這段句子標註。記號的八個動詞，董季棠在《修辭析論》裡說：「都是『攻城略地』的意思。如果以同樣詞面疊用到底，在意義上也沒有什麼不通；但在詞面上就太重複呆板了。作者改換了八個詞面，使每一句話意義雖同，詞面各異，這樣就活潑多了。」董教授提的改換八個詞面的修辭技巧，就是錯綜修辭法「抽換詞面」的應用。

一、錯綜的定義與作用

什麼是錯綜修辭法呢？陳望道說：「凡把反復、對偶、排比或其他可有整齊形式，共同詞面的語言，說成形式參差，詞面別異的，我們稱為錯綜。」黃慶萱說：「凡把形式整齊的辭格，如類疊、對偶、排比、層遞等，故意抽換詞彙、交蹉語次、伸縮文句、變化句式，使其形式參差，詞彙別異，叫做錯綜。」董季棠說：「錯綜是故意使上下文詞語各異，句子不齊，文法語氣不同，產生活潑多變化的美麗辭面。」譚永祥說：「為了避免同一詞語或同一句式的反復出現，而把它變成詞面有異、形式參差，這種修辭手法叫錯綜。」王勤說：「說話行文特意避開整齊、均衡、雷同的語言形式，而採用參差不齊、有所差別的語言形式表現，這樣的修辭方式叫做錯綜。」

以上諸家的見解有的具體、詳細，有的簡明、扼要。這兒採用王勤簡明、扼要的說法，也就是：錯綜修辭法就是說話或作文，特意避開整齊、均衡、雷同的語言形式，採用參差不齊、有所差別的語言形式表達。

錯綜修辭法的構成，通常具有「引導體」和「隨從體」兩部分。引導體就是指語言形式的先行單位，隨從體就是有別於引導體的變化語言。例如前述李斯〈諫逐客書〉中「拔三川之地，西并巴蜀」等等句子，「拔」字就是「引導體」詞；而後面的「并、收、取、包、制、據、割」等字就是「隨從體」詞。以句子的錯綜來說，孟子《梁惠王上》的語句：「王何必曰利，亦有仁義而已矣。……王亦曰仁義而已矣，何必曰利。」前面「王何必曰利，亦有仁義而已矣」的句子是「引導體」句；後面「王亦曰仁義而已矣，何必曰利」的句子，有別於引導體句，便是「隨從體」句。

為什麼要有錯綜修辭法呢？它有以下幾個作用：

(一)可以使語言有參差之美

應用對偶、排比、層遞、類疊、回文、頂真等修辭法寫出的語句，有整齊、均衡、勻稱的美；應用錯綜修辭法寫出的語句，卻有參差不齊、錯落有致的另一種美。整齊、均衡的語言是一種美，而參差變化的語言也是一種美。這兩種美，正如王勤說的：「兩者相輔相成，並行不悖。」

(二)可使單調平板的語言，化為活潑新鮮

過於整齊、均衡的語言，用多了，會令人覺得單調、平板。以詩文的文體來說，《詩經》的文體，有許多是整齊的四言詩。接觸這種文體久了以後，總覺得它雖有整齊之美，卻顯得單調、平板、欠活潑。《論語》、《孟子》的文體，雖沒有四言詩文句的整齊，但是它的語言卻顯得活潑、新鮮。不管在詩裡或散文中，錯綜的修辭法，便是希望在整齊的語言中加以變化，使語言更為活潑引人。例如前述孟子與梁惠王的對話，開頭寫：「王何必曰利，亦有仁義而已矣」的句子，結尾也可以再反復一次說：「王何必曰利，亦有仁義而已矣！」但是孟子不這樣說，他在結尾說

成「王亦曰仁義而已矣，何必曰利？」內容一樣，語言形式不同，效果卻較活潑而富有變化。

二、錯綜的種類

錯綜修辭法的分類各家不同。楊樹達在《漢文文言修辭學》書中，分為名稱的錯綜、組織的錯綜和上下文關係的錯綜等三類。陳望道分為抽換詞面、交蹉語次、伸縮文身、變化句式等四類。黃慶萱分為詞的錯綜和句的錯綜兩大類。詞的錯綜下再分為拼字、複詞兩小類；句的錯綜下採用陳望道的分類法，分為抽換詞面、交蹉語次、伸縮文身、變化句式等四小類。董季棠、沈謙、成偉鈞等都採用陳望道的分類法。王勤分為詞的錯綜、詞組的錯綜、句子的錯綜等三類。史塵封分為詞面的錯綜、句子的錯綜等兩類。現參考以上分類，分為詞的錯綜、短語的錯綜、句子的錯綜、段落的錯綜等四類。

(一)詞的錯綜

詞的錯綜指的是把重複出現的詞彙抽出，改換為同義詞或近義詞。這種錯綜，又叫做抽換詞面。例如陳望道舉的《莊子．山木篇》的例子：

彼其道幽遠而無人，吾誰與為鄰？吾無糧，我無食，安得而至焉？」

這兒的「吾無糧，我無食」是疊句，本該作：「吾無糧，吾無糧」。作者不希望採用整齊語言，於是用「抽換詞面」法把「吾」改為「我」，「糧」改為「食」，寫做「吾無糧，我無食」不一樣的詞彙。如此，詞語富有變化，也就更能吸引人注意。再如前述李斯〈諫逐客書〉的「并、收、取、包、制、據、割」等「隨從體」詞，跟「拔」字的「引導體」詞不同，這些也是抽換詞面的應用。

(二)短語的錯綜

短語的錯綜指的是在整齊句中，把將重複的短語，改用同義或近義的短語代替，或是字數相同的短語，改以增減長度處理，以求語句的錯綜變化。例如王勤舉的下列二個例子：

每逢這樣的夜晚，我就整夜無法入睡，直到天色漸明，這些聲音消失之後才能合眼。（樹棻：夜深沈）

看不完的麥山稻海，望不盡的鐵水鋼花……（賀敬之：十年頌歌）

以上第一個例子中，「入睡」和「合眼」兩個短語，一個是在前的引導體短語，一個是在後的隨從體短語。如果不用錯綜法處理，句子就會變成：「每逢這樣的夜晚，我就整夜無法入睡，直到天色漸明，這些聲音消失之後才能入睡。」這樣，「入睡」的短語反復出現，語句便單調、平板而欠活潑。第二個例子「望不盡」是「看不完」的隨從體短語，如果不用錯綜法處理這個類疊的短語，句子就會變成：「看不完的麥山稻海，看不完的鐵水鋼花」，語言便板滯欠靈動美了。

以上兩個例子是將重複短語改用同義或近義短語代替的錯綜，下列的例子是屬於打破整齊式短語的錯綜：

（白妞）方擡頭來向臺下一盼。那雙眼睛，如秋水，如寒星，如寶珠，如白水銀裡養著兩丸黑水銀。（劉鶚：老殘遊記）

這是個博喻的句子，有四個「喻體」從不同的角度來形容白妞的眼睛。前三個短語，喻體加喻詞共有三個字，後一個短語，為了打破單調、平板，以及為了更深入的形容，喻體加喻詞共有十二個字。這種打破整齊語言的錯綜，使語言有整齊之美，也有變化之美，因此語言更為活潑、多樣。

(三)句子的錯綜

句子的錯綜指的是在整齊句中，應用交錯語次、伸縮文身、變化句式、省略、互文來處理，以求句子的錯綜變化。句子的錯綜，常見的有下列五種：

1. 交錯語次：交錯語次也就是陳望道提的「交蹉語次」。黃慶萱說：「上下兩句語詞的次序，故意弄得參差不齊的，叫做交錯語次。」他舉了下列跟對偶有關的例子：

有人認為文學是時代的產兒，飛揚的時代，有飛揚的文學；頹廢的文學，有頹廢的時代。（梁實秋：實秋雜文）

這個「飛揚的時代，有飛揚的文學；頹廢的文學，有頹廢的時代」是對偶的句子。以句型來說，「飛揚的時代，有飛揚的文學」，接著的對偶句型應該是：「頹廢的時代，有頹廢的文學。」如此，句式才整齊。梁實秋不願句式整齊的單調、平板，也不願界定現在是頹廢的時代，於是採用交錯語次的錯綜修辭法，將上下兩句語詞的次序故意弄得參差不齊，寫做：「頹廢的文學，有頹廢的時代」，內容沒有大變化，語句卻富有變化美而更吸引人注意。這就是交錯語次。

再如朱自清的〈匆匆〉一文的開頭和結尾的句子：

燕子去了，有再來的時候；楊柳枯了，有再青的時候；桃花謝了，有再開的時候。但是，聰明的，你告訴我，我們的日子為什麼一去不復返呢？——是有人偷了他們吧？那是誰？又藏在何處呢？是他們自己逃走了吧？現在又到了哪裡呢？

……

你，聰明的，告訴我，我們的日子為什麼一去不復返呢？

這篇文章開頭的句子：「聰明的，你告訴我」，在結尾裡的類疊句中，變成：「你，聰明的，告訴我」。如此變化，把上下兩句語詞的次序，故意弄得參差不齊以吸引人注意，這也是「交錯語次」的錯綜修辭處理法。

2.伸縮文身：黃慶萱說：「把字數相等的句子，故意布置成字數不等，使長句短句交相錯雜，叫做伸縮文身。」他舉韓愈的句子為例：

> 大凡物不得其平則鳴。草木之無聲，風撓之鳴；水之無聲，風蕩之鳴，其躍也或激之，其趨也或梗之，其沸也或炙之；金石之無聲，或擊之鳴。（韓愈：送孟東野序）

黃教授說：「『草木之無聲……』、『水之無聲……』、『金石之無聲……』三句排比，一三兩句字數相等，第二句卻特別長，於是顯得長短參差了！」這就是把字數相等的句子，故意布置成字數不等，使長句短句交相錯雜的「伸縮文身」。

伸縮文身的例子很多，許多排比句子，為了排除單調平板，或為了內容的需要，常用「伸縮文身」的錯綜法來處理。例如《禮記・禮運大同章》的句子：

> 使老有所終，壯有所用，幼有所長；矜寡孤獨廢疾者皆有所養。

這是個排比句，前面的三個分句：「老有所終，壯有所用，幼有所長」是整齊句，字數相等，句型也相似；後一個敘述不正常人生的也有所養，句子特別長。這種處理法，也是應用錯綜修辭法的「伸縮文身」技巧寫出來的。

有些詩歌，為了內容的需要，或是為了打破整齊的語句，也常用「伸縮文身」來處理類疊的句型。例如陳木城的〈電線杆〉的童詩：

一支瘦瘦的電線杆說
　我的手牽著你的手
瘦瘦的電線杆說
　讓我也牽著你的手

一支電線杆說
　大家手牽手
從鄉村到城市
　手牽手

城市到鄉村
夜，就亮了
燈，柔柔的

暖暖的
照著（陳木城：心中的信）

這首原來是圖象詩排列的童詩，代表電線杆的主要詩句是九個字的「一支瘦瘦的電線杆說」，後來變成七個字的「瘦瘦的電線杆說」，再變成六個字的「一支電線杆說」；而代表電線的詩句，由「我的手牽著你的手」的八個字，到變成「大家手牽手」的五個字及「手牽手」的三個字。這也是「伸縮文身」的錯綜修辭法的應用。

3. **變化句式**：變化句式就是王勤說的：「把上下文相同的結構句式，變換成不同的結構句式。」這種變化的句式多樣，有的是直敘句和疑問句的變換；有的是肯定句和否定句的變換；有的是不同修辭法間的變換。例如陳望道舉的兩個例子：

那些老婆子們都老天拔地，伏侍了一天，也該叫他們歇歇；小丫頭們也伏侍了一天，這會子還不叫他們頑頑去麼？（紅樓夢・第二十回）

這段話裡，老婆子們「伏侍了一天，也該叫他們歇歇」是引導體的句子，以直敘句來寫。按照類疊修辭的整齊句處理，後一句的隨從體的句子，應該也以直敘句寫做：小丫頭們「也伏侍了一天，也該叫他們頑頑（通玩玩）。」但是紅樓夢的作者不是這樣寫，他為了文句變化，把隨從體的句子，由直敘句變換為疑問句，並加長字數，寫做：「小丫頭們也伏侍了一天，這會子還不叫他們頑頑去麼？」這是直敘句和疑問句的「變化句式」。再如：

孟子見梁惠王。王立於沼上，顧鴻雁麋鹿曰：「賢者亦樂此乎？」孟子對曰：「賢者而後樂此，不賢者雖有此不樂也。」（孟子・梁惠王上）

此段「賢者而後樂此」是肯定句，「不賢者雖有此不樂也」是否定句。這兒肯定句、否定句相錯綜，為肯定句和否定句的「變化句式」。

4. 省略：省略就是為了避免文辭形式的重複，省去了句中某個相對的語句。這也就是陳望道在《修辭學發凡》中所說的「省略」格。這種省略的錯綜，有蒙上省略、探下省略和樞紐省略等三種。例如：

梁惠王曰：「寡人之於國也，盡心焉耳矣。河內凶，則移其民於河東，移其粟於河內；河東凶，亦然。」（孟子・梁惠王篇）

蔡謀芳在〈錯綜之概念與名稱〉一文中說：「河內凶之下有兩句；河東凶之下亦當有相對的兩句。若依實而寫，必多重複。用『亦然』二字代替，簡化了表達方式，避免了重複。」這是蒙上省略的錯綜。再如：

七月（蟋蟀）在野，八月（蟋蟀）在宇，九月（蟋蟀）在戶，十月蟋蟀入我床下。（詩經・豳風七月）

這裡前三句引號中的「蟋蟀」，原文裡省略了，這是由於第四句裡出現了「蟋蟀」詞而省略。這是下探省略的錯綜。又如：

晉獻公將殺其世子申生。公子重耳謂之曰：「子蓋言子之志於公乎？」世子曰：「不可。君安驪姬，（若我言志於公，）是我傷公之心也。」（禮記・檀弓）

樞紐省略是董季棠教授提出的。他對上面這個例子說：「驪姬置毒於酒肉而誣陷申生弒父，中生不肯辯白。理由是：父親不能沒有驪姬，如果辯白了，驪姬將被殺，這就傷害了父親。中間轉折處，少了一句『若我言志於公』。」這是樞紐省略的錯綜。

5. **互文**：互文就是上下文互相省略詞語，但是在瞭解句子意義的時候，卻得將省略的詞語補上。唐朝賈公彥在《儀禮・疏》中說：「凡言互文者，是兩物各舉一邊而省文，故曰：互文。」互文，也是避免文辭形式重複的修辭方式。

互文的錯綜形式，史塵封分為單句互文、複句互文；黃麗貞分為當句互文、偶句互文、多句互文。現採用黃麗貞分類法，舉例於下：

(1)當句互文：當句互文就是互文出現在當句中。例如：

秦時明月漢時關，萬里長征人未還。（王昌齡：出塞）

史塵封說：「秦時明月漢時關」，實際是「秦漢時明月，秦漢時關」的省略。這是「當句互文」。再如：

主人下馬客在船，舉酒欲飲無管絃。（白居易：琵琶行）

史塵封說：「主人下馬客在船，實際是『主人、客人下馬，主人、客人在船』的省略。」這也是「當句互文」的錯綜。

(2)偶句互文：偶句互文就是互文出現在上下的兩句裡。例如：

迢迢牽牛星，皎皎河漢女。（古詩十九首・迢迢牽牛星）

史塵封說：「迢迢和皎皎，在兩個單句中各省略一個，若不用互文，按一般寫法應是：『迢迢皎皎牽牛星，迢迢皎皎河漢女』。」又如：

將軍百戰死，壯士十年歸。（木蘭辭）

本句應瞭解為「將軍壯士百戰死，將軍壯士十年歸。」意思正如史塵封說的：「將軍和壯士很多都戰死了；將軍和壯士有的經過十年的南征北戰，如今回來了。」假使不懂得互文的錯綜，理解為「將軍百戰而死，壯士十年後都回來了」，便是錯誤。

(3)多句互文：多句互文就是三句或三句以上的互文。例如：

> 燕趙之收藏，韓魏之經營，齊楚之精英，幾世幾年，剽掠其人，倚疊如山。（杜牧：阿房宮賦）

黃麗貞說：「『收藏、經營、精英』，指燕、趙、韓、魏、齊、楚各國所搜括、所規畫、所貯積的貨財珍寶。這些都是長時間從民間剽掠過來，堆積得像山那樣高。杜牧藉著三個句子的互文手法，便語意完足，而文辭卻節約精煉，完全避免了原來需要逐句複述的累贅。」這是多句互文的錯綜。

(四)段落的錯綜

段落的錯綜指的是一首詩或一篇文章裡，為了內容的需要或形式的吸引人，打破前面整齊段落的形式或相關內容而寫出不同形式、不同內容的段落。例如下列的童詩：

> 庭院裡的小花，
> 爬過屋頂，

悄悄地溜走了。

森林裡的小鳥，
越過山嶺，
悄悄地飛走了。

寺廟裡的鐘聲，
渡過溪谷，
悄悄地跑走了。

只有——
只有那賣糖的老人獨自一個，
吹著喇叭，
在傍晚的廣場上，
寂寞地站著。（張彥勳：賣糖的老人）

這首童詩的前三段，內容相近，字句與形式相同，屬於排比修辭的整齊式段落。如果第四段的寫作仍舊採用這種方式，內容和形式應該寫做：

廣場裡的老人，
橫過草坪，
悄悄地行走了。

這樣寫，內容與形式才配合語言的整齊。但是這樣寫，不是作者要表達的本意；作者要表達的是老人為了生活，不能像大家一樣的休息去了。於是作者採用對比的映襯方式，以老人無法休息為內容，並打破前三段的整齊形式寫做：

只有——
只有那賣糖的老人獨自一個，
吹著喇叭，
在傍晚的廣場上，
寂寞地站著。

第四段的打破整齊式的寫作，便是段落錯綜的應用。

三、錯綜的原則

應用錯綜修辭法，黃慶萱提出：要配合內容、舒暢文氣、出奇制勝、須用匠心、綜合使用、避免蕪亂等六項原則。沈謙提出靈活變化、錯落有致、綜合運用等三項原則。王勤認為要注意：整齊與錯綜要配合得當、要依據內容與文體之需要、運用錯綜方式須具有深厚的生活基礎及較高的思想境界並能掌握豐富的詞彙與句式。史塵封認為應抓住同中求異，異中求同的規律及根據需要。現參考以上諸家，提出兩項原則：

㈠根據內容需要，以求語言的變化美

整齊的語言，富有均衡、穩定的美；不整齊的語言，富有變化、活潑的美。錯綜修辭追求語言的活潑、變化美，要根據內容需要，不是單純追求形式的變化。例如前述張彥勳〈賣糖的老人〉童詩，作者要表達孤苦老人的無依無助，傍晚時刻，連萬物都休息了，他仍吹著喇叭兜賣糖果，為生活打拼，無法休息。作者採用段落錯綜來表現內容，形式、內容配合得很好，這是根據實際需要來求語言的變化美。如果這首詩的內容是表現老人也回家休息了，那麼採用段落錯綜，便不如採用均衡的整齊段落來得好。

㈡充實生活與語文知識，並靈活運用錯綜形式

黃慶萱說：「錯綜決非輕率為文，隨語直書；它需要匠心獨運，為某種內容作恰當之形式安排。借用林語堂的話，錯綜要像『碧姬芭杜的頭髮』，似散亂而實整齊；似隨便偶然，而實經過千般計慮，百般思量剪裁而成的，貌似蓬髮，而實至頤而不可紊——這就像一篇文章。」由這段話可知，錯綜修辭是匠心獨運，使文句錯落有致，亂中有序的；而應用錯綜修辭法的人，更需要有充實的生活，以及豐富的語文知識。因為碧姬芭杜的頭髮雖然散亂，但亂得有條理，亂得美。要達到這樣的境界，設計這種髮型的設計師，必須懂得更多的髮型知識。同樣的，要靈活運用錯綜修辭技巧來寫作，當然要具備豐富的語文知識，並具有充實的生活常識。

以具備豐富的語文知識來說，詞彙、句式都應瞭解。像「抽換詞面」的修辭方式，不是需要有豐富的同義詞或近義詞嗎？「變化句式」的修辭，也需要瞭解各種句型。

有充實的生活以及有了豐富的語文知識，還要能靈活運用。陳望道在《修辭學發凡》書中舉了《戰國策・齊策》中，鄒忌進諫齊王的例子：

鄒忌脩八尺有餘，而形䫉（同貌）昳麗。朝服衣冠窺鏡，謂其妻曰：「我孰與城北徐公美？」其妻曰：「君美甚，徐公何能及君也！」城北徐公，齊國之美麗者也。忌不自信，而復問其妾曰：「吾孰與徐公美？」妾曰：「徐公何能及君也！」旦日，客從外來，與坐談，問之：「吾與徐公孰美？」客曰：「徐公不若君之美也。」明日，徐公來，孰視之，自以為不如，窺鏡而自視，又弗如遠甚。……

陳望道說：「文中如『我孰與城北徐公美』和『吾孰與徐公美』的變化就是抽換詞面和伸縮文身；『吾孰與徐公美』和『吾與徐公孰美』的變化就是交蹉語次；『徐公何能及君也』和『徐公不若君之美也』就是變化句式。〈鄒忌進諫齊王〉的這段文字，如果採用類疊修辭法，鄒忌的問話均採用「我孰與城北徐公美」而妻、妾、客人的回答均是「徐公何能及君也」的句式，就不如原文的活潑、富有變化、新穎。因此，說話或作文，要應用錯綜法，還得力求靈活。

習題

一、何謂錯綜修辭法？在句的錯綜方面，有幾種常用的方式？

二、試指出下列各句中的錯綜方式：

(一)我是一個生命的信徒。起初是的；今天還是的；將來——我敢說——也是的。（徐志摩：迎上前去）

(二)白居易的〈長恨歌〉詩句：「行宮見月傷心色，夜雨聞鈴腸斷聲」。

(三)我越來越喜歡爬山。不是因為可以聽到鳥鳴蟲吟，不是因為可以看到花美木茂，而是由於從上山、下山的過程中，可以把自己融入大自然裡，向大自然學習。（張美英：爬山）

(四)輕輕的我走了，

正如我輕輕的來；

……

悄悄的我走了，

正如我悄悄的來。

我揮一揮衣袖，

不帶走一片雲彩。（徐志摩：再別康橋）

第二十六章 修辭法的綜合運用

前面介紹的各種修辭法，為了敘述方便，大都是一個個的單獨講述。但是在實際的語言環境裡，除了簡單的思想、情意可能單獨用到一種修辭法外，在複雜的思想、情意裡，常常是好幾種修辭法的綜合運用。

一、修辭法綜合運用的定義與作用

什麼是修辭法的綜合運用呢?還沒有下定義前，我們先看下列這個例子：

炸彈像冰雹一樣從天空掉下，在我們周圍爆炸，處身在這樣的一次世界大動亂中，我們不禁要

問：這些可怕的事情究竟為什麼會發生呢？（蔣夢麟：邊城昆明）

這個看似簡單的句子，用了兩種修辭法。「炸彈像冰雹一樣從天空掉下」，這是譬喻修辭中的「明喻」；「我們不禁要問：這些可怕的事情究竟為什麼會發生呢？」這是設問修辭的「懸問」法。像這樣，在一個語言裡，同時用上兩個或兩個以上的修辭法，便是修辭法的綜合運用。

修辭法的綜合運用，目的就是綜合各種修辭法的特點，妥切而自然的表達思想和感情。根據各種不同的綜合運用方式，它的作用也不一樣。在綜合運用修辭法的方式裡，主要的有連用、兼用、套用和混合用。王勤對前三種方式的作用，有很好的見解。他說：「連用修辭格的作用是利於把事理表達得嚴密透徹，也有助於酣暢淋漓地抒發思想感情，強化所要表達的思想。套用修辭格的作用是使所運用的幾種修辭格互相照應，互相陪襯，緊密配合達到修辭方式珠聯璧合，相得益彰的目的，取得多層次增強聲色的效果。兼用修辭格是將不同幾個修辭格的功能交融於一體，達到多采開發，各展其長，突出題旨，效果鮮明的目的。」王勤的這個說明，除了沒有談到混合用外，已經很清楚地說出連用、兼用、套用等綜合方式的作用。至於混合用是這三個的交錯使用，因此也涵蓋了這三個作用。

二、修辭法綜合運用的種類

黎運漢等把「綜合運用」的方式分為連用式、套用式、混合式等三類。曹毓生分為套用、兼用；王勤分為連用、套用和兼用。駱小所分為套用、連用、兼用和套用、連用、兼用的交錯運用等四類。現分為連用、兼用、套用和混合用等四類。

㈠連用

連用就是在一段語言裡，接連使用兩個或兩個以上的修辭法。連用的綜合法，成偉鈞等依連用的修辭數量，分為二格連用、三格連用、四格連用和多格連用；王勤依修辭性質分為同類修辭格連用、異類修辭格連用。王勤舉了下列兩個例子：

時間也是一條河，一條流在人們記憶的河，一條生命的河，似乎是涓涓細流，悄然無聲，花花亮眼。（古華：芙蓉鎮）

繁星般的豆兒，艷如紅玉，明似珍珠，顆顆飽滿，粒粒喜人。（丁寧：岱宗青青）

他說，前面例子連用三個譬喻修辭中的隱喻方式：時間是一條河，一條流在人們記憶的河，一條生命的河。內容是逐漸深化，先後次序不能顛倒。這是同類修辭格的連用。後面例子先用兩個譬喻修辭（艷如紅玉，明似珍珠）描繪「豆兒」的形狀，緊接著又用對偶修辭法（顆顆飽滿，粒粒喜人）點明豆兒的體態和人們對它的態度。這是異類修辭格的連用。

在說話或作文裡，應用連用的綜合法很多，除了前面蔣夢麟的〈邊城昆明〉的文句外，我們再來看看下列句子：

我們在街上看見幾隻野貓，憐其孤苦伶仃，頂多付諸一嘆，焉能廣為庇護使盡得其所？但是如果一隻野貓不時的在你大門口外出現，時常跟著你走，有時候到了夜晚蹲在你的門前守候著你，等你走進便叫一聲「咪噢」而你聽起來好像是叫一聲「媽」……恐怕你就不能不心動一下。惻隱之心，人皆有之。（梁實秋：雅舍小品・第四集）

這段話裡，「焉能廣為庇護使盡得其所？」這是設問修辭法中的「激問」；野貓「守候」著你，以動詞「守候」把野貓擬人，這是轉化修辭法中的「擬人」；「咪噢」一詞是摹寫修辭法中的「聽覺摹寫」；聽起來好像是叫一聲「媽」，這是譬喻修辭法中的「明喻」；「惻隱之心，人皆有之」這是引用修辭法中的「暗引」。以上連用了五種不同的修辭法，充分發揮了作者關懷野貓生存的感情。再如：

「吹面不寒楊柳風」，不錯的，像母親的手撫摸著你。（朱自清：春）

這句話裡，「吹面不寒楊柳風」是引用修辭法中的「暗引」，這是暗引宋朝僧人志南的詩句；「像母親的手撫摸著你」是譬喻修辭法中的「明喻」。以上連用了兩種不同的修辭法。

㈡兼用

兼用就是在一段語言裡，不分主次的兼用了兩個或兩個以上的修辭法。成偉鈞等依修辭法兼用的數量，將它分為兩格兼用、三格兼用、多格兼用等種類。例如：

藍海靠在車椅背上打盹，一根根鐵絲般的鬍子在飽經風霜的臉上豎著，就像是一排排鋼筋。（蘇叔陽：旅途）

這是三格兼用的例子。成偉鈞等說：「上例兼用了三種辭格：一是譬喻，使用了『般』、『像』兩個喻詞；二是誇飾，對鬍子言過其實但十分形象；三是疊字，如『根根』、『排排』。」

王勤舉了下列兩個例子：

葉處長望著女兒紅布一般的面頰，吃了驚，也有點開竅了。（趙大年：公主的女兒）

虛心是進步的幼苗，驕傲是勝利的敵人。（諺語）

王勤對第一個例子的「紅布一般的面頰」說，這是譬喻和誇飾修辭的融和；而第二個例子從上下句的字數、詞性、平仄、意義等方面看是對偶的修辭法，從上下句各自有本體和喻體的關係上看是譬喻修辭法。它是對偶和譬喻修辭法的融和。

(三)套用

套用就是在一段語言裡，以某個修辭法為主要的修辭方式，然後在這個修辭法裡，包含了其他的修辭法。例如王勤在書中舉〈灘江春雨〉的例子：

灘江的水真靜啊，靜得讓你感覺不到它在流動；灘江的水真清啊，清得可以看見江底的沙石；灘江的水真綠啊，綠得彷彿那是一塊完整無瑕的翡翠。（陳淼：灘江春雨）

這段由三個分句構成的句子，主要的修辭手法是排比修辭法。而在排比修辭法裡，每一分句裡又用了頂真的修辭法；另外，第三個分句裡，還包含了一個譬喻。這種綜合運用的修辭方式，便是套用。再如：

漫長而幸福的婚後生活，就像是一座七彩琉璃塔。從腳到頂，堆積的不是磚，不是石，不是泥，不是沙；而是容忍，是體貼，是寬恕，是犧牲。（孟谷：琉璃塔）

這句話裡，主要的語意是：漫長而幸福的婚後生活，就像是一座七彩琉璃塔，從腳到頂堆積著愛。這段句子裡，主要的修辭技巧是「譬喻修辭法」，而在這個修辭法下，又套用了其他的修辭法。例如「不是磚，不是石，不是泥，不是沙」以及「是容忍，是體貼，是寬恕，是犧牲」，這兩組排比，屬於「短語的排比」；而這組排比的句型，前四個短語是連續的否定短語，後四個是肯定短語，這又屬於錯綜修辭法的「變化句式」和映襯修辭法的「對比」修辭。這段話裡，在主要的譬喻修辭法下，包含了排比、錯綜和映襯的修辭法，這也是套用的綜合運用。又如：

希望，像一個柱杖：在整個生命的旅程中，支持著人們向前邁進，它一路上撥開憂懼的荊棘，鼓舞頹廢的步履，到達旅程的終點。（艾雯：希望）

這段話裡，主要的語意是：希望像一根柱杖，支持人們向前邁進，到達旅程的終點。這兒主要的修辭技巧是譬喻修辭法。而在譬喻修辭法下，又包含了其他修辭法。例如把「希望」擬人，說它會鼓舞人的步履；也讓荊棘和步履擬人，說荊棘會「憂懼」，步履會「頹廢」，這些都用了轉化修辭法中的「擬人」法。再如人生旅程中的「荊棘」，代表挫折，這是象徵修辭法的特定象徵，「步履」代表過活，這是借代修辭法的事物特徵。這段語言裡，主要修辭的「譬喻」修辭法下，包含了轉化、象徵和借代。這也是套用的綜合運用。

㈣混合用

混合用就是在一段語言裡，將連用、兼用、套用，交錯運用的綜合法。例如唐朝魏徵〈諫太宗十思疏〉的開端句子：

臣聞求木之長者，必固其根本；欲流之遠者，必浚其泉源；思國之安者，必積其德義。源不深而望流之遠，根不固而求木之長，德不厚而思國之安，臣雖下愚，知其不可，而況於明哲乎？

這段語言的主要意思是：要想國家安定，必定要先積聚他的德義；德義不厚，卻想國家安定，愚笨的我也知道不可能，何況賢智的人？以原文來說，也就是：「思國之安者，必積其德義，德不厚而思國之安，臣雖下愚，知其不可，而況於明哲乎？」這句話裡，本身已具有正反對比的映襯。魏徵要表達這個思想，不是只靠映襯的修辭法，他活用了各種修辭方式，要把這個複雜的思想，生動、精確地表達出來。首先，他要唐太宗信服他的「思國之安者，必積其德義」的論點，找到了兩個論據。一個是，「求木之長者，必固其根本」；一個是「欲流之遠者，必浚其泉源」。魏徵以「思國之安者，必積其德義，譬如求木之長者，必固其根本，欲流之遠者，必浚其泉源」的意思提出。但是魏徵最後沒有這樣寫，倒寫成：「求木之長者，必固其根本。」把本體、喻詞、喻體均備的「明喻」法，去掉喻詞的「譬如」，改成了「略喻」法，另外把兩個「喻體」移前，成為譬喻兼排比的修辭句，頓時筆力萬鈞，論點、論據堅強有力。這是魏徵活用「兼用」的綜合修辭法。其次在三個分句裡，又套用了其他的修辭法。例如「求木之長者」的「求」字，「欲流之遠者」的「欲」字，「思國之安者」的「思」字，意思相近而字形不同，這是活用錯綜修辭法的「抽換詞面」技巧；各分句中的「必、之、其、者」等字，隔離出現，這是活用類疊修辭法中的「類字」技巧。這樣的使用，便是兼用和套用，交錯使用的「混合用」。

再看接著的三句「源不深而望流之遠，根不固而求木之長，德不厚而思國之安」，跟前三句一樣，譬喻兼排比外，也有錯綜修辭法的「抽換詞面」和類疊修辭法中的「類字」技巧。另外，此三句的排列次序並不依照前三句的次序寫做：「根不固而求木之長，源不深而望流之遠，德不厚而思國之治」，這又使文句錯綜變化，整齊中富有變化美，這是錯綜修辭法的「交錯語次」的應用。這樣的寫作，兼用和套用交錯出現，也是「混合用」的方式。

另外，「臣雖下愚，知其不可，而況於明哲乎」的句子。下愚的臣跟聖君對比，這是「映襯」修辭。在映襯的主要修辭法下，又套用了「借代」和「設問」的修辭。「明哲」就是借代詞，借代為「聖君」；「況於明哲乎」的句式是設問的「激問」。

由以上的分析可以知道，魏徵〈諫太宗十思疏〉的開端文字，兼用、套用交錯運用，這就是「混合用」的綜合法。

三、修辭法綜合運用的原則

修辭法綜合運用的目的是為了貼切、自然的活用各種修辭法，以便把事物記敘得更真切動人，把道理說得更深刻，把感情抒發得更感人。因此，修辭法的綜合運用，也應該注意以下兩項運用原則。

㈠根據內容需要，從整體著眼而活用各種綜合法

前面說過，「連用」的綜合運用，可以把事理表達得嚴密透徹，使思想情意淋漓盡致；「套用」的綜合運用，可以互相照應、互相陪襯，使思想和情意增強深度；「兼用」的綜合運用，可以使各種修辭法的特質交融一體，使情意多彩多姿，語句活潑；「混合用」的運用，則涵蓋了以上三種的作用。綜合運用各種修辭法，瞭解了這四種綜合方式的特色後，便要根據所要表達的思想和情意特性，從整體著眼而活用各種修辭法。

一般來說，單純的思想情意，也許採用連用、兼用來運用就夠了，但是複雜的、多樣的，就要多用套用、混合用的方式。以前述魏徵〈諫太宗十思疏〉的開端來說，作者要在開端裡很快的提出進諫的「論點」——「思國之安必積德義」的思想。這個思想，並不像「朝陽好紅」的語意這麼簡單，於是作者採用正反對比的映襯修辭後，再套用、兼用其他修辭法，以便把複雜的語意，

精確、生動地表現出來。這就是能根據內容需要，從整體著眼的活用各種修辭法。

(二)套用、混合用的綜合運用，應儘量突出主要修辭法的地位和作用

辭格的綜合運用，除了兼用、連用不分主從外，套用、混合用都有一個主要的修辭法。運用這類的綜合修辭法，應儘量突出主要修辭法的地位和作用。

例如明朝劉基的〈賣柑者言〉的文章。作者借杭州一個賣柑子的話，表達元朝文臣武將都是虛有其表，尸居其位的人，於是採用映襯方式為主要修辭法，然後配合其他修辭法來表現。現在我們看文章中賣柑者的話：

> 世之為欺者不寡矣，而獨我也乎？吾子未之思也。今夫佩虎符、坐臯皮者，洸洸乎干城之具也，果能授孫、吳之略耶？峨大冠、拖長紳者，昂昂乎廟堂之器也，果能建伊、臯之業耶？盜起而不知御，民困而不知救，吏奸而不知禁，法斁而不知理，坐糜廩粟而不知恥。觀其坐高堂、騎大馬、醉醇醴而飫肥鮮者，孰不巍巍乎可畏，赫赫乎可象也？又何往而不金玉其外，敗絮其中也哉？今子是之不察，而以察吾柑？（劉基：賣柑者言）

劉基要表達元朝文武大將都是虛有其表、尸居其位的論點，於是採用映襯修辭法為主要表達方式。先以賣柑者的小欺，對比文武百官的大欺；再以文臣武將金玉其外及敗絮其中的形象、作法對比；後以反詰只察賣柑的小欺，何以不察文武不稱職的大欺對比。劉基的寫作，便是儘量突

出主要修辭法的地位和作用。

確立了主要修辭手法後，複雜、多樣的思想情意，還得活用其他的綜合方式。例如〈賣柑者言〉的句子裡，「佩虎符、坐皋皮」是對偶。而「虎符」是金屬鑄成的虎形兵符，為古代將軍出征在外調動軍隊的憑證，這是「兵權」的「借代」修辭；「皋皮」是虎皮，鋪墊在坐椅上，這是「富貴」、「權勢」的「借代」修辭。「洸洸乎」的「洸洸」是疊字。「果能授孫、吳之略耶？」這是引用兼設問的修辭。由這兒可知，在映襯修辭法下，還套用了對偶、借代、疊字、引用、設問等修辭法。

習題

一、修辭法的綜合運用方式有幾種？各種方式的大要如何？請舉例說明。

二、陶冶的〈雪〉文：「一夜之間，是誰，拆掉了那座久遠的木橋，重造了一座漢白玉的新橋？是誰，拔走了一株株落葉喬木，栽上了一叢叢潔白的珊瑚？是誰，填平了棧前坎坷的小路，鋪出了銀光閃閃的坦途？……啊，是雪，是兆豐年的瑞雪啊！」這段話裡的主要修辭法是什麼？它套用了幾種修辭格？

三、請選一段文章，分析作者如何綜合運用各種修辭法。

本書主要參考書目

（依出版先後順序排列）

陳望道著《修辭學發凡》。臺北：文史哲出版社，原著一九三二年出版，一九八九年文史哲初版。

黃永武著《字句鍛鍊法》（增訂本）。臺北：洪範書店，原著一九六八年臺灣商務印書館出版，增訂本於一九八六年一月洪範書店初版。

徐芹庭著《修辭學發微》。臺北：臺灣中華書局，一九七一年三月初版。

黃慶萱著《修辭學》。臺北：三民書局，一九七五年一月初版，二〇〇二年十月增訂三版。

曹毓生著《現代漢語修辭基礎知識》。湖南：湖南人民出版社，一九八〇年八月二版。

董季棠著《修辭析論》。臺北：益智書局，一九八一年十月初版。

吳正吉著《活用修辭》。高雄：復文圖書出版社，一九八四年六月初版。

黎運漢、張維耿著《現代漢語修辭學》。香港：商務印書館香港分館，一九八六年八月初版。

王德春編《修辭學詞典》。浙江：浙江教育出版社，一九八七年五月初版。

姚殿芳、潘兆明著《實用漢語修辭》。北京：北京大學出版社，一九八七年六月初版。
王德春、陳晨編　《現代修辭學》。南昌：江西教育出版社，一九八九年三月初版。
沈　謙著　《文心雕龍與現代修辭學》。臺北：益智書局，一九九〇年六月初版。
沈　謙著　《修辭學》。臺北：國立空中大學出版部，一九九一年二月初版。
譚永祥著　《漢語修辭美學》。北京：北京語言學院出版社，一九九二年十二月初版。
張春榮著　《一把文學的梯子》。臺北：爾雅出版有限公司，一九九三年七月初版。
王　勤著　《漢語修辭通論》。武昌：華中理工大學出版社，一九九五年一月初版。
黃慶萱著　《學林尋幽》。臺北：東大圖書公司，一九九五年三月初版。
史塵封著　《漢語古今修辭格通論》。天津：天津古籍出版社，一九九五年十二月初版。
成偉鈞、唐仲揚、向宏業合著　《修辭通鑑》。臺北：建宏出版社，一九九六年一月臺初版。
吳禮權等著　《修辭論叢·第一輯》。臺北：洪葉文化事業有限公司，一九九九年八月初版。
黃麗貞著　《實用修辭學》。臺北：國家出版社，二〇〇〇年四月初版二刷。

國家圖書館出版品預行編目資料

修辭學／陳正治著.
—二版.—臺北市：五南，2003［民92］
面；　公分　參考書目：面
ISBN 978-957-11-3267-9（平裝）
1.中國語言 - 修辭
802.7　　　　　　92007212

1XM0

修辭學

作　　者 — 陳正治(250)
發 行 人 — 楊榮川
總 編 輯 — 王秀珍
主　　編 — 黃惠娟
責任編輯 — 王兆仙　周美蓉
出 版 者 — 五南圖書出版股份有限公司

地　　址：106台北市大安區和平東路二段339號4樓
電　　話：(02)2705-5066　傳　　真：(02)2706-6100
網　　址：http://www.wunan.com.tw
電子郵件：wunan@wunan.com.tw
劃撥帳號：01068953
戶　　名：五南圖書出版股份有限公司

台中市駐區辦公室/台中市中區中山路6號
電　　話：(04)2223-0891　傳　　真：(04)2223-3549
高雄市駐區辦公室/高雄市新興區中山一路290號
電　　話：(07)2358-702　傳　　真：(07)2350-236

法律顧問　得力商務律師事務所　張澤平律師

出版日期　2001年　9月初版一刷
　　　　　2003年　5月二版一刷
　　　　　2007年　1月二版三刷

定　　價　新臺幣400元